LA SUERTE DE LOS IDIOTAS
(Lucas Acevedo 1)

LA SUERTE DE LOS IDIOTAS
(Lucas Acevedo 1)

Roberto Martínez Guzmán

Mayo, 2019
La suerte de los idiotas
© Roberto Martínez Guzmán
Diseño Gráfico: Sol Taylor
Foto de portada: Meiga Poppins
Amazon EU S.a.r.l.

Blog: rmartinezguzman.blogspot.com
Facebook: /roberto.martinez.guzman
Twitter: @RMartinezGuzman
Instagram: /r.martinez.guzman
Email: roberto.mtnez.guzman@gmail.com

Todos los derechos reservados. Bajo las sanciones establecidas en el ordenamiento jurídico, queda rigurosamente prohibida la reproducción total o parcial de esta obra por cualquier medio o procedimiento, incluida la reprografía y el tratamiento informático, sin la autorización previa y por escrito del autor.

A Nikos, mi hijo.

ÍNDICE

ÍNDICE 9
LUCAS ACEVEDO 13
Capítulo 1 15
Capítulo 2 32
Capítulo 3 47
Capítulo 4 64
Capítulo 5 78
Capítulo 6 92
Capítulo 7 111
Capítulo 8 128
Capítulo 9 143
Capítulo 10 165
Capítulo 11 182
Capítulo 12 197
Capítulo 13 215
Capítulo 14 234
Capítulo 15 249
Capítulo 16 264
OTRAS OBRAS DEL AUTOR 277

No se puede encontrar la paz evitando la vida.

Virginia Woolf

LUCAS ACEVEDO

Alguien dijo una vez que todo hombre sensato necesita a su lado a un perro que lo halague y un gato que lo ignore. Y yo, por entonces, solo tenía como compañero de ático a Edward, un precioso persa negro que una noche de verano se coló por la claraboya de mi cocina en busca de algo que llevarse a la boca. Desde aquel día, se había adherido a mi soledad con la discreción de quien no pretende hacerse notar.

Nunca pensé que, con el tiempo, llegara a comerse también mi sensatez.

Supongo que ninguno de los dos sospechábamos que un puñado de idiotas nos acechaban a la vuelta de la esquina. Agazapados, maquinando con su mente poco y mal desarrollada para saltar sobre nosotros convencidos de su justicia.

Los idiotas están por todos lados. Camuflados detrás de su aspecto inofensivo, sobreviven, se alimentan y crecen gracias a la oportunidad que les concedemos de meterse en nuestra vida, de extenderse por ella, de taparla, arruinarla y contaminarla igual que lo haría una mancha de aceite en medio del océano. Del mismo modo cruel y minucioso que un virus infecta y coloniza un organismo sano hasta asfixiarlo.

El día que ese puñado de idiotas entraron en mi debilitada existencia exprimieron su suerte, sembraron odio y destrucción a su alrededor y, para cuando conseguí recobrar la sensatez, también se habían llevado consigo mi ilusión, mi esperanza y hasta casi mi propia vida. Porque cuando a un idiota le pones un arma en la mano, sus idioteces suelen resultar mortales.

Esta es mi historia y ni siquiera sé cómo estoy vivo para contarla.

1

Todo comenzó la noche de aquel viernes 12 de octubre de 2018. Por primera vez en mucho tiempo me había decidido a abandonar mi ático en Mondariz para darme una vuelta por los locales nocturnos de Vigo y disfrutar del animado ambiente de la noche viguesa. Llevaba refugiado en él desde hacía más de tres meses, en los que no había levantado mis pies descalzos de la antigua moqueta más que para satisfacer mis necesidades más básicas. Mi última misión en Madrid se había cerrado con más sangre de lo que mi conciencia podía soportar. No es que yo sea aprensivo, pero ver la imagen de un chico de apenas trece años con la lengua rajada me había dejado tan perplejo que abandoné la comisaría sin ni siquiera despedirme de mis superiores, ni tampoco molestarme en decir cuándo regresaría. Y ellos sabían que era mejor no presionarme en esas circunstancias. En un alarde de comprensión por su parte, prefirieron tramitarme por su cuenta una bonita e indefinida excedencia que estaría en vigor hasta el día en que yo decidiera volver.

Y no, todavía no me encontraba en condiciones de regresar al trabajo, pero ya me habían empezado a resultar insoportables la soledad, la comida precocinada a todas horas y la televisión en el primer programa que aparecía en pantalla y que a menudo ni me preocupaba en comprobar cuál era. Tan insoportables, que pensé que era la hora de mover mi deprimido culo del sofá, apagar el televisor y salir a ver gente de carne y hueso.

Aquella noche supondría mi regreso a la civilización y la había planeado al detalle en compañía de Edward, mi felino compañero de piso, al que ni había invitado a entrar en mi vida ni me había molestado en echar, pero con el que acabé por entablar una amistad más respetuosa y profunda que con cualquier humano. En mi plan ideal, primero me acercaría a la zona de A Madroa para cenar en el restaurante Marcos, luego iría a tomar unas cervezas a algún local de moda y, por último, si mi cuerpo no acusaba la falta de actividad o el exceso de alcohol, acabaría tomando la última en alguna de las discotecas más conocidas de la ciudad. A mis cuarenta y dos años todavía conservaba un cierto atractivo. Me había duchado, elegido la ropa más nueva que tenía y mi cabello parecía como si jamás se hubiera despeinado. Nunca he entendido muy bien el porqué, pero la combinación de unos ojos claros, herencia de mi familia materna, con un pelo tan negro como una noche sin luna siempre ha ejercido de imán para las miradas femeninas. Aunque, a decir verdad, aquel día no buscaba acabar en ninguna cama prestada y lo único que pretendía era disfrutar de una velada distendida, aderezada con una buena comida, cierta dosis de alcohol y unas vistas agradables. Un plan sin excesos ni emociones fuertes, como suave paso intermedio entre mi voluntario encierro y el regreso a la vida en sociedad.

Sin embargo, tras salir del restaurante y mientras regresaba a la ciudad, me fijé cómo a lo lejos un hombre pegaba a una mujer en una de las escasas escapatorias de la carretera. Me encontraba al final del Camiño San Antonio y recordaba haber visto en otras ocasiones algún coche balanceándose sin pudor en ese mismo lugar, a buen seguro resguardando a alguna pareja a la que los fugaces focos de los vehículos que pasaban a su lado le aportaban una dosis extra de morbo y excitación. Pero estaba claro que la que yo acababa de divisar le había encontrado a aquel lugar una utilidad mucho menos romántica.

Confieso que, en cuanto los vi, la incertidumbre invadió en un segundo todo el habitáculo de mi vehículo, como si de una pesada niebla se tratara. Miraba por el retrovisor hacia atrás, después hacia delante y, sin saber muy bien cómo, me encontré repitiendo esa operación de una manera incesante, perdido entre la confusión de lo que estaba sucediendo a escasos metros y mi yo más práctico diciéndome al oído: ignóralos, esto no es asunto tuyo, sigue adelante.

Así que me dije, Lucas, tú también puedes hacer eso. Tan solo tienes que subir el volumen de la radio, cerrar las ventanillas y cantar a dúo con Marvin Gaye el fabuloso *Let's get it on* que empieza a sonar. Pero, sobre todo, ignora a esos dos imbéciles. Se cansarán un poco, él de pegar y ella de recibir, y después caerán rendidos en un abrazo, de los que no querrías que te atrapasen dentro, y se revolcarán en una cama bien mullida como animales en celo. Y cuando al día siguiente amanezca, se despertarán con una sonrisa estúpida en la cara y preguntándose sobre el origen de sus hematomas.

Sin embargo, cuando ya estaba casi convencido de pasar de largo, me encontré con la aturdida expresión de mi cara mirándome por el espejo retrovisor.

—¡Mierda, mierda, mierda! —dije en alto.

Yo era policía y aquella mujer sin duda se encontraba en problemas. Y no, no podía ni quería pasar de largo. Al llegar al lugar, giré con decisión el volante y aparqué mi pequeño y patético Toyota Corolla del año 2001 detrás del imponente Infiniti negro de la pareja. Parecía avergonzado y acomplejado a su lado. Un pequeño y viejo compacto de tres puertas como apéndice de un todocamino de lujo.

Salí del coche decidido a dejar mi sello en aquella disputa. Los dos vehículos hacían de barrera entre ellos y yo. Bordeé la redondeada trasera de mi Toyota y me aproximé a su posición. El hombre estaba de espaldas, la mujer de frente. Creo que ninguno se percató de mi presencia. Ella llevaba un vestido de lino gris claro y tenía las piernas largas y bonitas. Las medias de nylon que las cubrían se habían rajado por varios puntos y un zapato se había caído en la hierba. No pude ver su cara porque el largo cabello rojizo la cubría, pero observé algunas manchas de sangre sobre la barbilla. Gruñó cuando él la golpeó una vez más y podía decirse que parecía más confiada en la protección de sus gritos que en el poder de sus manos. Tal vez se estaba haciendo la dura o quizá se negaba a concederle la satisfacción de saber que la estaba lastimando.

Por su parte, él trataba de meter golpes a la altura de la cabeza tras lanzarlos con un arco demasiado amplio y, de cada cinco que disparaba, acertaba uno. En los otros cuatro intentos, para cuando su puño trataba de alcanzarla, ella ya se había movido o él se había desequilibrado con el impulso. Si alguna vez tuviera que pelear con alguien de su tamaño, debería aprender que los golpes cortos y secos, respaldados por cada músculo de encima de la cintura, son los más contundentes. Y nada de apuntar al cráneo. Los tendones se rompen con facilidad alrededor de los nudillos y los cráneos son duros como piedras. La idea es hacer daño a la otra persona, no a uno mismo, por lo que debería golpear en lugares blandos. Por ejemplo, la garganta o el hígado.

Vaya dos imbéciles, pensé.

Me detuve en cuanto lo tuve a mi alcance.

—Ya es suficiente —dije con estudiada autoridad.

El hombre me dedicó una mirada corta y llena de prepotencia, como si estuviese viendo un ratón molesto que se le había colado en su piso. En ese momento, yo también me fijé en él. Uno setenta o uno setenta y cinco metros, como mucho. Cara normal, más redondeada que alargada, pantalones claros y camisa de marca, con una tripa incipiente estresando a su cinturón y unos pies enormes dentro de unos relucientes mocasines negros. Una pequeña calva se imponía como por capricho en la parte posterior de la cabeza. En general, un ejemplar normal de ciudad, salvo porque estaba empeñado en demostrar toda su masculinidad de una manera muy poco apropiada.

—¡Lárgate, esto no es asunto tuyo! —dijo, sin mostrar la más mínima intención de abandonar aquel combate desigual.

Debía estar ciego de ira o se habría dado cuenta de que yo le llevaba unos veinte centímetros y no menos de diez kilos. O eso fue lo que pensé en aquel momento. Más tarde, descubriría que esa actitud más bien era un hábito. En su mundo, a menudo, cuando él hablaba la gente solía escuchar y obedecía sin poner objeciones.

Se desentendió de mí, acertó a meter otro golpe en un lateral de la cabeza de la mujer y luego echó su brazo hacia atrás tratando de cargar un nuevo intento. Yo esperé paciente el momento preciso.

Cuando el brazo de este hombre llegó al final de su arco, justo encima de la puerta del Infiniti, y los músculos de retroceso se relajaron para ceder el protagonismo a los que lanzarían su puño hacia delante, durante un segundo, tanto unos como otros se encontraban sin tensar. En ese instante exacto, lo golpeé con el lateral de mi antebrazo entre su muñeca y su codo. El hombre cayó hacia atrás sobre el asfalto, con su mano derecha emitiendo un elocuente crujido contra el espejo lateral y gritando de dolor.

La mujer había acabado en la zona de la hierba, apoyada sobre un codo y una rodilla, con la cara desencajada. Sus ojos eran verdes. El izquierdo estaba hinchado. La agarré por las axilas y la ayudé a levantarse.

—¿Puedes oírme? —dije.
—¿Eh? ¿Qué?
—Tranquila, quiero ayudarte.
—No. ¿Qué? No, no.
—Venga, vamos.

No era una mujer grande, pero un cuerpo que no colabora siempre resulta una carga pesada. Traté de llevarla hasta el Toyota.

—No, no. Estoy, estoy bien —protestó con las escasas fuerzas que le quedaban.

La ignoré. En el momento en que abrí la puerta del pasajero, el hombre se había vuelto sobre su espalda y me miraba con cara de pocos amigos. A mí y a su mano de manera alternativa.

—¡Estúpido hijo de puta! ¡Hijo de puta, me has roto la mano! ¡Dios, mi mano, me la has roto! ¡Estúpido hijo de puta, te voy a matar!

A él también lo ignoré. Cerré la puerta detrás de ella y me puse frente al volante. Retrocedí lo suficiente para evitar pasar cerca de donde vociferaba el hombre y me reincorporé al tráfico. Ella se dejó caer en el lado del pasajero y su sien se apoyó en el vidrio de la puerta. Tenía el ojo izquierdo casi cerrado, el derecho imitándolo, y alguna que otra zona en su rostro se empezaba a hinchar. Extendí la mano para cerrar con llave su puerta. En ese momento, levantó la cabeza e intentó mirar hacia afuera, como si por primera vez se diera cuenta de que nos movíamos.

—¿Adónde vamos?
—A un hospital.

—¡No, no! No hace falta, de verdad. En serio, estoy bien.
—Cállate.

Su respuesta fue solo una expresión de perplejidad. Resulta difícil describir la manera en que su rostro me miraba, una curiosa mezcla entre sorpresa, resignación y miedo.

Por mi parte, yo intenté orientarme. Sin dejar de conducir, cogí el navegador y traté de concentrarme hacia donde tenía que ir. A aquella hora solo funcionaban las urgencias, así que hice un pequeño escaneo en mi cabeza y opté por dirigirme al Hospital do Meixoeiro, por una simple cuestión de proximidad. Escribí el destino y esperé a que se conectara a algún satélite disponible para seguir instrucciones.

El Camiño San Antonio había terminado, me había incorporado al Camiño do Monte Pequeño y pronto alcanzaría la Avenida do Aeroporto. Subí la radio a un volumen moderado. Mi reserva de *rhythm and blues* siempre me acompañaba en cualquier situación, por difícil que esta fuera. Más de mil canciones dentro de un pendrive, obsequio de un compañero de trabajo en Madrid, y que llevaba siempre conectado en el puerto USB de la radio de mi coche. Sonaba *Jim Dandy*, de LaVern Baker y confieso que, de no ser por la situación en la que me encontraba, me habría dejado llevar por el ritmo en mi asiento.

Pasé por la Rúa Penis y por la Avenida de Ramón Nieto, aunque solo unos metros, hasta que el navegador nos guio hacia la Rúa de Manuel Álvarez. Sorteaba a mi paso vehículos aparcados y en movimiento con la misma facilidad que doblaba esquinas a toda velocidad. Ella gimió un poco y se aclaró la garganta antes de comenzar a hablar. Creo que pretendía sonar normal.

—Estoy bien, de verdad. Por favor, llévame de vuelta.
—No hagas que tenga que repetirlo —repliqué con toda la contundencia posible. No quería que esa posibilidad se convirtiera de nuevo en objeto de discusión.
—Por favor...
—Cállate.

Y cierto, se calló, aunque solo por un breve espacio de tiempo. Primero se cogió la cabeza entre las manos, pero pronto las separó de nuevo para decir:

—¿Marcos? ¿Marcos está bien?

—¿Marcos es el nombre de tu amigo? Lo último que supe de él es que estaba ligeramente molesto.

—No me digas…

Sonreí.

Una nueva canción de fondo apareció en la radio, con una introducción alegre y llena de saltos.

—*Bring back the love* —dije tras los tres primeros segundos, chasqueando los dedos y dándole un punto desenfadado—. The Monitors.

—¿Qué? —preguntó ella.

Le dediqué una rápida mirada mientras me acercaba a un nuevo cruce.

—El nombre de la canción, *Bring back the love*. Y del grupo, The Monitors. Soy un experto en *soul* y *rhythm and blues* clásico.

Ella volvió a llevarse las manos a la cabeza.

—¡Oh, Dios mío! —dijo.

Las luces de las calles se habían encendido y ya casi se divisaba el Hospital. Pero entonces vi por el retrovisor los faros de un automóvil moviéndose a una velocidad inusual. Se veían bajos y alargados y muy parecidos a los del Infiniti que habíamos dejado en la escapatoria. No me gustó la situación. Si era él, dudaba que quisiera enfrentarse a mí, porque creo que pegar a una mujer era la medida de su valentía. Eso sí, si la lucha era entre coches, mi Toyota le daría a su Infiniti para un par de bocados mal tragados. Y todavía me gustó menos aquello cuando tuve una corazonada extraña.

—Marcos, ¿no tendrá un arma? —se me ocurrió preguntar.

Ella estaba acurrucada en el asiento del pasajero.

—¿Qué?

Me fijé en que sus labios ya habían adquirido el doble de su tamaño habitual.

—Tu novio, si tiene armas, ¿las lleva en el coche?

—No. Bueno, creo que, hasta hace un tiempo, sí. ¿Por qué?

—Por nada, solo preguntaba.

Aminoré la marcha para tomar la Subida Sello y pensé que, si el tal Marcos conservaba aquella arma, era mejor descubrirlo con cierta capacidad de movimiento y no cuando nos hubiéramos detenido en la puerta de urgencias y fuésemos un blanco fácil.

Volví a mirar por el retrovisor. Nuestro ángel de la guarda particular se había colocado justo detrás de nosotros y sus luces recubrían de un modo macabro el interior del Toyota. Agarré el volante con más fuerza y me cegué manteniendo los ojos pegados al espejo retrovisor, pensando que podría embestirnos. Después de todo, un tipo que persigue a alguien de ese modo a lo largo de una calle urbana, frente a decenas de personas, no puede estar en sus cabales. Si su plan era arrollarnos, el mío sería echarme a un lado en el último segundo y dejarlo pasar. Sin embargo, su estrategia resultó ser la más cobarde de todas y una luz parpadeante se proyectó desde la zona del conductor como un fogonazo. Sentí el impacto en la parte superior de mi espalda. Me precipité hacia adelante, con el parabrisas posterior rompiéndose detrás de mí y la mujer gritando a mi lado. Mi pequeño Toyota se balanceó sin control, aunque pronto conseguí recuperarlo.

Noté el entumecimiento habitual tras recibir un balazo y la conocida sensación de ardor en el hombro izquierdo. Pero, de alguna manera, como siempre he hecho en estas situaciones, me quedé tranquilo. No hay necesidad de entrar en pánico, porque hacía ya mucho tiempo que había descubierto que eso es lo que te puede mantener con vida en un momento así. Y yo, por aquel entonces, no tenía muchas razones por las que vivir, pero menos aún por las que morir. Así que la conclusión fue fácil, el hombre seguía detrás de nosotros y, después de dispararnos un primer balazo, era previsible que llegasen varios más. Y mi único objetivo debía ser que no nos alcanzaran.

—¿Qué pasa? —preguntó ella, con las manos en el tablero.
—Nos han disparado.
—¿Un disparo? ¿Cómo? ¿Estás bien?

Apreté el pedal del acelerador de golpe. Pensé que no podía ser fácil disparar con su brazo izquierdo colgando de un vehículo en movimiento mientras trataba de dominar el volante con la mano derecha rota. Pero que algo no resulte fácil, no significa que sea imposible. Cinco segundos después del primer disparo, un ruido sordo y estrepitoso estalló en el techo de metal del Toyota.

Volví a ver el flash y noté en el vehículo otro tirón fuerte. Un impacto estrecho y crujiente indica que el arma es de pequeño calibre. Y un pequeño calibre también era, en cierta medida, un alivio para nosotros.

Mi compañera parecía haber olvidado sus heridas por un momento. Cuando el segundo disparo cayó sobre nosotros, ella se llevó las manos a la cabeza, se abrazó a las rodillas y gritó como un niño asustado.

—¡Oh, Dios mío! ¡Nos quiere matar!

Si no hubiera sido porque la prioridad era conservar la vida, me hubiera reído de la obviedad y de lo irónico de la situación. Allí estaba yo, un agente de la ley en excedencia, circulando sin arma y sirviendo de diana para un imbécil que, con toda probabilidad, ni siquiera tenía en regla la licencia para usarla.

Hice un zigzag, moví la suspensión hacia abajo para obtener más tracción y aceleré como si no existiesen los frenos, dispuesto a llevar de excursión a nuestro depredador de pacotilla por los aledaños del hospital. Él me imitó y vino detrás. Las pocas farolas que había en el camino tenían una separación suficiente como para que la zona de en medio quedase tan oscura como lo estaría un útero. Pasé por dos baches seguidos y el Toyota rebotó. Detrás, otros dos destellos de luz y dos estallidos más, justo cuando él alcanzó los baches. Los disparos debieron de ir de excursión a la estratosfera. Bendije la desidia del ayuntamiento a la hora de conservar ciertas zonas.

Olvídate de lo ridículo de la situación, olvídate de tu hombro y olvídate de la estúpida mujer que grita a tu lado, me dije. Me sentía enfadado de verdad. Así que, justo antes de alcanzar el Camiño do Meixoeiro, toqué la bocina y pisé el freno para reducir la velocidad y detenerme. Él hizo lo mismo y paró pegado a mí. Después comenzó a retroceder, como si necesitara calibrar la situación o quisiera tomar carrerilla para embestir con más fuerza.

Las luces exteriores de las casas se encendieron arriba y abajo a los lados de la calzada. Para cuando me había detenido por completo, alguna cabeza asomaba con timidez por las ventanas. Cogí la manilla de la puerta.

—¿Qué estás haciendo? —preguntó ella.

Su voz chirriaba de pánico. Yo no respondí. Me limité a salir y volverme hacia el Infiniti. Seguía parado a unos cincuenta metros de distancia, con el motor a ralentí. El vehículo estaba a oscuras, excepto por los faros. Agité mi brazo derecho hacia él.

—¡Vamos, cabrón, hijo de puta! —bramé, dando palmadas en el medio de mi pecho—. ¡Aquí estoy! ¡Dispara, maldito pedazo de mierda! ¡Dispara! ¡Muéstranos lo duro que eres, gilipollas! Dispara, maldito hijo de puta, ¡dispara!

—¿Qué está pasando ahí afuera? —gritó una voz desde detrás de una de las ventanas.

—¿Cuál es tu problema? —continué con mi desafío—. Oye, enano cabrón, ¿qué pasa? ¡Dispara o baja del maldito coche para ver lo valiente que eres!

No hubo respuesta desde el Infiniti. Tan solo se quedó allí parado, con el motor en marcha y los faros redondeados y alargados como dos ojos fríos y mortales, como los de un gato en los arbustos esperando para atacar.

Otra voz surgió de una casa diferente.

—¡Tú, el de fuera, lárgate! ¡Hemos llamado a la policía!

Podía escuchar ese aire fresco de otoño revoloteando sobre las hojas cambiantes de los árboles que adornaban los lados. Esperaba que su mano saliera por la ventana abierta empuñando la pistola y estaba preparado para lanzarme hacia un lado y cubrirme tras algún coche aparcado si lo hacía. Pero no pasó nada de eso, el Infiniti solo permaneció inmóvil. Luego, apenas dos segundos antes de que yo fuese a su encuentro, engranó su pesada transmisión hacia atrás y retrocedió. No fue una maniobra limpia. Avanzó sobre sus pasos con rapidez, lo que le provocó que se fuese balanceando de un lado a otro. Pero, al final, alcanzó un hueco donde meter la trasera, dio la vuelta y salió a toda velocidad, dejando las huellas de los enormes neumáticos dibujadas en el asfalto.

Me volví hacia el coche. El dueño de una de las voces anteriores se animó a bajar a la calle y se dirigió hacia mí.

—Hazme un favor —le dije en cuanto estuvo lo bastante cerca como para que me escuchara—, llama a una ambulancia para que acompañe a la policía.

Él agitó su mano para hacerme saber que había entendido, retrocedió unos metros y sacó su móvil del bolsillo.

Yo me dejé caer en el asiento. Allí me incliné y alargué la mano derecha todo lo que pude hacia detrás del hombro izquierdo. Sentí la humedad de la sangre, pero no en gran cantidad. No moriría desangrado, pero el dolor comenzó a hacer acto de presencia a medida que el entumecimiento del shock fue desapareciendo. Cerré los ojos e incliné la cabeza hacia mi pasajera.

—¿Estás bien? —le pregunté a mi acompañante.

—¿Qué te ocurre?

—Pues como tengo problemas para encontrar el maldito hospital, he decidido que sea él el que nos encuentre a nosotros.

Se oyeron sirenas en la distancia. Pese a que con mi respuesta no había aclarado su pregunta, ella no insistió y asumí que dependería de mí que tuviéramos una pequeña charla mientras llegaba la ayuda.

—¿Cuál es tu nombre?

Mantuve mis ojos cerrados. Ella se tomó un tiempo para contestar.

—Yolanda.

—¿Como la canción?

Comencé a cantarla en la posición que estaba, aunque muy lejos de la entonación correcta.

—*Eternamente... ¡Yolanda!*

La verdad es que salió una imitación tan vulgar que no sería de extrañar que el viejo Pablo Milanés propusiera expulsarme de entre sus seguidores.

—¡Dios mío! —La amiga Yolanda no parecía dispuesta a juzgarme con más benevolencia.

Dos veces más soltó ella ese demoledor «Dios mío». No sé si fue por mi voz o por la situación, pero como mi orgullo por aquel entonces no era mayor que la cabeza de un alfiler, me callé, me enderecé en silencio en mi asiento y me centré en el nuevo agujero que tenía en mi cuerpo.

Eres duro, Lucas, me dije. Recibir un disparo no es nada nuevo para ti. Así que ignóralo, actúa como si no pasara nada e impresiona a «miss vestido de lino». O a «miss sumisa estúpida», según se mire.

Pero, maldita sea, era una sensación enfermiza saber que un objeto extraño y metálico había entrado en mi cuerpo. Siempre lo es. Primero, te revuelve el estómago y después solo te queda esperar las náuseas.

Pero no, no iba a vomitar delante de ella. Eres un tipo duro, Lucas, me repetí. Mucho. Sí, demuéstrale a la señorita «Dios mío, Dios mío» que eres un hombre de verdad, uno al que no tumba un insignificante trozo de metal, ni le asusta un vulgar tipo con mocasines de marca y todoterreno de lujo.

Un tipo duro, de los que a buen seguro ella no conoce.

Me costó aguantar las náuseas e incluso mantenerme consciente por el dolor, pero apenas una hora después entré en el hospital a bordo de una ambulancia. Tras pasar un buen rato tirado sobre una triste cama de Urgencias, aparecieron dos auxiliares y una enfermera, las tres tan eficientes y amistosas como el aire acondicionado que funciona todo el año en esos lugares. Una de las auxiliares se ocupó de sacarme la camisa con ayuda de unas tijeras y la otra de desabrochar mi pantalón, mientras la enfermera me hacía las preguntas habituales en estos casos desde el fondo de la cama: «¿Te duele aquí?» «¿Sientes algo en esta zona?»

Les dije que el hombro era lo único que me habían dañado. En realidad, también me habían pisoteado el orgullo, pero me temo que para eso no tenían remedio. En algún momento, les pregunté por Yolanda, puesto que desde que nos metieron a cada uno en una ambulancia distinta, no había vuelto a saber de ella. La enfermera contestó lo que se suele contestar en estos casos cuando no se quiere decir nada, que se estaban ocupando de ella. Después de eso, recibí la indicación de que me colocara de espaldas y esperase.

Apenas unos minutos más tarde, apareció el médico. Entró en la sala, se acercó a la camilla y, mientras me volvía a preguntar cómo me encontraba, presionó alrededor de la herida. El dolor fue insoportable. Rechiné los dientes, apreté los puños y maldije como no recuerdo haberlo hecho en mi vida. Eso pareció animarle a tomar una elegante y fina aguja para adormecer la zona dolorida. En cuanto la anestesia hizo efecto, rebuscó en el interior del agujero y mostró en alto una pequeña canica destrozada.

—Parece de un calibre pequeño —dijo—. Algo debió quitarle la fuerza antes de que le alcanzara, porque ni siquiera ha llegado a clavarse en su clavícula.

—El disparo entró por la ventanilla trasera y atravesó el asiento —apunté yo.

—Pues ha tenido suerte. No veo ningún hueso roto. De todos modos, haremos una radiografía para asegurarnos.

Sacó una toalla de papel y puso sobre ella la bala todavía manchada de rojo por la sangre. Luego la dejó sobre una mesa cercana.

—La Policía está esperando afuera —dijo, volviéndose hacia mí—. En cuanto se vista, quieren hablar con usted. La radiografía la haremos después.

—De acuerdo.

Antes de salir, se detuvo y se dirigió a mí con una expresión de curiosidad:

—¿Puedo preguntar cómo se hizo esas cicatrices en la parte inferior del torso?

—Una escopeta. Quien la disparó lo hizo desde una distancia suficiente como para dispersarse los perdigones. Diez centímetros más arriba y estaría muerto; veinte abajo y estaría hablando como un eunuco de la Edad Media. Al menos, eso fue lo que me dijo el médico que me atendió.

—Un diagnóstico acertado. ¿Suele meterse con facilidad en líos o ha nacido con un imán para las balas?

—Formo parte de los Cuerpos y Fuerzas de Seguridad del Estado.

—¿Es usted también de la Policía?

—Sí.

—¿Se encontraba de servicio esta noche?

—No, en realidad estoy destinado en Madrid. Hoy solo estaba en el lugar equivocado y en el momento menos recomendable.

Después se tomó unos segundos y se puso ceremonioso.

—Señor Acevedo, ¿ha considerado alguna vez la posibilidad de cambiar de trabajo?

—Considero esa y otras muchas cosas todos los días.

—¿Y?

—Me gusta mi profesión.

Mi respuesta debió de convencer al doctor de la mediocridad de su faceta de psicólogo, porque salió por la puerta sin decir nada. Yo me di la vuelta sobre la camilla y me senté a esperar.

La siguiente visita no tardó en aparecer. Entró sin llamar y su imagen se asemejaba a una versión moderna del inspector Colombo. Ropa de calle, poco más de metro setenta y cabello rubio oscuro ondulado. Los pantalones de vestir eran grises y la camisa de manga larga de un verde extraño y un tejido poco definible, ambos con evidencias claras de haber sido usados durante varios días seguidos. Llevaba las mangas enrolladas sobre las muñecas. Un paquete de Ducados se transparentaba en el bolsillo de la camisa y su piel, sobre todo alrededor de los ojos, tenía el aspecto seco y arrugado de un fumador empedernido. Apuesto a que la gabardina la había dejado en recepción.

Se acercó todo lo que pudo, aunque sin tocarme. La cercanía hace que las personas se sientan incómodas, las intimida, y la gente incómoda suele decir la verdad con rapidez. Cualquier policía lo sabe.

Cuando habló, pude ver manchas marrones del alquitrán en sus dientes. Llevaba el formulario de admisión al hospital en la mano.

—Señor Acevedo —dijo, mirándolo—. Lucas, ¿verdad?

—Sí.

—Domiciliado en Madrid.

—Exacto.

—Dígame, ¿qué es lo que le trae por esta ciudad?

—Nací en Chapela y, de vez en cuando, me gusta recordar mis orígenes.

—Venga, déjese de sarcasmos.

—Pues entonces digamos que acumulé un superávit de estrés en el trabajo y decidí tomarme algunos días de vacaciones. Tengo un ático en Mondariz y me gusta ir allí a desconectar de todo. Solo me acerqué a Vigo a tomar una cerveza, pero ni siquiera llegué a hacerlo.

—Señor Acevedo, soy el inspector Antonio Fidalgo. El hospital nos llamó. Como sabrá, tenemos que investigar cualquier herida de bala, así que le agradecería que me dijera con exactitud y sin rodeos qué fue lo que pasó esta noche.

Lo hice, de manera directa y precisa, sin ahorrar detalle alguno. Eso pareció sorprender al inspector y retrocedió un par de pasos. Mientras yo hablaba, no había parado de escribir en un pequeño bloc de notas y, en cuanto terminé mi relato, fue rápido en formular la siguiente pregunta.

—Entonces, ¿vio con claridad el vehículo del que salieron los disparos para saber que era el mismo de la carretera?

—No voy a mentirle, no pude verlo porque los faros me cegaban. Tampoco memoricé su matrícula. Debería haberlo hecho, pero sucedió todo muy rápido. Y, cuando me detuve en la carretera, no pensé que la fuese a necesitar. Para qué me iba a quedar con ella si la chica sabía quién era.

—Tal vez la chica sí vio la matrícula en la urbanización.

—Lo dudo. No se encontraba muy bien, estaba asustada y creo que solo dio por hecho que era él.

—En cualquier caso, necesitamos encontrar un testimonio que lo identifique en ese momento.

—Entiendo.

Luego, entrecerró sus ojos ahumados hacia mí y volvió a acercarse.

—Y en la carretera, ¿usted decidió parar y ayudar? Así, ¿sin más? —preguntó.

Yo me tomé un par de segundos antes de contestar.

—No conozco a la mujer ni la había visto antes —dije—, si eso es lo que me está preguntando.

—Sí, eso es exactamente lo que quiero que me diga.

—Pues no, nunca la había visto antes.

Es triste cuando tienes que justificar tanto las buenas acciones. Mucho más cuando eres policía y quien te pregunta es otro policía al que la nicotina le sale por las orejas. En realidad, parecía más un funcionario de los que vive entre una nube de humo y expedientes que un hombre de acción.

Antes de irse, el inspector miró la bala ensangrentada.

—El médico dice que ha tenido suerte de que la bala fuese de un calibre pequeño —dijo—. Se quedó pegada a la clavícula, pero no llegó a perforarla. A mí me parece un veintidós normal, sin punta hueca.

Un veintidós LR, pensé. La munición de los que no quieren tener pistola. La de los que se creen que pueden disparar a alguien sin intención de matarlo. En definitiva, la de los malos que pretenden seguir siendo buenos ante los benévolos ojos de su conciencia. Encajaba a la perfección con aquel tipo de maneras rudas y afeitado perfecto.

—¿Cuántas veces me ha dicho que le disparó ese hombre? —prosiguió él.

—Cuatro. La primera bala me alcanzó. La segunda atravesó el techo. La tercera y la cuarta, seguidas, se fueron de excursión por cortesía de un bache estratégicamente colocado.

—O sea, que esta será la única que consigamos recuperar y está demasiado destrozada como para analizar los surcos —dijo, mientras dejaba escapar un suspiro mezcla de resignación y hastío—. Estúpido loco, jugando a ser Billy el Niño al lado de un hospital.

—Al principio estaba bastante alterado —apunté—, pero después de romperle la mano, supongo que se le apagó la azotea por completo.

Metió la bala en una pequeña bolsa de plástico y la puso detrás del Ducados.

—Su nombre es Marcos Varela —dijo después—. Ella es Yolanda Sierra. Dígame la verdad, ¿no los conocía de nada?

—No, se lo aseguro. Era la primera vez que los veía.

—Pues la chica tuvo suerte de que usted pasara por allí y decidiera parar. Mi compañero la está interrogando y entré un segundo a echar un vistazo. Nuestro amigo Marcos se divirtió a gusto con su cara. Por lo que hemos podido saber, hoy celebraban el décimo aniversario de su boda.

—Enternecedor.

—Sí, enternecedor, pero es evidente que en la práctica no fue así. Dígame, en el coche, ¿le contó el motivo de la pelea?

—No, todo lo que dijo fue que no quería que la trajera al hospital. Me pareció más preocupada por lo que le pudiera pasar a él que por sus propias heridas.

El hombre hizo un gesto de disconformidad.

—Puede resultar increíble, pero sucede —dijo—. Lo he visto un montón de veces. Lo que ven en estos imbéciles, nunca lo entenderé. Señor Acevedo, le agradezco su ayuda. Va a tener que ser la chica la que nos cuente lo que necesitamos, si es que está dispuesta. Ahora mismo, al desgraciado este solo lo podemos imputar por violencia de género. Cualquier cargo por asalto con armas de fuego es una utopía, a menos que ella o algún testigo hayan visto mejor el vehículo desde donde se efectuaron los disparos. Pero yo no contaría mucho con ello. Espero que, cuando lo encontremos, tengamos suerte y consigamos sacarle una confesión, pero si ya ha hablado con un abogado, va a resultar difícil. Hemos ido a su casa y no había nadie. En caso de que vuelva, lo detendremos. También hemos dado aviso a los hospitales y centros de urgencias cercanos, por si se acerca a que le miren la mano. Quizá el dolor lo convenza de ello, pero todavía no ha aparecido por ningún lado y es posible que no lo haga.

Me dio las gracias de nuevo y se fue sin perder tiempo, como si necesitara encender con urgencia un cigarrillo. Mientras salía, una preciosa enfermera, delgada y esbelta, entró con una sonrisa y una voz aguda.

—Es la hora de tu radiografía —dijo como si estuviera canturreando.

Tras la radiografía, que solo mostró un pequeño hematoma óseo en la clavícula, mi sonora enfermera repitió lo que todos los demás decían sobre mi buena suerte. Tras la pequeña charla, me subieron a una habitación de planta, comí como un animal hambriento y me dispuse a dormir.

Un final perfecto para mi esperada salida del viernes por la noche. Pensé en qué momento un día que prometía ser perfecto se acaba convirtiendo en una mierda. Medité largo tiempo sobre esa cuestión. Parecía como si mi pasado se hubiese pegado a mí en cuanto había salido de casa. Quizá porque cuando uno se adentra en las entrañas más profundas de un pozo y se acostumbra a la oscuridad y a respirar el aire húmedo, no resulta tarea fácil regresar a la superficie.

2

La brillante y soleada mañana con la que amaneció el sábado fue diferente. Me desperté sintiendo mi hombro como si hubiera sido golpeado cientos de veces por el matón del colegio, como si el tal Marcos Varela me hubiese clavado un arpón a traición y se hubiera divertido dándole vueltas cada vez a más velocidad. Incluso podía imaginarme su expresión de sádico a escasos centímetros de mi cara.

La enfermera del turno de mañana se presentó igual que las demás, diciéndome lo afortunado que era. Entre el dolor y la maldita cantinela de la suerte, me estaba empezando a poner de mal humor. Algo que no suele ser difícil en condiciones normales, pero mucho menos cuando, poco después de irse la enfermera, el dolor en el hombro subió varios puntos de intensidad. Pulsé el botón de llamada del cabecero y no dudaron en administrarme un analgésico.

Alrededor de las diez, ya más calmado y con el hombro casi adormecido por completo, me puse a pensar en Yolanda. Tenía sentimientos encontrados sobre ella. La noche anterior, yo no quería involucrarme en lo que tuvieran pendiente ella y el imbécil de su marido y un día después, eso no había cambiado. A mi modo de ver, solo había mediado en una pelea conyugal. Dura, violenta, quizá hasta hubiera resultado fatal, pero ajena por completo a mí. Yo había dado mi informe a la policía, ella habría dado el suyo y eso era todo.

Tarde o temprano atraparían al tal Marcos y, cuando lo hicieran, testificaría encantado en su contra. Para ser sinceros, me gustaría verlo encerrado en una celda solitaria y con una cerradura a la que se le hubiera oxidado por completo el mecanismo de apertura.

Pero, hasta que ese día llegara, ¿en realidad quería conocer algo más sobre aquel caso? Mi excedencia iba según lo planeado, solo y sin nadie que se acercase a molestarme. Mondariz era una villa pequeña, acogedora, con un balneario al que admirar toda una vida y que siempre había tenido un encanto muy especial para mí. Era el lugar donde nadie me buscaba, nadie me conocía y nadie me molestaba. A decir verdad, sentía que todavía necesitaba algún tiempo más para deprimirme y quejarme en compañía de Edward a las tristes y empáticas paredes de mi habitación vacía. Por un tiempo, no quería ver más caras humanas a mi alrededor.

Pero no conseguía sacarme de la cabeza que ella estaba en algún lugar del mismo hospital. ¿No genera lazos especiales el hecho de pasar juntos por una experiencia que puso en peligro nuestras vidas? ¿Tal vez alguna unión perversa cimentada en la tragedia y la superación de las dificultades?

Después de todo, yo era un cabrón bastante tosco y de relaciones difíciles. Había visto y hecho muchas cosas inmorales a lo largo de mi vida, y mis heridas internas se habían convertido con el tiempo en algo muy parecido a un tejido cicatricial del alma. Golpear a ese tal Marcos y su posterior espectáculo de fuegos artificiales había sido, con total franqueza, un juego de niños en comparación con los últimos acontecimientos que había vivido en Madrid.

En cambio, Yolanda no era de mi mundo. Su atuendo, sus maneras y su actitud de querer evitar los problemas eran consecuencias de una educación y una reputación que, a buen seguro, estaba blindada a prueba de escándalos. Así que, lo más probable era que estuviese sola, herida, asustada, confundida y, maldita sea, necesitada de un hombro amigo sobre el que llorar. Pero la cuestión era: ¿debía ser mi endurecido y agujereado hombro el que le sirviese de apoyo?

Al final, y después de darle varias vueltas en la cabeza al tema, terminé haciendo lo que todo el mundo hace cuando se enfrenta a algo que, en el fondo, no quiere hacer: me puse de mal humor.

¿Por qué no había venido a verme? Al fin y al cabo, era a mí a quien habían disparado. ¿No es peor una bala en el hombro que un par de puñetazos en la cara? Si ella necesitase algún tipo de consuelo, ¿no podría arrastrarse un poco por el pasillo hasta mi habitación y tal vez, solo tal vez, agradecerme que me hubiese detenido a ayudarla?

Me senté en el frío sillón que había junto a la incómoda cama con ruedas, poniendo caras que nadie veía y hablando yo solo, gruñendo y maldiciendo entre dientes.

Lucas, Lucas, Lucas, me dijo mi yo más condescendiente. Claro, estás cabreado por el maldito trabajo que has elegido, o que él te ha elegido a ti, por los desalmados delincuentes que han ido sombreando de negro tu vida cotidiana y la miserable realidad en blanco y negro que te diseñan cada mañana. Te encuentras solo en el mundo por todos ellos. Eso es lo que tiene esta vida, te pone en circulación, juguetea un poco contigo y luego te tira a una fosa fúnebre para que pases al olvido. Por lo general, el recuerdo de una persona pervive un par de generaciones. El mío calculo que no más que los escasos minutos que decida perder el improvisado sacerdote en oficiar mi patético y solitario entierro.

Pero, en serio, ¿nadie va a recordar que pasaste por aquí? ¿No te apetece colocarle al pequeño cometa solitario y egocéntrico en el que te has convertido una bonita, elegante y ardiente cola? Maldita sea, que alguien vestido de negro llore sobre tu tumba. De pena, de rabia, o de lo que sea, pero que se despierte por las noches envuelta en melancolía y rebuscando tu aroma sobre la almohada. Alguien que te recuerde más allá de unos minutos de cortesía.

Sin mencionar esos ojos verdes. Verdes como el coral. Verdes, verdes, verdes.

Con mis dudas aclaradas, me levanté, suspiré y miré a mi alrededor. Ningún ser querido me había traído una bata o zapatillas, porque en realidad, no había seres queridos. Todo lo que llevaba puesto era el pijama del hospital, un patético atuendo tan estándar como humillante. Pensé que buscar un encuentro conmovedor con mi trasero desnudo al aire podía resultar casi tan ridículo como lo era mi existencia en aquella época. Así que fui a la taquilla de la habitación y encontré los vaqueros de la noche anterior, arrugados y un poco ensangrentados. Los subí sobre mis caderas usando mi brazo derecho y, de alguna manera, conseguí abrocharlos. Después, fui al cuarto de baño, eché un poco de agua en la mano y deslicé los dedos a través de mi cabello. También me miré el vendaje abultado debajo de la bata, así como el reflejo de mis ojos vacíos. Todo ello en apenas un par de segundos, antes de sacudir la cabeza con fuerza y salir por la puerta. Reconozco que de haber estado más tiempo frente al espejo, dudo que hubiera partido en busca de aquella excursión salvadora.

El pasillo estaba más desangelado que mi habitación, si es que eso era posible. Las tres integrantes que había en el Control de Enfermería no parecían entusiasmadas con mi idea de levantarme, pero a pesar de todo, las convencí para que me diesen el número de habitación de Yolanda. Era solo una planta más arriba. Confieso que no les pregunté dónde se encontraba el ascensor más cercano, porque supuse que estaría donde yo pensaba que debía estar, aunque al final no fue así.

Vagué durante un buen rato por toda la planta y casi acabé por volverme loco. Pasé por delante de no sé cuántas habitaciones de enfermos. Todas escondían a personas que estaban tosiendo o gimiendo, o durmiendo en medio de sueños profundos. Floté a través del olor de los limpiadores antisépticos y del ruido de los televisores. Vi a viejos delgados y doblados, me crucé con una joven a la que le faltaba una pierna y casi tropiezo con un maldito celador que parecía estar más perdido que yo. Al final, mi paseo me llevó hasta una gran sala de espera acristalada repleta de sillas duras y sofás destrozados, con máquinas de refrescos y dulces a los lados, y equipada con una cafetera cuyo funcionamiento resultaba más milagroso que cualquier aparición mariana por famosa que esta fuese.

Me detuve en la entrada con la intención de preguntar por el esquivo ascensor, pero, en cuanto vi a los hombres y mujeres que allí había, cambié de opinión. A un lado de la sala, se apiñaba un grupo de cuatro. Lo componían dos hombres, una mujer joven y una anciana en silla de ruedas. Todos estaban llorando como si fueran niños. La verdad, trato de no juzgar a los extraños, pero a veces mi cerebro se pone a funcionar sin atender a intenciones previas ni protocolos sociales.

La joven era de huesos grandes y aparatosos, con ropas dos tallas más pequeñas de lo que necesitaba. Tenía una camiseta desgastada por el tiempo que dejaba al descubierto un ombligo profundo. Su cabello era oscuro y le hacía falta renovar el tinte con urgencia.

Uno de los hombres era delgado y bajo, con una cara alargada y una pequeña coleta. Tanto su nariz como la barbilla eran puntiagudas en exceso y dudo que en algún momento pudiesen apuntar en otra dirección que no fuera el suelo.

Su compañero era grande y de aspecto robusto, con el pelo negro, largo, rizado y recogido bajo una gorra sudada. De una de las presillas de su pantalón colgaba un gran manojo de llaves que hacía ruido hasta cuando respiraba. Vestía una camiseta negra con el logo de AC/DC en el pecho. También me fijé que tenía los puños apretados con rabia. En su antebrazo derecho llevaba el tatuaje de una mujer desnuda enroscada en una barra de metal y en el izquierdo, una serpiente con la cabeza de gran tamaño y las cuencas de los ojos sosteniendo globos oculares en llamas.

La mujer en silla de ruedas tenía el pelo blanco por completo, no se había depilado el bigote en bastante tiempo y llevaba un vestido con flores descoloridas. En algún momento bajó la cabeza, como si no pudiera, o no quisiera, compartir el dolor con sus tres acompañantes.

Distintos ejemplares de aspecto duro, cada uno a su manera. Y, sin embargo, allí estaban, llorando a mares. Hasta el grandullón. Deduje que algo malo le había pasado a alguien a quien querían.

Sentada al otro lado de la habitación, sola en una silla apoyada contra la pared, descansaba una anciana con la piel curtida por el sol y a la que los años le habían regalado un aspecto enclenque. Apenas cincuenta kilos de piel y huesos. Su cabello tenía un cierto brillo plateado y se había peinado con cuidado para la ocasión. Su vestido era largo, limpio y estaba planchado. Era evidente que no formaba parte del otro grupo. Ella miraba hacia adelante, pero no parecía darse cuenta de los otros dolientes. Lo único que se movían eran sus manos. Sobre todo, los dedos. Su cara tenía un dolor sereno y arraigado en su expresión, como si se tratara de un tatuaje grabado a través de los años y recién retocado. Me recordaba a mi abuela.

Tal vez aquella mujer era de su misma estirpe, una campesina del rural gallego. Curtida en la tierra, inmersa en un matrimonio sacrificado. Podría ser que su hombre bronceado y arrugado, tantos, tantos años después del día de su boda, hubiese caído muy enfermo y sin recuperación posible. O quizá ya se hubiera ido y ella estuviera estrenando su vida sin él. No tenía lágrimas en la cara, pero su angustia era tan fuerte como la de los cuatro sollozantes del otro lado de la habitación. No cabía duda de que, en su estoicismo silencioso, cabalgaba por un dolor insondable. Un dolor abisal aderezado con una insoportable confusión. Porque al dolor, cuando se arraiga, se le unen en nuestros sentimientos todo tipo de calamidades como si de parásitos se tratase. Podría existir todo sin él, parecía preguntarse. Me imaginé que, al salir de allí, regresaría a su casa desierta, cambiada por la fatalidad sin necesidad de haber movido un solo mueble y cerrada con las mismas puertas que durante cincuenta años habían abierto los dos cada día.

Dos maneras distintas de sufrir e igual de intensas, ya que el dolor no tiene definición concreta. Es implacable y quiere ser correspondido, atendido en exclusiva y hasta mimado.

No, necesitase información o no, esa no era una habitación para mí.

Esperaba sentirme mejor cuando encontrase a Yolanda. Aunque ella también había perdido algo, de eso estaba seguro. Después de dar un par de vueltas más, localicé el maldito ascensor y me apeé en su planta. No resultaba difícil adivinar en qué habitación se encontraba, dado que el policía uniformado que custodiaba la puerta resaltaba con más intensidad que lo haría un cartel de neón en plena noche. Era lo normal en un caso de violencia de género, en previsión de que el agresor quisiera hacerle una visita de cortesía con la intención de rematar la faena. Mientras me acercaba, pensé en explicarle quién era yo, pero al final, decidí atajar mostrándole mi placa de la UDYCO. Había tenido que entregar la mía al pasar a la excedencia, pero tenía un duplicado que había conseguido hacía tiempo de un amigo de la Fábrica de Moneda y Timbre a cambio de un favor.

El hombre casi se cuadra al verla, incluso se apartó unos metros de la puerta, como si no quisiera entorpecer mi entrada. Sin embargo, yo esperé unos minutos fuera de la habitación mientras una enfermera acababa de atenderla. Un breve instante de tiempo en el que sentí un ligero nerviosismo que hacía años que no experimentaba.

Desde la puerta, escuché como la sanitaria era educada y profesional con Yolanda, pero detecté una dosis excesiva de respeto en la forma en que pronunciaba su nombre. Llevaba implícito un aire de deferencia del que no era difícil percatarse. Me pregunté si sería una reina de hospital, una de esas pacientes arrogantes que no pueden ser satisfechas por nadie, pero que nunca abandonan la demanda de atención. Están en todos los hospitales y suponen un dolor de muelas monumental para médicos y enfermeras, sin que hasta ahora se haya descubierto un analgésico para combatirlo.

Yo, en cambio, no tenía esa obligación. Así que decidí que, en el supuesto de que Yolanda se comportase de esa manera conmigo, aquella sería una visita corta. Intenté leer la cara de la enfermera cuando salió, pero no me dio esa opción.

La señorita «Dios mío, Dios mío» tenía su cama en la parte más alejada de la puerta, con una almohada detrás de la cabeza. Su ojo izquierdo estaba hinchado y cerrado, con una estrecha abertura que solo dejaba ver una ligera línea de blanco húmedo. Su otro ojo también estaba hinchado, pero en este caso no lo suficiente como para esconder el verde original. Su labio superior era el doble del tamaño normal y numerosos moratones cubrían su cara. Eso cambió mi nerviosismo de la entrada por un enojo que me quemaba el estómago. No soporto a los hombres que pegan a las mujeres. Un gran misterio, inescrutable para mí, es conseguir entender cómo estos matones pueden soportarse a sí mismos por las noches.

Al verme entrar, ella levantó la vista de una hoja de papel que tenía en la mano.

—Vaya, hola —dijo con voz algo distante.

—Hola, Yolanda. ¿Cómo estás?

—Bien. ¿Y tú?

—Yo, bien. Bien.

—Perfecto.

Me acerqué lo suficiente para ver lo que tenía en la mano.

—Ah, es el menú —dije—. He oído que la milanesa está para morirse.

Le dediqué mi mejor media sonrisa de galán de película de los años cincuenta. Pero o bien la imagen se proyectó quince centímetros por encima de su cabeza o ella no miraba hacia mi cara en ese momento.

—Soy vegana —dijo.

—Lamento oír eso.

¿Lo lamento? No, por supuesto que no lo lamento, pero en estas situaciones me suelen salir cosas estúpidas por la boca a las que nunca les encontraré sentido. Decidí cambiar de tema hacia terrenos más conocidos para mí.

—¿Has hablado con la Policía?

—Sí, ayer me tomaron declaración y les conté todo. Dijeron que encontrarían a Marcos y hablarían con él.

—¿Querrás decir que lo detendrían?

—No, no dijeron eso. Solo que hablarían con él. ¿Cómo está tu hombro?

Había sido un cambio de tema evidente.

—Mi hombro está perfecto, no podría ser mejor. Me iré a jugar al fútbol mañana, siempre y cuando me dejen salir, claro.

—Yo también. Quiero decir, que saldré mañana. Según ellos mi vista está bien. No hay conmociones, ni huesos rotos. Todavía veo algo mal, pero al parecer es normal y se me pasará en unos días. Así que... todo bien.

Silencio. Y una expresión congelada en su rostro que alzó un inaccesible muro de hormigón entre nosotros.

A estas alturas, estaba seguro de que la deferencia de la enfermera hacia ella me había puesto en el buen camino. Sí, parecía toda una reina de hospital, pero además helada. El suyo no era un mundo para meros mortales, a menos que estuvieran allí para servirla. Y se notaba segura de que su dandi Marcos no quería hacerle daño. Como mucho, en su cabeza, lo de la noche anterior habría alcanzado la categoría de broma pesada. Pensé que, sin duda, ella estaba lista y deseosa de lanzarse de nuevo a sus fuertes brazos, para besar sus doloridos nudillos y retornar a su idílica existencia.

En el intervalo silencioso de nuestra conversación, me la imaginé de visita turística por la Riviera francesa, al estilo de Cary Grant y Grace Kelly en Atrapa a un ladrón. Con su pelo volando al viento dentro de un coche caro y descapotable.

«¿No era un hombrecillo de aspecto bastante tonto el que nos aguó nuestra última diversión?», diría. «Pobre, ¡era tan mona la forma en que conducía mientras le disparabas, cariño! ¡Y en ese extraño cochecito! Nunca podré olvidarlo. Marcos, cariño, ahí está nuestro hotel. ¿Quieres que juguemos en la habitación o vamos a ver las estrellas donde esta vez nadie nos pueda arruinar la fiesta?»

Decidí que la próxima vez que quisiera emocionar a alguien, golpearía mi cabeza contra la pared y así recobraría la cordura antes de lanzarme a hacer una tontería.

—Ha sido un placer hablar con usted, Yolanda —le dije con voz fría—. No quiero robarle más de su precioso tiempo. Y no se sienta obligada a devolverme la visita, solo vine para asegurarme de que se encontraba bien.

No esperé respuesta y me dirigí hacia la puerta, pero cuando casi la había cruzado, escuché el primer sollozo. Un pellizco, una pequeña bocanada de aliento contenido, que acabó por convertirse en un lastimoso gemido.

Me di la vuelta y la miré de nuevo. Ella estaba sosteniendo con una mano temblorosa su labio superior. Sus ojos caían abatidos y mirando hacia una manta que, a buen seguro, no veía. Enormes lágrimas se derramaban desde detrás de sus hinchados párpados. Su cara se había encendido por el inconfundible rojo de la vergüenza. Durante un par de segundos, lo escruté todo: su expresión herida, los ojos esquivos, sus sollozos escondidos. Todo.

Yolanda estaba avergonzada y yo me había equivocado en mi valoración sobre ella.

Hay una gran diferencia entre la vergüenza y la altivez, aunque ante ojos ajenos puedan tener las mismas vestimentas. En cuanto tensas la cuerda, la altivez emite risas y la vergüenza ofrece sollozos. Ella no era arrogante, ni exigente, sino que tan solo se había sentido incómoda al verme entrar en la habitación. Yo, el tipo que había presenciado su maltrato, el testigo improvisado de un momento sucio en su impecable y perfecta vida. Yo estaba allí cuando eso sucedió y mi presencia la humillaba.

Me dirigí de nuevo hacia su cama y arrimé el frío sillón de la habitación para sentarme en uno de los reposabrazos.

—Mírame —dijo con voz espesa, con su cara todavía volteada—. Podrías haber muerto por ayudarme y yo estoy aquí sin tener ni siquiera la decencia de agradecértelo.

—No he venido aquí para que me lo agradezcas. Yo solo venía a ver cómo estabas y si ya me iba es solo porque no soporto a los veganos. Sois más listos que yo.

Sonrió, pero solo un poco.

—Bueno, gracias de todos modos, Lucas. La mayoría de la gente nunca habría hecho lo que tú hiciste. De todo corazón, gracias. Gracias, gracias.

—No es necesario que me las des, estoy acostumbrado a estas situaciones.

—¿Estás acostumbrado a que disparen?

—Soy un agente de la UDYCO.

Levantó una ceja.

—¿Eres policía?

—Sí, estoy en la Policía, pero en excedencia. Lo que quiero saber es, si no te importa que te pregunte, ¿qué fue lo que pasó?

Suspiró con todas sus fuerzas y sacó un pañuelo de la caja que había junto a su cama. Se limpió la cara y se sonó la nariz. Yo me quedé sentado en cierto equilibrio sobre el reposabrazos del sillón, junto a su cama, a la espera de una respuesta.

Tras un par de intentos fallidos, consiguió mirarme.

—Sí, supongo que te debo una explicación —dijo—. Además, necesito contárselo a alguien y preferiría que fueras tú antes que cualquiera de mis amigos. No podría enfrentarme a ellos ahora mismo.

Intenté la mejor de mis sonrisas. Sé que soy bastante bueno en lo que respecta a la boca y los dientes, pero a veces los ojos se quedan rezagados. Si consigo que suban a bordo del intento, la mirada puede ser tranquilizadora y confiable. Debieron de haberse desperezado ese día, porque su cara se relajó al instante.

—Tranquila, tómate tu tiempo —le dije.

No fue necesario, porque empezó a hablar al instante.

—Es difícil —dijo—. No sé por dónde empezar. Sobre todo, con un extraño. Pero bueno, aquí va. Le dije a Marcos que quería el divorcio. En el coche, en la carretera. No creo que fuese el momento más oportuno, ¿verdad? Pero lo cierto es que no me sentía con fuerzas para esperar más. Lo había estado pensando durante bastante tiempo. La mía es una historia deprimente. Hace diez años, cuando nos casamos, parecía el marido perfecto. Era educado, amable y quería ayudar a todo el mundo. Un soñador, el dinero no significaba nada para él. Pero cambió muy rápido, en apenas un par de años y sin saber muy bien cómo, ni por qué. De alguna manera, pasé de ser lo más importante de su vida al cuarto o quinto lugar en sus preferencias. Ganar dinero era primero; ser el mejor en su profesión, lo segundo; y ni siquiera puedo adivinar qué podía ser lo siguiente, pero yo no, eso seguro. Su mente estaba en otra parte y nuestro matrimonio era algo que siempre podía esperar.

Ella dirigió su mirada hacia la ventana. La luz que entraba en la habitación iluminó su magullada cara. Se mordió el labio inferior antes de continuar.

—Daba la sensación de que seguía conmigo —dijo después—, porque yo era la mujercita que él necesitaba colgada de su brazo. Parecía seguro de que yo asumiría mi papel sin quejarme, sin reclamar, sin sentir la necesidad de irme. Aburrido encuentra aburrida y viven felices una vida aburrida, repleta de dinero y largas noches sin sexo. Supongo que muchas personas acaban en esa situación y se conforman, pero yo quería cambiarla. Intenté hablar con él muchas veces sobre cómo me sentía en los últimos años y nunca conseguí que me prestase atención. Quiero decir, se sentaba, me miraba y asentía, pero podía ver por sus ojos que tan solo estaba esperando que acabase para centrarse en otra cosa. Hace como un mes, me di por vencida y dejé de hablar con él. Había leído en una revista que a veces el silencio es más efectivo que mil palabras juntas. Y resultó. Pasado un tiempo, debió de pensar que tenía que hacer algo. Así que, aprovechando que era nuestro décimo aniversario, me dijo que quería invitarme a cenar. Los dos solos. Una velada romántica, un momento para nosotros. Y decidimos que saldríamos a cenar este viernes. Él se encargó de reservar la mejor mesa, el mejor menú, parecía un sueño.

Dejó de mirar hacia afuera y colocó su cara frente a la mía.

—Durante la cena no paró de mimarme y de hablar conmigo —continuó—. Era lo máximo que habíamos hablado los dos solos en mucho, mucho tiempo, creo que en años. Pensé que había vuelto el viejo Marcos, el hombre del que me enamoré. Me dijo que sabía que había estado en su propio mundo y que lo sentía, pero que solo trataba de mirar por nuestros intereses. Me explicó que tenía planes, que estaba tratando de ganar el dinero suficiente para una jubilación temprana y que tendríamos una casa en la playa mientras fuéramos todavía jóvenes para disfrutarla. Me juró que me amaba más que a nada en el mundo, que siempre me había amado y que no había dejado de quererme en ningún momento. Y entonces yo empecé a creer que, por fin, él se había dado cuenta de lo vacía que me sentía, que sabía cuánto lo necesitaba. Imagínate, salí flotando del restaurante. Se había vuelto a enganchar a mi mundo, a nuestro mundo.

Se secó alguna lágrima que había vuelto a brotar. Luego continuó:

—Cuando acabamos de cenar, todo seguía bien y, durante el camino de vuelta, yo me puse a decir en voz alta algunas cosas que podríamos hacer juntos este fin de semana. Pero entonces, él ya volvió a responderme como un robot. Se había ido de nuevo. Así de rápido. Me di cuenta que la noche había sido otro negocio para él. Un trabajo que hacer. Lo había hecho, así que misión cumplida y ya podía volver a donde quería estar. Se me cayó el corazón al suelo. Me enfadé y le dije que quería hablar muy en serio con él y que lo que le iba a decir era una decisión definitiva. Así que solo tenía que escuchar. Le anuncié que me iba a divorciar. En un arrebato, sin pensarlo. Primero, me miró con cara de incredulidad, pero después explotó. Nunca lo había visto tan enfadado. Me asustó. Creo que lo que más lo enfureció fue que se había tomado la molestia de concederme un tiempo de su apretada agenda para convencerme de que todo estaba bien entre nosotros y no le había servido de nada. Un esfuerzo perdido que podría haber empleado en otro lugar. Se mantuvo en silencio un buen rato mientras conducía y luego me dijo que me olvidase. «Saca esa idea de tu inútil cabeza», me gritó. También me dijo que no podía divorciarme, porque nadie se iba a quedar con su dinero, dinero que le había costado mucho conseguir. Le respondí que se fuera a la mierda, que quería divorciarme de él y que ya podía empezar a hacerse a la idea. Entonces chilló y despotricó. No sé si para él mismo o para que yo lo entendiera, porque la verdad es que yo no comprendí ni una sola palabra. Poco antes de llegar a la carretera nacional, se detuvo, salió del coche y se acercó a mi puerta. Yo estaba demasiado nerviosa como para reaccionar, para cerrarla con el seguro o para pasarme a su asiento y escapar. Debí hacerlo, pero no pude. O no supe. No sé, la cuestión es que me agarró del brazo y me sacó de un tirón. El resto, ya lo sabes.

Yo no la había interrumpido. Era evidente que necesitaba hablar. Habían sido ellos dos solos en ese coche, sin testigos, sin nadie que los juzgara o diera testimonio. Él no la había escuchado y yo le estaba prestando toda mi atención. Quizá fuera el mejor regalo que podía recibir en ese momento.

Pese a todo, ¿qué podía decir yo? No conocía a esa mujer. No podía adivinar lo que ella quería oír o lo que podía hacerle daño escuchar. Pero he de reconocer que me pareció sólida en todo momento. Firme. Se le caían las lágrimas, sí, pero tenía una determinación inmensa.

Estudiando su cara, esperé a ver a dónde quería ir.

—Así que allí acabó mi sórdida historia de amor —dijo como colofón—. Siento mucho que te vieras metido en esto.

—No te preocupes, no me arrepiento de haber parado. Apuesto a que tú también lo habrás hecho en otras ocasiones para ayudar a gente. Sin embargo, sí quiero hacerte una pregunta. Cuando atrapen a Marcos, ¿qué quieres que le hagan?

—¿Te preguntas si soy una de esas mujeres dependientes que no pueden dejar a su marido, haya pasado lo que haya pasado y la trate como la trate? Bueno, pues no. Déjame decirte, Lucas, que yo no soy de esas mujeres. Al contrario, la gente como mi marido me da lástima. La realidad es que Marcos nunca me había puesto la mano encima hasta anoche. Ayer fue la primera vez, pero también será la última. La Policía ha pasado denuncia al juzgado y yo seguiré hasta el final. Me casé con Marcos porque lo amaba más que a nada en el mundo, estaba dispuesta a quererlo toda la vida, pero ayer me perdió para siempre. Y creo que tiene que responder por sus actos, como cualquier persona. Conservaré los buenos recuerdos, pero me divorciaré. No quiero ni un euro de su dinero, pero sí quiero que pague por lo que me hizo a mí y también por lo que te hizo a ti.

Ella mantenía la cabeza con los ojos fijos en los míos.

—Me alegra oír eso —dije—. Yo también quiero que tu marido pase algún tiempo en prisión. Lo suficiente para que nunca más le vuelva a pegar a una mujer o piense que puede dispararle a alguien solo porque no le haya permitido hacerlo. He visto a más gente como él antes. Con un temperamento así, si no le bajamos los humos, pronto llegará el día en que se gane a pulso una pena de prisión de dos dígitos por mandar a alguien al tanatorio.

No lo dije con dureza ni alzando la voz, sino con tono plano y grave.

—Entonces —dijo ella—, ¿te presentarás a testificar contra él?

—Sí, claro, iré a testificar por lo que hizo —le dije, a la vez que asentía con la cabeza.

—Bueno, si eres policía, supongo que no tienes otra opción.

No entendí mucho qué había querido decir con eso, pero pensé que había llegado el momento de cambiar otra vez de tema. Así que señalé hacia el menú del hospital, que aún tenía en la mano.

—¿Ves algo de comida para venados que te guste?

Trató de sonreír, pero sus labios hinchados no se lo pusieron fácil.

—No, a menos que a los venados les gusten las hamburguesas veganas.

—Vaya, ¡estás bromeando! ¿Quizá puré de avena con tropezones de tofu?

—No lo rechaces antes de probarlo.

—No, no, como servidor público, yo me sacrificaré para mantener una población de vacas saneada. ¿Alguna vez has pensado en qué vamos a hacer con las que tenemos si todo el mundo deja de comerlas? Una vaca con demencia senil no debe de ser algo agradable de ver. Y creo que los veterinarios, por su parte, tampoco deberían arriesgar su vida tratando de esterilizar a los toros para controlar la natalidad vacuna del planeta.

—Tendría mucho que oponer a tu razonamiento, pero no creo que sirviera de nada. Recuerdo que tú eras el que me cantaba en el coche con una bala en el hombro.

Aquella mujer me gustaba.

—Escucha —le dije—, tú pide tu delicioso almuerzo y yo iré a mi cuarto y pediré el mío, y me aseguraré de que traiga mucho pan para mojar en la grasa. Así, mientras yo acabo, te dará tiempo para descansar después de comer. Pero podría volver más tarde si te parece bien.

Ella asintió.

—Sí, me gustaría —dijo también.

Justo antes de llegar a la puerta, me detuvo con una pregunta.

—¿Quién cantaba *It's the same old song* en 1965?

Tuve que chascar los dedos durante diez o quince segundos antes de que se me ocurriera.

—The Four Tops —solté, señalándola.

—¿Y *Working in a coal mine*?

—No lo sé.

—Lee Dorsey, en el año 1966.

—¿También te gusta el *soul* y el *rhythm and blues*?

—Me encanta.

—Volveré —dije.

3

Durante el almuerzo, me acordé de Edward, mi gato, que a aquellas horas debía de estar solo y esperando mi vuelta para poder comer sin mover su vago culo de la cama o el sofá. No me preocupó demasiado, le había dejado comida suficiente para varios días y, en caso de que esta se acabase, bien podía salir por la claraboya a buscarse el sustento por su cuenta. Un gato no es como un perro, son supervivientes, y vivir en una pequeña población como Mondariz le garantizaba que, a escasos metros de cualquier edificación, tuviese bosque suficiente para cazar a su antojo. Así que me centré en lo que le había prometido a Yolanda y llegué a la conclusión de que debía mejorar mi aspecto. En cuanto acabé de comer, bajé a la tienda de regalos del hospital y encontré una camiseta con una serigrafía extraña y un pantalón vaquero. También compré una baraja de cartas. Subí con la ropa nueva a mi habitación y me la puse.

Alrededor de las cuatro y media, volví a visitar a Yolanda. Seguía el mismo policía custodiando la habitación y, en esta ocasión, ya me abrió la puerta para que entrara nada más divisar mi imagen en el pasillo.

Ella sonrió al verme y más aún cuando se fijó en las cartas. Le ofrecí jugar al póquer, pero dijo que no era una experta y, al final, acabamos decantándonos por la escoba. Me senté en el borde de su cama para que pudiéramos usar su bandeja como improvisada mesa. Yolanda era bastante buena, pero lo dejó al cabo de un rato. Yo le ganaba todos los juegos por un margen escasísimo de puntos. Acabamos hablando de deportes y de todos los equipos de fútbol de Primera División, los cuales conocía como si fuese una verdadera forofa.

Después de una hora, quise indagar en algo que me había llamado la atención por la mañana.

—Quería preguntarte sobre lo que dijiste de no querer nada del dinero de tu marido. ¿Es cierto?

—Sí.

—¿Estás segura de eso?

—Por supuesto —respondió con decisión, como si mi duda la hubiese ofendido—. Tengo el título de profesora y ya he trabajado como interina en mil sitios y mil horarios distintos. Sé que puedo volver a hacerlo, incluso preparar las oposiciones y conseguir una plaza fija. Me sentiría fatal si viviese a costa del dinero que le sacase a Marcos. Pero no es solo por altruismo, lo que ocurre es que prefiero separarme recordando los golpes del otro día y no disfrutando de una gran cuenta en el banco. Supongo que así lo sobrellevaré mejor.

Me pareció una explicación razonable.

—¿Qué enseñas?

—Educación Primaria.

—Y él, ¿a qué se dedica?

—Es cirujano en Cardiología.

Casi no había acabado de responder, cuando se encendió una bombilla en mi cabeza. Al rojo vivo.

—¿Ejerce en este hospital?

—Pues, sí —dijo ella—. ¿Cómo lo sabes?

—Me fijé en cómo la enfermera te habló antes.

Ella asintió.

—Ya. Supongo que a estas horas los rumores están circulando sin parar por todos los corrillos. Su quirófano está dos plantas más abajo y la mayoría de las operaciones que se realizan allí tienen a Marcos como cirujano jefe. Mi marido es muy exigente y profesional. Es muy conocido en este hospital.

Dejó escapar una leve expresión de escepticismo.

—¿Cómo empezasteis a salir?

—En la Universidad. Ya te dije que al principio era muy diferente. Venía de una familia pobre, de un pequeño pueblo de la zona de A Fonsagrada, en Lugo. Su padre trabajaba en el campo y su madre era asistenta en varias casas adineradas. Ambos ganaban poco dinero y tenían que mantener a cinco hijos. Marcos empezó a trabajar en un bar del pueblo cuando solo tenía quince años y casi todo lo que ganaba iba para la familia. Pero él se dejó los ojos para seguir sacando buenas notas en el instituto y siempre consiguió tener beca.

Asentí con la cabeza.

—Aparte de las becas, en la universidad sirvió mesas en distintas cafeterías y pubs de Santiago y ahí fue cuando nos conocimos. En ese entonces, soñaba con ayudar a la gente, con curar a enfermos. Era un romántico. Incluso se planteaba viajar a la India como voluntario en vacaciones. Por aquel entonces, también pensaba dedicarse a la investigación médica. Estuvimos varios años como novios y nos casamos justo después de su primer contrato como interino. Estaba tan feliz que le brillaban los ojos. Solo podía hablar de la gente a la que ayudaba y yo me sentía muy orgullosa de él.

—Es comprensible.

—Pero enseguida cambió —dijo ella, moviendo la cabeza—. Supongo que miraba a los médicos de su alrededor y veía sus relojes, su ropa, sus coches lujosos. Decidió aparcar el paso a la investigación y dedicarse a la cirugía por un tiempo. Primero aprobó la oposición y se convirtió en médico de plantilla y, poco después, quiso completar el horario en el hospital con algunas horas en una clínica privada. En el segundo año de casados, se compró su primer coche caro y, al siguiente, pedimos una hipoteca y adquirimos la casa que tenemos. Cuando celebramos el tercer aniversario de bodas, ya se había olvidado por completo de la India y de la investigación.

—¿Tiene familia?

—Su padre murió de un ataque al corazón hace tiempo y su madre vive sola. Ella sigue trabajando y él nunca la visita. Le envía una tarjeta de Navidad cada año y creo que ni siquiera las llega a abrir. Si ella viniese aquí y viera en lo que se ha convertido, se avergonzaría. De eso estoy segura. A Marcos solo le interesa el dinero y, supongo, que el poder que le otorga. Tiene muchos pacientes porque es muy bueno con un bisturí en la mano, pero nunca será famoso por su sensibilidad. Los recibe y los atiende como si estuviera en una cadena de montaje. Dudo que pueda decirte sus nombres al día siguiente de que hayan visitado su consulta. Está obsesionado con el dinero. Es posible que sea por haber nacido pobre, que la gente como él no pueda evitar obsesionarse con acumular una fortuna cada vez mayor.

Después, agitó la cabeza.

—Escúchame —dijo—. Puede parecer que te estoy definiendo a un monstruo y tampoco es así. También tuvimos momentos muy buenos, solo que no fueron muchos y hace ya tanto tiempo que ya casi no los recuerdo.

Esa última explicación sonaba a justificación, pero no me molesté en decirle que no tenía que justificarse por nada. Yo he visto de todo en este mundo y si algo tengo claro es que la basura humana puede ser tanto rica como pobre y la mayoría es capaz de hacer una actuación ganadora de un *Oscar* para conseguir disimularlo. Tampoco le dije que cuando se me encendió la bombilla sobre la reacción de la enfermera hacia ella, también recordé cómo su querido marido me amenazó de muerte mientras se quejaba de la mano. Lo más probable es que le hubiera roto algún hueso que pusiera en peligro su carrera como cirujano. No me sentía orgulloso de lo que había hecho, pero no puedo decir que me importase en exceso. Y pensé que eso era algo que ella tampoco necesitaba saber en ese momento. Así que mantuve mi boca cerrada y le planteé centrarnos de nuevo en las cartas.

Dos jugadas más tarde, ella las bajó de nuevo.

—¿Qué haces en la Policía? —preguntó.

—En este momento, nada. Tengo una excedencia voluntaria y todavía no he puesto fecha a mi regreso. Supongo que necesitaba descansar. Cuando la cogí, estaba trabajando en una operación antidroga en los alrededores de Madrid y nuestro objetivo era perseguir e interceptar grandes alijos.

—Eso suena peligroso.

—No demasiado —mentí—. Lo que requiere, sobre todo, es mucho trabajo de vigilancia. Largos turnos aburridos, peor incluso que el trabajo de oficina. Pero cuando llevas un tiempo al pie del cañón, tienes que parar y descansar, y en eso estoy ahora. Ese es mi presente.

—¿Y qué haces en Vigo? —preguntó ella.

—Nací aquí —le dije—, aunque me fui a Madrid cuando aprobé la oposición para la policía. Hace unos años, compré un ático a buen precio en Mondariz, frente al balneario, y vengo siempre que quiero desconectar. ¿Puedes creer que es mi primera casa en años? He estado viviendo en hoteles, moteles y pensiones. Así que, sí, puede decirse que soy más de aquí que de otro lado. Quizá porque nunca he encontrado a una mujer lo bastante tonta como para casarse con alguien que rara vez aparece por casa y que casi siempre que lo hace es por sorpresa.

Me di cuenta de que en los últimos tiempos no había estado de humor para hablar con nadie más que con Edward y, sin embargo, allí estaba, sentado al lado de una mujer que era capaz de parar en cualquier momento la partida de cartas que teníamos entre las manos para hacer una pregunta. A decir verdad, lo que me extrañaba era que yo contestaba a todas con algo más que un monosílabo.

—Eso es triste —dijo.

—Decidí casarme con mi vida profesional y me gusta mi trabajo. Lo que ocurre es que te acaba quemando. Da igual si estás muy metido o no, si la operación es grande o pequeña. Al final, acabas chamuscado, de mal humor permanente y el aire no te llena los pulmones. Supongo que los malos parecen peores cuando estás solo y no tienes a personas normales alrededor con quien compensar la maldad que percibes. Algún día volveré, pero por el momento, todavía no me encuentro con fuerzas. Estaba haciendo mi presentación de nuevo en sociedad cuando me tropecé con vosotros dos. Llevo un mes encerrado en mi ático en total soledad —mentí sobre el tiempo—, salvo por un precioso gato persa que llegó perdido por el tejado y, por alguna razón, ha querido quedarse.

—Pues si tu gato ha querido quedarse, no debes de ser tan mal compañero de piso.

—Le doy calor y comida y no le pido nada, así que supongo que se queda por interés.

Estábamos enfrascados en una discusión sobre las oscuras motivaciones que llevaban a Edward a no querer largase de mi lado cuando entró el policía del día anterior en la habitación.

—Yolanda. Y Lucas. Vaya, qué sorpresa. ¿Cómo están?

Ambos dijimos que nos sentíamos mejor y listos para irnos a casa. Ella, primero; yo, después. Me fijé que el inspector Fidalgo vestía el mismo atuendo arrugado con el que nos conocimos, solo que un poco más sucio. También que el bolsillo de su camisa contenía un paquete completo de Ducados detrás de otro casi vacío.

—Necesito hablar con usted, Yolanda —dijo.

Me levanté y tomé el camino de la puerta. Ella me detuvo.

—Espera, no hace falta que te vayas —dijo—. Estamos juntos en esto y no creo que tengamos nada que ocultarnos. ¿Qué ocurre?

El inspector hizo un gesto de sorpresa y lo acompañó con una evidente cara de desconfianza.

—¿Son ustedes pareja? —preguntó.

Los dos negamos a la vez y de manera instintiva.

—Lo que nos une es el hecho de ser damnificados del mismo tipo y en el mismo momento —apunté—. Inspector, el amor está sobrevalorado. Créame, a veces una desgracia une mucho más.

Después de tomarse un par de segundos para pensar, el inspector Fidalgo dio el visto bueno a que me quedara con un gesto y comenzó a hablar.

—Al final, ayer a última hora encontramos a su marido en casa y lo detuvimos —dijo, mirando a Yolanda—. Pasó la noche en el calabozo y lo interrogamos. La verdad es que tuvimos una larga conversación con él. Dice que puede haberla empujado con rabia y que asume que tendrá que enfrentarse a un juicio por maltrato, pero que él no ha disparado a nadie. Y de ahí, no conseguimos sacarlo. Según él, si hubo disparos, tiene que haber sido otra persona.

Me reí.

—Lucas, el sentido común nos dice que fue él —siguió el inspector—. Pero el problema radica en que no hemos encontrado a alguien que pueda darnos una matrícula, ni una descripción exacta del coche, ni siquiera la marca. Todos los testigos con los que hemos hablado dicen que estaba muy oscuro y que sucedió todo muy rápido. Todavía nos quedan por interrogar a un par de vecinos, pero dudo que estuvieran ayer en casa. Su marido también dijo que no tiene ningún arma y que ni siquiera sabe qué es un veintidós.

Yolanda se encogió de hombros y puso una mirada de perplejidad.

—Un veintidós —repitió el inspector—. Una pistola, Yolanda. Ese es el calibre de la bala que le alcanzó a Lucas.

A ella se le endureció la cara en ese momento.

—Pues entonces, es un mentiroso —dijo—. Marcos tiene una pistola pequeña. La llevaba consigo cuando salía a las urgencias de madrugada.

—¿Era un veintidós?

—Y yo qué sé, era una pistola. Una pequeña, pequeña. Nada como lo que se ve en las películas. Odio esas cosas y nunca le presté mucha atención. Incluso me dijo que compraría una para que la guardásemos en casa y que me enseñaría a usarla, pero yo me negué rotundamente y creo que al final no lo hizo.

—Bueno, seguiremos investigando el tiroteo. Respecto a su agresión, el juzgado sigue con el caso. Ha emitido una orden de alejamiento de ciento cincuenta metros y supongo que pronto fijará un juicio rápido. Sigue pensando en declarar contra él, ¿verdad?

—Sí.

—Bien. Y si el señor Acevedo también está dispuesto a testificar, podremos convertir ese empujón, que ya ha reconocido, en una agresión en toda regla. Ahí no hay un problema, pero sí lo hay en otro punto.

—¿Cuál?

El policía se volvió hacia mí.

—Digamos que está algo molesto con usted, Lucas. Si conoce a un abogado, será mejor que lo llame. Está obsesionado con su mano y hasta creo que se la ha podido retorcer después del incidente adrede para inculparle. Me temo que, al final, la mano va a ser una cuestión muy, pero que muy importante en todo este asunto.

La cabeza de Yolanda se volvió hacia adelante entre nosotros.

—¿Su mano? —preguntó.

—¿No lo sabía? Parece ser que, cuando Lucas se lo quitó de encima, su marido se rompió algún hueso de la mano derecha. Dice que se excedió en la fuerza necesaria.

Creo que Yolanda no escuchó la última frase. Se había llevado la mano a la boca y su preocupación asomaba con nitidez a través de todos los moratones.

—¡Dios mío, su mano! —dijo, con una especie de grito ahogado—. ¡Ahora no podrá operar!

Vamos a ver, reflexionemos un poco sobre esto, pensé. Un gilipollas. A mí me disparó y a ella le partió la cara. Resulta que me va a demandar por ayudarla, en un edificio donde suele ganar quien viste el traje más caro. Antes me contaba en qué se había convertido su querido Marcos, hasta que era tan cruel e insensible que le importaba una mierda si su madre le mandaba una postal por Navidad. Ahora lo único que se le ocurre decir es: «¡Pobre Marcos, pobre Marcos, su mano está rota!»

Noté que me estaba empezando a enfadar. Unos pocos comentarios sarcásticos empezaron a caer por la empinada escalera que baja desde mi cerebro hasta la boca, pero por suerte, conseguí pararlos antes de que saliesen al exterior.

Respira, hombre, me susurró el Lucas más sensato. No juzgues la situación con el baremo que juzgarías las que ocurren en tu vida cotidiana. Nadie puede querer a un sinvergüenza durante años y no conmoverse cuando le dicen que le ha pasado algo grave, por mucho que, con el tiempo, se haya acabado transformando en un desgraciado.

Cogí aire con fuerza y me volví hacia el inspector Fidalgo.

—¿Se curará? —quise saber.

—Supongo, no creo que sea tan grave, pero no pregunté.

Después se volvió a centrar en ella.

—Yolanda, como le dije antes, su marido tiene una orden de alejamiento y eso implica que no puede ir al domicilio familiar. Esta mañana ha quedado en libertad provisional, es lo normal. Le hemos acompañado a recoger algunas cosas a la casa, pero sabe que no puede volver y nos ha dicho que se alojaría en un hotel. En principio, parece que ha asumido la situación con naturalidad. De todos modos, he decidido mantener a un policía custodiando la habitación hasta que a usted le den el alta, por precaución. Como le he dicho antes, me imagino que el juez fijará un juicio rápido, por lo que no debería demorarse el asunto. De todos modos, si en algún momento su marido no respeta esa orden, bien sea porque regresa a la casa o porque se pone en contacto con usted por algún medio, avísenos de inmediato. ¿De acuerdo?

—Sí.

—Pues eso es todo. Seguiremos en contacto.

Los dos nos despedimos de él y salió por la puerta sin perder tiempo. Sus pasos se escucharon alejarse por el pasillo del hospital.

Yo me fijé en Yolanda unos segundos y luego le pregunté:

—Ha dicho que parecía que había asumido la situación con naturalidad. ¿Crees que ha tirado la toalla y que ha aceptado la idea del divorcio?

—No, no, qué va. Marcos, no. Lo que está es tramando algo, lo conozco muy bien. Lo más probable es que se haya puesto en contacto con un abogado tan frío y despiadado como él.

—Sobre lo de su mano, quería decirte...

—No, no te preocupes. Me pilló por sorpresa. Todavía me estoy mentalizando que no debe importarme nada de lo que le pase.

—Conozco un abogado con el que estudié en el colegio aquí en Vigo. Es un buen amigo. Y te aseguro que si tiene que comerse a cualquiera que haya encontrado tu marido, se lo comerá sin pestañear, créeme.

—¿En serio? ¿Puedo verlo yo también?

—Para el caso de violencia de género, sí, pero no lleva divorcios. Dice que le resultan aburridos.

—Bueno, pero al menos, algo es algo. Y quizá, aunque no se dedique a eso, pueda asesorarme cómo llevar mejor el divorcio. Es que me siento algo perdida.

—Me pondré en contacto con él. Pero ahora, vamos a mandar nuestros problemas a la mierda un rato y volvamos a la partida.

Ella no puso objeciones. Le eché una larga mirada mientras estudiaba sus cartas. A pesar de que su cabeza tenía que sentirse como si hubiera compartido un intenso entrenamiento con el «Canelo» Álvarez, había encontrado tiempo para lavarse y peinarse su pelo castaño. Las partes de sus labios que no estaban hinchadas eran lisas y brillantes y detrás asomaban unos dientes de un blanco impoluto. Los dedos eran largos y delicados; las uñas, pintadas de un rosa suave. Sus pupilas verdes, o, mejor dicho, la parte que dejaba ver la hinchazón, eran del color del agua sobre un arrecife. Tenían vida dentro, seguro. También pude ver el torso bien contorneado de sus pechos bajo la poco sugerente bata del hospital. Pensé en la maquiavélica mente de quien las diseñó, a buen seguro, buscando evitar deseos poco apropiados en esas situaciones.

Cuidado, chico, me habló de nuevo al oído mi yo sensato. Está casada, aunque sea por poco tiempo. Y herida. Y hasta es probable que un poco confundida. Una presa fácil, sí, pero mantén las distancias. Ella es justo el tipo de problema que no necesitas en tu vida en estos momentos.

Por supuesto, me respondí.

En el hospital tenían la mala costumbre de no dar altas los domingos y, ya que era sábado y la nuestra no estaba prevista, no nos quedó más remedio que esperar al lunes. Cerca de la noche, me acerqué a uno de los teléfonos públicos del hospital y llamé a Tomás Cerreda, mi amigo de primaria y abogado de lujo en Vigo. Tomás tenía tres asientos de tribuna reservados a su nombre en Balaídos y creo que nunca había acudido solo a un partido. Las entradas las usaba para agasajar a sus mejores clientes.

Descolgó el teléfono tras el tercer timbre.

—¿Tomás? —pregunté en medio del ruido de fondo.

—Lucas, qué sorpresa, ¿cómo te va? Estoy viendo el partido —dijo—. A ver si te animas a venir un día. ¿Sigues en tu escondite secreto?

Le conté que me habían ingresado y le hice un breve resumen. Se rio a carcajadas de que me hubieran disparado. Sin embargo, no le pregunté qué era lo que le parecía tan gracioso del tema. Aunque teniendo en cuenta su teoría de que los problemas se aferraban a mí como el hedor a las axilas de quien no se ducha, no me costó hacerme una idea. Dijo que me pasase a verlo la semana próxima a cualquier hora de la mañana.

Todavía se reía cuando colgué.

A Yolanda y a mí nos dieron la libertad condicional el lunes justo antes del mediodía. Por tercer día consecutivo, mantuve mi atuendo comprado de manera improvisada. Ella tenía una amiga, que era más o menos de su mismo tamaño, y le trajo unos vaqueros, junto con una bonita blusa roja. A esta amiga la conocía de Cáritas, porque, según me dijo, llevaba años colaborando con ellos y eran como una gran familia. Se conformó con la ropa prestada, porque no quería que nadie fuese a su casa, por si Marcos no estaba cumpliendo con la orden de alejamiento. El nombre de la amiga era Eva y estaba asombrada por lo que había pasado. Yolanda le hizo jurar que lo mantendría en secreto, al menos hasta que saliera a la luz la historia. Eva pareció molesta por no poder difundir aquella noticia entre las demás amigas con el protocolo del que creía merecedor semejante noticia, pero acabó aceptando a regañadientes. Le dijo a Yolanda que la llamase si necesitaba algo y se despidió. Yolanda se notaba nerviosa por volver a casa y decidimos que yo la acompañaría a casa, por si Marcos le hubiera mentido a la Policía sobre sus buenas intenciones.

Poco después, le agradecimos su trabajo al policía de la puerta y salimos del hospital. Dada la hora que era, los dos estábamos hambrientos. Era un hambre de esperanza, por la posibilidad cercana de saborear algo distinto a los menús de supervivencia que ofrecen en esos sitios.

Tomamos un taxi para que nos llevase a un restaurante que sirviera buena comida sin tener que renunciar a un órgano vital para pagarla. Al final, escogimos la Pizzería Chicote, casi al lado de la Gran Vía. Yolanda comió una ensalada enorme. Yo también pedí una ensalada, pero le añadí un buen entrecot de carne.

Al acabar, llamamos a otro taxi para que nos trasladase a su casa. Los taxistas debieron de pensar que acabábamos de tener un accidente, yo con mi brazo en cabestrillo y ella con su cara hinchada y amoratada.

Yolanda vivía en las afueras de Vigo, en Canido, una zona donde el número de médicos por metro cuadrado superaba con mucho la media de cualquier otro punto de la ciudad. Su casa era una de las mejores de entre todas las que hay por allí. No formaba parte de ninguna urbanización y destacaba con claridad sobre el resto. También la finca era más grande de lo normal y la edificación estaba situada en ella de manera estudiada, lo bastante lejos de la carretera como para dejar ver el montón de terreno que abarcaba, pero no lo suficiente como para que cualquier persona que pasase por delante no pudiera apreciar los detalles de clase. Grandes árboles en el patio delantero, arbustos de floración tardía en los montículos elevados y un coqueto porche situado en la parte delantera de la casa. Una puerta alta de metal, con la cerradura en el centro de la pared, y una cámara camuflada en un poste negro, apuntando de manera precisa a la entrada, protegían el conjunto de extraños poco deseables.

El taxista parecía impresionado. Dejé que ella le abonara el viaje. Pensé que solo el coste de la puerta podría pagar el vehículo entero.

Pasé por delante de la entrada mientras el conductor daba marcha atrás para irse. En cuanto lo hizo, ella se me acercó.

—Dime que tienes la llave —dije.

—Sí, está en mi bolso.

La sacó sin poder esconder su nerviosismo. Giros, zumbidos y aquella monstruosidad se abrió. Dentro, presionó un botón diferente y las dos baldas de la puerta del garaje se abrieron hacia fuera para descubrir un flamante Lexus aparcado al fondo. Yolanda suspiró aliviada al ver la otra plaza vacía. Supongo que no confiaba en exceso en la nobleza de su futuro exmarido.

—El Infiniti se ha ido. No creo que esté aquí —apuntó.

—¿Podría haber alguien más dentro? ¿Sirvientes? ¿Bufones? ¿Niños?

—No tenemos asistenta —dijo ella, sin entrar en la broma—, y nunca hay niños. Ese es otro de nuestros planes iniciales que Marcos se dejó por el camino con el paso de los años.

—Te diré algo, solo para estar seguros. Vamos a pasear por la finca durante un rato. Si está ahí dentro, el vernos a los dos juntos podría enfadarle lo suficiente como para que salga. Prefiero eso a que nos lo encontremos dentro, esperando detrás de alguna esquina.

No puso objeciones y paseamos por el jardín delantero, mirando las plantas. Dijo que le encantaba cuidarlas. Eran hermosas y tenían nombres que yo no podía ni aspirar a pronunciar, mucho menos a recordar. La hierba era corta y suave como una alfombra. Hice ver que estaba interesado en su precioso verdor, a pesar de que no me importaba nada de eso. Para mí, las hierbas solo se diferencian entre las que se comen y las que no. En realidad, no dejé de vigilar las puertas y ventanas en ningún momento. El antiguo camarero de A Fonsagrada había puesto una bala en mi precioso hombro izquierdo y no quería darle la oportunidad de que lo intentara con el derecho.

Pasados diez minutos, seguía sin verse movimiento dentro de la casa.

—Creo que ya es suficiente —le dije—. Entremos por la puerta principal.

Ella abrió y yo la dejé pasar, esgrimiendo mi mejor cortesía, aunque, a decir verdad, trataba de cubrir su espalda.

—Espera —dijo.

Se dirigió a un teclado en una pared adyacente y desconectó el sistema de alarma. Giró a la izquierda en el primer pasillo y yo la seguí de cerca. Intentaba actuar con indiferencia, pero me fijé en la rigidez de su caminar. En cierta medida, me alegré de que estuviera nerviosa.

Después de pasar por un par de habitaciones amuebladas con muchos euros, cruzamos una puerta corredera hacia la cocina. Esta era grande y bonita, con paredes de roble, muchos armarios y una isla con taburetes altos a su alrededor. Me subí a uno de ellos, sacando mi brazo del cabestrillo mientras lo hacía. Lo flexioné con cuidado. Estaba dolorido, pero no tanto como el día anterior a esa hora. Lo dejé libre y metí la mano en un puño.

—¿Algo de beber? —preguntó, echando varias miradas a su cocina como si temiera que su marido saliera de un armario como un zombi salido de una película de serie B.

—Si tienes, tomaré una cerveza, un teléfono y una guía telefónica. Quiero preguntar por mi coche.

Me dio una Heineken con una mano y un teléfono portátil y una guía telefónica con la otra. Salió de la habitación diciendo que volvería enseguida. Mientras ella no estaba, llamé a la oficina principal de la policía de la ciudad. Pasé por tres funcionarios antes de conseguir hablar con uno que pudiera ayudarme. Mi Toyota, me informó el hombre con amabilidad, se encontraba en el depósito municipal. Ya habían recuperado la bala de su interior y estaba a mi disposición. Quedé en pasar a retirarlo en cuanto pudiera.

Yolanda volvió a la cocina cuando yo ya había colgado.

—Sus ropas no están —dijo ella—, ni su portátil del estudio. Supongo que se fue de verdad

Tomé un largo trago de cerveza fría.

—Sí, parece que ha mantenido su palabra —le dije—. Me imagino que su eficiente abogado le habrá aconsejado que no se salte la orden hasta que se celebre el juicio y él lo querrá respetar, porque le conviene. Cosa distinta es lo que haga después.

Ella tembló y cruzó los brazos.

—El caso es que me encantaba esta casa, pero ahora mismo me resulta demasiado fría. De alguna manera, siento que lo que ha hecho ha arruinado todo lo que teníamos. Al menos, lo que yo creía tener.

—Tienes que hablar con alguien, Yolanda. Nadie puede cargar con estas cosas sin ayuda. ¿Tienes familia?

—Solo tengo dos hermanas y ambas están casadas. Mamá y papá murieron hace años. Una de mis hermanas está en Sevilla y la otra en Zaragoza, de donde somos originarios. Tienen buenos maridos e hijos envidiables. Supongo que soy la única que metió la pata al elegir.

Pensé que era una de esas buenas personas que se culpan de los errores de los demás, solo que en este momento no estaba dispuesto a dejar pasar por alto el comentario.

—No puedes culparte —dije—. A ver, ¿arruinaste tú la relación o lo hizo él?

—Bueno, supongo que fue él. Pero las cosas que pasan en una pareja, en el fondo, siempre dependen de los dos.

—¿Te pegaste a ti misma el viernes por la noche?

—No, pero si no le hubiera dicho lo del divorcio, quizá...

—No hay ningún «pero si», ni ningún «quizá» que tener en cuenta. El hijo de puta de tu marido te pegó porque quiso y me importa una mierda las excusas que quieras colgarle. ¿De acuerdo?

Me miró con fijeza y supe que tenía que esgrimir más argumentos que reforzaran mi visión sobre el asunto si quería convencerla.

—A veces, desde fuera se ven las cosas con más claridad —dije—. Y yo soy tan exigente que no me gustan las cosas que son, pero no son, solo porque alguien les quiere colgar un puñado de «peros».

Ella se quedó en silencio. Yo tomé otro trago.

—Pues a veces siento que podría ser yo la culpable, que quizá no entendí lo que necesitaba.

—¡Yolanda!

Ella suspiró. Después fue a la nevera y cogió otra cerveza. Abrió la parte superior, tiró la chapa en dirección a un cubo de basura y tomó un trago profundo. Se le humedecieron los ojos con el gas carbónico. Luego, miró la botella, pero creo que solo para no tener que mirarme a mí.

—Tengo la sensación de que ya sé un poco de qué va esto —dije yo—. Según tú, Marcos se ha vuelto distante. ¿Pero cuál crees que es la razón?

—Supongo que ganar dinero es más importante que yo, y... ¡Dios mío, esto es tan vergonzoso!

—¿Tiene a otra?

Ella asintió.

—¿Quién?

—No lo sé, pero una mujer se da cuenta de esas cosas. Antes solía encontrarme atractiva. Y estábamos muy unidos. Pero durante los últimos años es como si no le importara nada. Supongo que su deseo por mí se esfumó con el paso del tiempo y la llegada de la rutina y, al final, decidió buscar a otra. Sí, supongo que esa es la razón.

Ella agitó la cabeza.

—En realidad, creo que nunca me importó demasiado —dijo después de un rato—. Debe sonar terrible, pero podría haber vivido con lo de la aventura. Es humillante, pero no me hubiera divorciado si no se hubiera distanciado como lo hizo. Además, no creo que, si no tuviera una amante, fuese menos egoísta o más cercano a mí. No sé, pero no creo que sea ese el problema.

Me di cuenta de que la idea de que un hombre dejase de querer a esta mujer me resultaba difícil de creer. Y no tenía claro que eso fuera una buena sensación para mí.

—¿Es la única que ha tenido? —le pregunté.

—¿Importa?

—Y tú, ¿has tenido una aventura?

—¡Por supuesto que no!

—Bueno, entonces, creo que estamos listos para sacar conclusiones. Veamos. Él tiene una amante y tú nunca le has sido infiel. Siempre te has esforzado en ser una buena esposa y has mantenido esta casa en pie, mientras él pasaba el tiempo haciendo otras cosas. Es decir, persiguiendo dinero y mujeres. Pero resulta que un día se enfada y te pega hasta dejarte sin sentido, solo porque le dices que quieres el divorcio. Pero resulta que dentro de su privilegiada cabeza la idea de liarse a puñetazos contigo resulta justa y brillante y, como yo no le permití hacerlo a su gusto, primero me dispara y luego quiere demandarme. ¿Y crees que podrías haber hecho algo diferente para que todo fuese bien? Yolanda, lo único que podías haber hecho diferente era no casarte con este pedazo cabrón.

Me volví a un lado y miré hacia la luz. Su cara se congeló durante unos momentos y luego sonrió un poco.

—Eres un caso, Lucas Acevedo. Pero creo que te estoy cogiendo cariño.

Me puse nervioso y quise cambiar de tema.

—Entonces, ¿a qué hermana vas a llamar?

—A ninguna de las dos. Tú mismo has hecho el trabajo. Y no soportaría escuchar insinuaciones engreídas de gente que se cree perfecta.

—Así que no te llevas bien con tus hermanas.

—Sí, me llevo bien con ellas, mientras nos mantengamos lejos. Ambas te dirán que yo era la favorita de mamá y papá y yo te diré lo mismo de ellas.

—Familia típica entonces.

—Exacto.

—Escucha, es posible que yo no sea la mejor persona con quien hablar cuando se trata de problemas —dije—. De hecho, soy un desastre andante. Necesitas conseguir la opinión de alguien más y pronto. ¿Qué tal tu amiga Eva?

—Es un encanto. Todo el mundo la quiere.

—Entonces, llámala. Esto es demasiado grande y doloroso como para que cargues con ello sola.

—¿Qué quieres decir con que eres un desastre? Me cuesta creer que no haya una mujer en algún lugar que esté deseando que vayas a verla.

—Pues no, no hay. Me casé con mi trabajo y, en cierto modo, eso me hace como Marcos, excepto que nunca quise comprometerme con una mujer, porque no quería perder el tiempo ni hacérselo perder a nadie. Es una forma muy inteligente de vivir, ¿no crees? Aunque supongo que, por eso, ahora estoy de excedencia.

—¿Esperando?

—Viviendo. Oliendo las margaritas, o las azucenas, o a veces las meadas que dejan los perros sobre las azucenas y las cacas sobre las margaritas en los parques.

—Todavía no te conozco por completo, Lucas, pero puedo decir que no te pareces en nada a Marcos.

Terminé mi cerveza.

—Entonces, ¿te vas a quedar aquí? —le pregunté.

Ella agitó la cabeza de un lado a otro.

—No, no estaría tranquila y necesito dormir. Recogeré algunas cosas y me iré a un hotel durante un tiempo.

—Precisamente iba a sugerirte eso. Marcos podría volver en cualquier momento y a mí ya solo me queda un hombro sano para ofrecer. Así que por qué no preparas la maleta, nos vamos y mañana le hacemos una visita a mi abogado.

Ella sonrió.

4

Mi amigo de primaria, Tomás Cerreda, abogado, tenía su bufete en la Gran Vía de Vigo, casi al lado de El Corte Inglés. Tomás sumaba los mismos cuarenta y dos años que yo, era de huesos grandes y gastaba un apetito voraz desde que los dos habíamos formado pareja de centrales en las categorías inferiores del Celta, en nuestros tiempos de adolescentes. Ninguno hizo carrera más allá de juveniles. Él abandonó el fútbol por una inoportuna lesión de rodilla y yo por la mala costumbre de compensar mi falta de calidad técnica con una buena dosis de agresividad hacia rivales y árbitros.

Tomás usaba el mismo uniforme todos los días, que consistía en una camisa blanca de manga larga, enrollada siempre hasta los codos, pantalones oscuros y corbata de rayas. La anchura de estas fue el único cambio que sufrió su indumentaria con el paso del tiempo. Su pelo era largo en la parte superior y corto en los lados y en la nuca, fijado hacia atrás con gomina para disimular la incipiente calvicie que empezaba a sufrir. Sonreía con facilidad, la sonrisa de un tipo afable, pero si un abogado contrario dejaba que le engañase su semblante, entonces era hombre muerto.

Mantenía los gastos contenidos por un propósito muy definido en su mente: jubilarse a los cincuenta años. Ni uno más, ni uno menos, y nadie que lo conociera dudaba de que lo fuese a cumplir. Eso se debía a que todos los que vivían en aquella zona de Vigo —gente con dinero y buenas conexiones— sabían que, si se veían en un aprieto, él era su hombre. Y esa gente siempre estaba en problemas.

La realidad es que contaba con una de las mentes legales más agudas que pudieras encontrar. Su don era visualizar el resultado requerido y el camino más apropiado para llegar hasta él con una rapidez extraordinaria. Tal vez solo era sentido común en grado máximo. O, tal vez, su secreto consistía en que trabajaba más duro que nadie. No sabría asegurarlo con exactitud, pero lo cierto es que era muy bueno en su profesión.

La tarde anterior, y dado que yo todavía no disponía de mi coche, Yolanda me acercó hasta un hotel y ella se hospedó en otro. El martes por la mañana, me recogió a las once en punto en la puerta del mío y, solo unos pocos minutos después, estacionó su Lexus en el aparcamiento subterráneo de la calle Urzaiz, al final de la Gran Vía. Desde allí fuimos caminando hasta el bufete de Tomás.

Clara, la secretaria, una señora oronda, de mediana edad y con una casa llena de niños tan rollizos como ella, me conocía bien. En cuanto nos vio llegar, se sentó entre sus archivadores con una amplia sonrisa en la cara, saludó a Yolanda y nos hizo señas para que entrásemos al despacho.

—Pasad —dijo.

Tomás nos esperaba sentado detrás de su escritorio, con montones de papeles esparcidos por todas partes. Los libros de Derecho, muchos de ellos al revés, reposaban en unas viejas estanterías a su espalda. Su título de abogado colgaba en un ángulo torcido en la pared de la izquierda. La apariencia de su despacho siempre había sido la antítesis de su capacidad profesional.

Se levantó de la silla en cuanto vio a Yolanda, no por mí, le estrechó la mano, le dio dos besos y le hizo señas para que se acomodara en una de las dos sillas que tenía frente a su escritorio. Yo me senté en la otra sin esperar a que me invitase.

Mi amigo se dirigió a ella y siguió ignorándome.

—¿Cómo te encuentras? No tienes buen aspecto.

—Siento que mi cabeza pesa una tonelada, pero al menos, ya no tengo dolor.

Tomás se quedó mirándola un segundo.

—Aléjate de él —le dijo después—. He de decirte que su vida no está diseñada para mantener una amistad sana y sin complicaciones.

—Pues me temo que esta vez fui yo quien lo ha metido en problemas.

—Entonces, debes de ser la excepción que confirma la regla. Suele ser él quien le complica la vida a los demás.

—Bueno, vayamos a lo que hemos venido —interrumpí yo de nuevo.

—Claro, claro —me dijo Tomás, ahora sí, interesado en mí—. Ayer me contaste por encima el problema, Lucas, pero necesito que me vuelvas a explicar todo desde el principio y con más calma. Y Yolanda que vaya apuntando lo que crea oportuno.

Se inclinó hacia delante para atender mejor.

Yo le relaté la historia. Como había pedido, desde el inicio y sin pasar por alto ningún detalle. Yolanda apenas me interrumpió un par de veces para puntualizar alguna cosa, ya que no había visto mucho desde que Marcos se puso en modo boxeador. Ella le recalcó a Tomás que había sido el anuncio del divorcio lo que provocó que su esposo reaccionase así.

Al acabar nuestro relato, Tomás frunció los labios y se quedó en silencio, pensando.

—¿Qué hay de la demanda por fuerza excesiva? —le pregunté antes de que volviera a hablar.

—Por eso no hay problema.

Luego se dirigió a ella.

—Yolanda, ¿supongo que te hicieron fotos en Urgencias?

—Sí.

—Todavía tienes la cara hinchada y no quiero imaginarme cómo estaba justo después de la agresión. Lucas, querido amigo, si este tal Marcos es tan estúpido como para llevarte a juicio, entonces todo el caso dependerá de la firmeza de mi mano derecha. Si se pronuncia en la sala una sola palabra sobre fuerza excesiva, sostendré una gran fotografía de la cara de Yolanda. Si se queja de la pérdida de ingresos, enseñaré una foto de su cara. Y si llora buscando compasión o pretende hacerse la víctima, pondré bien en alto esa fotografía. Toda tu defensa dependerá de lo firme que sea capaz de mantener esa fotografía, para que el juez aprecie con toda exactitud el estado en que te dejó ese desgraciado. Creo que ni siquiera necesitaría pronunciar una sola palabra. Pero dudo que lleguemos a juicio.

—¿Qué quiere decir? —le preguntó Yolanda.

—Pues que una vez que sepan que yo también te represento en el caso por violencia de género, apuesto a que me llama su abogado antes de veinticuatro horas para alcanzar un acuerdo. Porque tú quieres que te represente en ese caso también, ¿no?

—Sí, claro.

—Pues eso, que acabaremos con este tema en un abrir y cerrar de ojos. O, mejor dicho, acabaremos siempre y cuando a tu querido marido le guste tanto tirar de su chequera como parece y tú estés dispuesta a ayudarnos. Lo que os estoy diciendo es que, al final, su abogado tratará de cerrar un trato en el que Marcos retirará su demanda contra Lucas a condición de que tú aceptes también el acuerdo que propongan en el juicio por maltrato. Son dos cosas distintas y dos casos diferentes, lo sé, pero si es listo, y supongo que si tiene dinero habrá contratado a un buen abogado, estoy seguro de que esa será su estrategia. Por supuesto, sabe que el fiscal tiene voz y es posible que quiera seguir adelante, pero si las dos partes estamos de acuerdo en un trato previo, no tiene mucho sentido que insista en el tema. Lo que el abogado de Marcos buscará es que todo quede en una multa y una indemnización, y como mucho, en algún servicio comunitario. Sobre todo, considerando que es su primera condena... porque lo es, ¿no?

—Sí.

—Pues eso, considerando que es su primera condena y lo ocupadas que están las cárceles y lo que les gusta a las autoridades la tontería esa de la reinserción en las primeras condenas, me apostaría toda mi carrera a que la cosa no va a dar más de sí. Yolanda, ¿tú aceptarías ese trato?

—A la mierda con su demanda contra mí —le dije antes de que ella pudiera responder—. Quiero que cuelguen a ese hombre por lo que le hizo a ella. Dijiste que tenías su foto.

—¿Tienes dinero y paciencia para un largo juicio, Lucas?

—No, pero sé que no vas a cobrarme tu minuta entera.

—Cierto, pero esa no es la cuestión. Voy a ser claro y deciros cómo funcionan estas cosas. Nos interesa llegar a un acuerdo, incluso más que a ellos. Piensa que su marido es un médico muy respetado en Vigo. Ha estado en fiestas, conoce a mucha gente. Eso significa que es muy probable que más de una persona poderosa e influyente de la ciudad haya pasado por su consulta y hasta es posible que haya tenido su corazón entre las manos dentro de un quirófano. Siento decírtelo, pero esto sería más sencillo si te hubieras casado con un fontanero. Solo podemos aspirar a sacarte de tu lío, Lucas. Esa es la fría conclusión. Así que dime, Yolanda, ¿aceptarías ese acuerdo?

Ella me miró y luego se dirigió a Tomás.

—Sí —dijo—. Si dice que no se librará de una multa y una indemnización, sí, porque le gusta alardear de que tiene dinero, pero le duele soltarlo más que nadie. Además, no puedo olvidar de un día para otro que lo quise como a nada en el mundo.

Yolanda hizo un alto para sacar un pañuelo y secar una lágrima que se escurría por su cara.

—Tranquila —dijo Tomás—. Tómate el tiempo que necesites.

Después de un par de segundos, continuó:

—Lo que pretendo decir es que no voy a volver con él, pero tampoco quiero que vaya a la cárcel por mí. No me sentiría bien. Aunque sí creo que merece un castigo por lo que le hizo a Lucas. ¡Por Dios, le disparó! Podría haberlo matado, o a cualquier otra persona inocente que pasara por la calle.

—Te entiendo, pero respecto a ese tema, la realidad es que no hay ninguna acusación, ni creo que la vaya a haber, y sospecho que la policía ya os lo ha dicho. Me temo que no tenemos nada que rascar ahí, porque no hay pruebas suficientes. O, mejor dicho, no hay ni una sola prueba que lo acuse.

Los ojos todavía llorosos de Yolanda se abrieron de par en par, con un semblante de incredulidad.

—Pero, ¿quién más podría haber sido?

Tomás se inclinó hacia adelante para estirar sus brazos sobre su escritorio. Se aclaró un poco la garganta, acercó la cara a mí y puso su mejor voz.

—Señor Acevedo, ¿vio en algún momento durante esta supuesta persecución el número de matrícula del vehículo que circulaba detrás de usted?

—No.

—¿Vio acaso la cara del doctor Varela al volante?

—No.

—Señor, ¿no le dijo a la policía que estaba conduciendo por encima del límite de velocidad para llevar a Yolanda al hospital?

—Estaba conduciendo rápido, sí.

—En otras palabras, estaba sorteando como podía el tráfico, ¿no es cierto?

Puse los ojos en blanco.

—Sí.

—Supongo que alguien podría incluso decir que conducía de una manera temeraria —añadió.

Luego bajó a su tono de voz normal.

—En ese momento, argumentaré que esa afirmación no tiene donde sustentarse, pero, de todos modos, calará en el juez.

Volvió a la voz de sala de vistas.

—Así que, ¿no es posible que con ese exceso de velocidad estuviese poniendo en peligro la seguridad de los demás vehículos y también la de los peatones, señor Acevedo? ¿Quizás la de alguien que cruzase indebidamente la calzada y no fuera consciente de las circunstancias? Díganos, señor Acevedo, ¿no es eso posible?

—Supongo que todo es posible.

—Exactamente.

Luego se acercó del mismo modo a Yolanda.

—Señora, ¿vio a su marido en el Infiniti en algún momento después del incidente en el descanso de la carretera?

—Por supuesto que no. No pude verlo porque estaba herida.

—Entonces, entiendo que no puede asegurarnos que identificó, con su vista y sin lugar a dudas, a la persona que disparó al señor Acevedo, ¿verdad?

—No, no puedo. Pero...

—¿Está al tanto, señora, de que la policía no encontró a nadie en la zona donde se produjo el tiroteo que pudiese identificar al agresor, la matrícula o la marca del coche? ¿Es consciente de eso?

—Sí, eso es lo que dijo el inspector Fidalgo.

—Así es. El inspector Fidalgo, un policía eficiente y minucioso en su trabajo, por lo que sé. La realidad es que nadie identificó ni siquiera la marca de ese vehículo, tan solo que era un todocamino oscuro. Con eso en mente, ¿sabe usted que hay varios modelos de automóvil que tienen el mismo estilo de faros ovalados que el Infiniti, colocados a la misma altura y más o menos con la misma separación entre ellos?

—Supongo que habrá más, sí.

—Bien. Y sabe, señora, ¿cuántos de esos vehículos se estima que han sido vendidos en la provincia de Pontevedra en los últimos cinco años? Por no decir en toda Galicia.

—Por supuesto que no.

—Cerca de dos mil, señora.

Se volvió a recostar en su silla.

Ella lo miró largo y tendido. Tras un par de segundos, preguntó:

—¿Dos mil?

—Posiblemente —dijo, encogiéndose de hombros y con su voz normal—. Y todo lo que un buen abogado necesita para crear una duda es un «posiblemente».

—¿Entonces se va a librar por dispararle a Lucas?

—De nuevo, «posiblemente».

—Me resulta difícil de creer.

—Es que, dentro de un juzgado, si no podemos probar que el coche desde el que se disparó fue el de tu marido, no hay caso.

Yolanda se quedó en silencio.

—Lucas —me dijo Tomás—, es posible que me equivoque en todo esto y no lo sabremos con seguridad hasta que tengamos noticias suyas, pero esa es la estrategia que tendré preparada para sacarte de esto. Y creo que resultará. Respecto a ti, Yolanda, lo primero que tienes que hacer es buscar un abogado para que solicite una demanda de divorcio. Y dile que me llame. Le será más fácil conseguir un acuerdo beneficioso para ti si se basa en el caso de maltrato, por mucho que este acabe en una multa.

—Lucas me dijo que usted no lleva casos de divorcio.

—No, no me dedico a eso. Lo siento.

—No me gusta nada de esto —dije yo.

Cierto. Desde el día anterior, había algo en todo este asunto que no me gustaba. Una extraña intuición que me hacía mantener alerta y que, por alguna razón, me impulsaba a querer tirar de cualquier hilo que me llevara a descubrir qué era.

—Me imagino que pronto se celebrará el juicio rápido por maltrato —dijo Tomás, sin hacer caso a mi comentario—. Aunque al final lleguemos a un acuerdo, tendremos que presentarnos en el juzgado.

Yolanda puso las manos sobre los brazos de su silla de forma nerviosa.

—¿Cuándo cree que será? —preguntó.

—En pocos días. Eso sí, pase lo que pase, no te maquilles, Yolanda. Y tú, Lucas, ponte el cabestrillo.

—No quiero volver a ver a mi marido —dijo ella.

—Pues creo que, entre el proceso penal y tu divorcio, lo vas a tener que ver mucho —dijo Tomás—. Pero vamos a ver, ¿por qué no quieres verlo? Él es el que tiene que estar avergonzado.

—Es solo que todo esto me sobrepasa.

Tomás se inclinó hacia ella y le dio una tarjeta.

—Llámame cuando quieras, y te repito, dile al abogado que te lleve el divorcio que me llame. Por cierto, ¿necesitas referencias?

—No, por desgracia, no. La mitad de mis amigas ya han necesitado uno. Una consecuencia directa de casarse con hombres ricos e importantes, supongo. En serio, tengo muchos nombres donde elegir.

Nos despedimos de Tomás y salimos del bufete con la cabeza gacha. A ojos de la ley, Marcos se iba a librar de buena parte de la responsabilidad por su gloriosa noche de viernes y necesitábamos un tiempo para asumir aquel revés. Decidimos tomar un café en la cafetería Ecos, justo al lado del aparcamiento. Nos sentamos en la terraza exterior, ella pidió un té con limón y yo un café solo. Durante los primeros minutos, Yolanda siguió callada, concentrada en su taza. Al cabo de un rato, al darse cuenta de que no me estaba prestando atención, se le dibujó una triste sonrisita y me miró.

—Gracias otra vez —dijo—. Y otra vez. Y otra vez. Parece que siempre estaré agradeciéndote algo.

—¿Recuerdas lo que te dije en el coche el viernes por la noche?

—No. ¿Qué fue lo que me dijiste?

—Cállate.

Seguía sonriendo, pero su sonrisa ya no era tan triste como hacía unos segundos.

—Lo recuerdo. Eres un hombre de pocas, pero contundentes palabras.

Después, volvió a remover su té.

—Sabes, no me había fijado mucho en el nombre de Lucas hasta ahora, pero cuando te lo pongo a ti, suena muy bonito.

Sentí que me estaba empezando a ruborizar al escuchar aquella frase y decidí cambiar de tema de manera apresurada.

—¿Alguna vez le preguntaste a tus padres qué hacer en una situación así?

—Nunca tuve la oportunidad, no llegué a conocerlos.

Su sonrisa desapareció en este momento.

—Lo siento.

—No te preocupes, hace ya mucho tiempo. Era la más pequeña de mis hermanas y mis padres fallecieron cuando era poco más que un bebé. Fui criada por los padres de mi madre, mi abuela y mi abuelo, y no podría haber tenido una infancia mejor. Solo vivíamos ellos y yo en una pequeña casa cerca de Zaragoza, a las afueras de La Almunia de Doña Godina. Disfruté el cariño que te ofrecen los abuelos en su máxima expresión. Recuerdo que teníamos un pastor belga llamado Zarco y cuando lo sacaba a pasear se hartaba de correr conmigo. En serio, te aseguro que tengo un fantástico recuerdo de mi infancia. Mis abuelos fueron tan buenos o mejores de lo que cualquier padre podría ser. ¿Los tuyos todavía viven?

Dudé si contarle mi historia a esta casi desconocida. Mi pasado era algo que solía mantener en secreto. Los hombres tenemos una tendencia abrumadora a hacerlo. Pero, por alguna razón, sentí que me apetecía abrirme.

—Mi historia es un poco incómoda de contar —le dije—. Vivíamos en la zona de Chapela. Mi madre se quedó embarazada con dieciséis años y nunca quiso decir quién era el padre, aunque he oído que estudiaba en el mismo instituto que ella. Y ni que decir tiene que el valiente papá nunca se presentó. Lo único que conservo de ella es mi nombre, Lucas, porque fue quien lo eligió. Pero más allá de eso, tengo entendido, hubo más de una bronca entre mi madre y mis abuelos. Supongo que la situación se volvió insostenible y que se dijeron cosas de esas que no se perdonan por mucho tiempo que pase. Mis abuelos nunca llegaron a asumir el embarazo de su hija, porque en su mundo algo así no pasaba. Y menos en una familia como la que ellos habían formado. En cualquier caso, mi madre se fue de casa cuando yo apenas tenía un año y no la recuerdo. Ella nunca vino a verme y ellos tampoco fueron a buscarla, aunque sabían dónde estaba. Ni siquiera conservaron alguna foto suya en la casa. Así de malo era lo que había pasado entre ellos. Mis abuelos nunca la nombraban y, como yo era feliz, tampoco pregunté.

—¿Nunca la conociste?

—No. Una vez, estaba curioseando en el ático. Estaba sucio y lleno de polvo. En una caja vieja que había allí, encontré un anuario del instituto del primer año de mi madre y miré su foto. Debo de ser igual a mi padre porque, salvo por el pelo oscuro y los ojos claros, no reconocí ningún rasgo mío en ella. Me resultó extraño ponerle cara.

Esbocé una sonrisa y la miré.

—No le había contado esto a nadie en años.

—Bueno, ahora sabemos que los dos estamos sin padres, pero al menos, yo los conocí. Mi padre murió de un infarto cuando yo tenía dos años y mi madre de cáncer pocos meses después.

—Somos demasiado jóvenes como para haberlos perdido ya, pero estas cosas pasan. Y con los abuelos es peor. Nunca los tienes mucho tiempo. En mi caso, mi abuela murió justo cuando yo aprobé la oposición para la Policía. El abuelo duró tres años más sin ella, dando vueltas él solo en esa casa vieja. Se negó a ir a vivir con alguien. Gracias a Dios que nunca estuvo tan enfermo como para tener que internarlo en algún sitio, porque estoy seguro de que no se hubiera adaptado. Pero el abuelo mantuvo su mente y su cuerpo ágiles hasta el final. Es curioso, lo que siempre recuerdo de ellos es el té. Él era un hombre de café, le gustaba negro y tan fuerte como para que pudiese flotar una moneda sobre él. Nunca le gustó el té. Era ella quien lo tomaba. Todas las mañanas se sentaban allí, desayunaban juntos y hablaban de sus planes para ese día. Él con su café y ella con el té. Después de morir la abuela, las pocas veces que volví a casa encontraba siempre una nueva caja de bolsitas de té en la despensa. Creo que el abuelo las reemplazaba cada semana. Nunca abrió ninguna de ellas. Las tenía donde ella las guardaba. Y había una caja recién comprada el día que él murió. Nunca lo olvidaré.

—Es una historia triste.

Me encogí de hombros.

—No lo sé. Nunca vi ninguna reacción en él cuando abría ese armario. Quiero decir, él nunca superó que ella no estuviera allí y creo que murió contento, con la esperanza de encontrarse con ella. Creo que el té era solo un buen recuerdo que quería conservar mientras llegaba ese día. Supongo que le hacía sentir que no se había ido del todo.

—Suena como que, en el fondo, tuviste suerte de tenerlos y de que fuesen así.

—Sí, siempre lo he pensado.

—¿No tienes curiosidad por encontrar a tu madre?

—Ninguna. Suena terrible, ¿verdad?

—No tiene por qué. No sé, quizá si la hubieses encontrado, se empañaría el recuerdo que tienes de tus abuelos.

—Eso mismo pienso yo. O quizá solo sea cobardía. Tal vez me encontrase con una buena persona que hiciese tambalear la opinión que tengo sobre mis abuelos. No sé, es posible que el desprecio hacia ella haga mejores los recuerdos que tengo de ellos.

Yolanda se quedó en silencio durante un buen rato. Al final, se atrevió a preguntar.

—Estoy pensando, mientras mirabas el anuario con la foto de tu madre...

—¿Si intenté averiguar quién era mi padre?

—Sí.
—Pues sí, claro que lo hice. Pero después de un rato, paré.
—¿Por qué?

No quise decirle que empecé a llorar, sintiendo una extraña mezcla de impotencia y miedo a descubrirlo. Solo, en ese estúpido ático, con el polvo flotando en el aire, presentándome a mi padre.

—No sé por qué paré —dije—. Lo hice y punto.
—¿Todavía tienes el anuario?
—No. Al morir mis abuelos vendí la casa y allí se quedó. Es posible que aún siga escondido entre las vigas.

Nos levantamos de la terraza poco después y nos dirigimos al coche en silencio, quizá con la melancolía en el cuerpo de haber estado recordando nuestras infancias. Al salir del aparcamiento, Yolanda se agachó y encendió su radio, también con música de *rhythm and blues* en la memoria. La primera canción que sonó fueron unos fabulosos acordes de guitarra y batería, que provocaron que nos transformásemos dentro del coche.

—*What you want / Baby, I got it / What you need / Do you know I got it* —canturreó ella.
—¡No! —grité—. ¡No, *Respect* es mi canción!
—Pero yo la he cantado primero, ahora me pertenece.
—No, no, no y no. Bueno, está bien.

Me apostó un euro por cada canción que adivinase de las siguientes que saliesen. Cuando llegamos a nuestro destino yo había acertado las dos siguientes que sonaron, con título e intérprete. Ella añadió el año de lanzamiento de cada una.

Yolanda era la primera persona que había encontrado a lo largo de mi vida a la que le gustaba tanto el *rhythm and blues* como a mí. Es más, también competía sin complejos conmigo en conocimientos sobre él. Confieso que no salía de mi asombro cuando llegamos a la puerta del depósito de vehículos para retirar mi Toyota.

Ella esperó en el Lexus mientras yo hablaba con el tipo en la pequeña garita que había justo más allá de la puerta principal. Hacía tiempo que no habían limpiado los cristales y lucían bastante empañados. El hombre pasó por un montón de papeles hasta que encontró el que quería. Dijo que mi coche estaba allí y que me costaría ochenta euros sacarlo, puesto que las primeras veinticuatro horas no tenían coste al provenir del juzgado, pero por las posteriores, me tenía que cobrar casi cinco euros por hora de estancia. Me pareció un robo. Alegué que había sido víctima de un delito. Dijo que él también, según el salario que le pagaba la ciudad. Y lo hizo sin inmutarse. Un tipo con un chiste en la punta de la lengua hace que sea más fácil aguantar estas injusticias. El caso es que pagué en efectivo y guardé el justificante con la vaga, o estúpida, según se mire, esperanza de que en algún momento pudiera reclamárselo a alguien.

Me dio las llaves y me señaló el lugar dónde estaba aparcado el Toyota. Antes de subir a él, me di la vuelta y fui hasta la ventanilla abierta de Yolanda.

—Yolanda, te agradezco que me hayas traído aquí —le dije.
—Quiero pagar lo que te han cobrado, Lucas. ¿Cuánto es?
—Nada. Al ser parte de un delito a investigar, no paga multa.
—¿Estás seguro?
—Sí, fue lo que el hombre dijo.

Un largo silencio se hizo entre nosotros dos después, provocando una situación incómoda.

—Escucha —le dije al final—, no vuelvas a tu casa hasta que estés segura de que no hay peligro. Y ve a ver a un abogado a primera hora para que interponga la demanda de divorcio. ¿De acuerdo?
—De acuerdo.
—¿Tienes un bolígrafo? Quiero darte mi número de casa, por si acaso. El móvil no lo uso.

Lo escribió en un pequeño cuaderno que tenía en su bolso y después se dispuso a darme los suyos, el teléfono de la casa de Canido y el de su móvil. Yo saqué un billete de cinco euros de mi cartera y escribí los números en él.

—No lo gastaré en ningún bar —le dije— aunque sea el último billete que me quede y me muera de ganas por tomar una cerveza. Y créeme, eso es un privilegio muy grande.

Una diminuta sonrisa asomó entre sus dientes. Los ojos verdes brillaron detrás de los párpados azul grisáceo y un mechón de cabello rojizo le cayó sobre una mejilla, justo al lado de aquellos labios hinchados que algún día se curarían y tendrían una forma perfecta.

Pero se notaba cansada, y seguía herida y confundida.

—Como te dije —continué—, habla con Eva. O con algún otro amigo, o con un psicólogo, con cualquiera. No pretendas pasar por todo esto sola, Yolanda.

Me miró durante un momento.

—Claro —dijo ella—. Claro.

Luego se alejó en su Lexus despacio.

5

La rapidez de actuación y la contundencia son dos virtudes que siempre ofrecen un premio extra a quien las usa. Mi experiencia como policía me había demostrado lo acertado de esta teoría a lo largo de los años. Por ejemplo, si en una pelea, aciertas a propinar el primer golpe y le aplicas la contundencia necesaria, por lo general, se acaba ahí el enfrentamiento. Sobre todo, cuando tu contrincante no está acostumbrado a lidiar con esas situaciones ni es un experto a la hora de encajar golpes. Tiende a pensar que no podrá soportar los siguientes, tanto por número como por fuerza.

A la mañana siguiente, después de dejarle algo de comida a Edward y despedirme de él con un par de arrumacos, salí con mi viejo Toyota herido en busca de una guía telefónica. Nunca me había parado a pensar lo difícil que era acceder a una guía en plena época de los teléfonos móviles. Supongo que podría encontrarlo sin esfuerzo en internet, pero para mí ese siempre ha sido un medio hostil que mantener lo más alejado posible. No tenía ordenador en casa, usaba el de la comisaria con ayuda y cuando no me quedaba otro remedio, y para mí, un móvil solo servía para llamar. Y a decir verdad, desde que estaba en Mondariz, ni para eso, puesto que lo mantenía apagado de manera permanente.

Después de entrar en la quinta cafetería y acercarme de manera temeraria a la sobredosis de cafeína, conseguí tener una en mis manos. La dirección de la consulta del doctor Marcos Varela estaba en la calle Rosalía de Castro, justo en el centro de la ciudad. Alquileres caros y pacientes adinerados. Pensé que le iba como anillo al dedo.

Encontré el edificio con más facilidad que un lugar donde estacionar. Era un edificio con mucha solera, pero bien mantenido y que se notaba que había sido reformado hacía poco. Tenía una fachada de piedra envejecida por la humedad de muchos inviernos y la altura entre planta y planta era la que marcaban los cánones arquitectónicos de hacía más de cien años. Pero en cuanto entrabas en el portal, no tenías dudas de que sus inquilinos gozaban de todas las comodidades del presente. Una pequeña placa en la pared de los telefonillos confirmaba que la consulta se ubicaba en el segundo piso. En aquel momento, alguien salió del edificio y yo aproveché para entrar.

Confieso que no perdí ni un segundo en pensar lo que iba a hacer. Ni en la acera, ni ante el letrero, ni tampoco cuando, tras subir en el ascensor, me encontré delante la puerta de la clínica, que para mi sorpresa se encontraba solo arrimada. Entré con decisión y con cara de pocos amigos, como lo haría John Wayne vestido de *sheriff* a la caza del peor forajido escondido en la más sucia cantina del pueblo. Supuse que lo último que el doctor Varela esperaría era que el tipo al que había disparado apareciese por la puerta de su consulta con ganas de disputarle una partida de póquer cara a cara y sin complejos. Quería acercarme a él sin previo aviso y con mi brazo sano en guardia para utilizarlo en cuanto me diera una oportunidad. En cualquier caso, no sabía cómo podía reaccionar, ni qué me diría. ¿Seguiría con su actitud engreída? ¿Se convertiría ante mi presencia en un manso caniche de los que a buen seguro compraban sus clientes a golpe de talonario? Mi experiencia me decía que los hombres que descargan su ira en la cara de una mujer no suelen ser un ejemplo de valentía. Mi intuición, en cambio, insistía en que algo turbio se escondía detrás de todo este asunto.

Una vez dentro de la consulta, me sorprendió la tranquilidad que se respiraba. A mi izquierda, se veía una sala de espera acristalada, en la que no había ni un solo paciente. Tenía largos y cómodos sofás a los lados y un gran televisor en el centro. Todos los asientos estaban vacíos y el televisor apagado. En la pequeña antesala abierta se encontraba el recibidor. Allí, una chica con bata blanca y buena presencia trabajaba sentada en el escritorio con el teléfono en la mano. Una mujer más mayor escribía de pie notas en un libro de citas, apoyada en el mostrador. Parecían madre e hija decidiendo la lista del supermercado.

Ninguna hizo ademán de atenderme cuando llegué a su altura. Tras un largo minuto, la que se encargaba del teléfono acabó con la llamada que estaba realizando, le dio unas indicaciones a la más mayor y dirigió la vista hacia mí.

—Dígame.

—¿Está el doctor Varela?

—No, lo siento.

Puso cara de hastío y luego preguntó:

—¿Tenía usted cita para hoy?

—No, no. Me lo ha recomendado mi cuñado, así que busqué su dirección y vine hasta aquí.

En ese momento, su interés en mí pareció esfumarse y descolgó de nuevo el teléfono, con la intención de proseguir con la tarea que estaba realizando.

—Lo siento —dijo, a la vez que sostenía el aparato en la mano—, pero el doctor Varela solo consulta con cita previa.

—Oh, no, no es para mí, es para mi padre. Le duele algo el pecho desde ayer por la mañana y nosotros...

—Bueno, señor, si le duele el pecho, entonces lo que tiene que hacer es llevarlo a un hospital.

—Quizá no sea nada importante, pero ayer mismo me dijo mi cuñado que el doctor Varela era el mejor cardiólogo de Vigo y pensé que tal vez podría atenderlo él.

—El doctor no pasa consulta hoy.

—¿Está trabajando en algún hospital? ¿Podría decirme en cuál?

—Ojalá fuera así —murmuró en voz baja, mientras comenzaba a marcar.

—¿Disculpe?

Entonces suspiró, cesó de marcar, colgó y volvió a mirarme a los ojos. Quizá pensó que aquel despistado paciente que era yo, no iba a desistir de su empeño si no le ofrecía una explicación más completa. Su compañera se mantenía en silencio.

—El doctor ha tenido un accidente —dijo—. Está de baja y no sabemos el tiempo que tardará en incorporarse. Tenemos que reprogramar todas sus citas para remitirlas a otros médicos. Esto significa que nosotras estamos muy ocupadas y usted necesita que a su padre lo vea un médico cuanto antes. Le recomiendo que lo lleve a urgencias sin perder tiempo y, si después de eso necesita una consulta con un cardiólogo de confianza, entonces puedo recomendarle alguno.

—Ah, no, no se preocupe. Entonces, como usted dice, primero lo llevaremos a urgencias y después volveré por aquí. Quizá para entonces ya se haya reincorporado el doctor.

—Lo dudo.

—¿Por qué lo duda, tan grave ha sido el accidente?

—No, no ha sido grave, pero ya le digo que no nos ha dado fecha para reincorporarse.

Después de oír esto, pensé que allí ya no había más información que sacar, por lo que decidí despedirme con la misma educación con la que había entrado y marcharme.

De camino a mi Toyota, seguí pensando en la conversación que había tenido. De la manera en que me habían atendido las dos enfermeras se deducía que el doctor Varela había informado de su lesión, pero sin especificar cuándo volvería. No estaban reprogramando, sino cancelando. Y la enfermera había usado la expresión «sus citas» y no «sus operaciones». Incluso lo había recalcado con un elocuente «todas». Todas sus citas. Es más, se ofreció a recomendarme un cardiólogo de confianza para el futuro, dando por seguro que el doctor Varela no estaría disponible cuando volviese, aunque yo no le había especificado fecha.

Y eso era lo que no cuadraba en mi cabeza.

Si tanto le gustaba el dinero, según su esposa, ¿por qué no atender a sus pacientes o pasar visita en el hospital? Cierto que no podía operar, pero una mano rota sí permite seguir ejerciendo como médico en una consulta sin mayor problema. ¿O es que todo el mundo que tenga un problema cardíaco tiene que entrar en quirófano para curarse? No, era evidente que no. ¿Por qué no seguir ganando todo el dinero que pudiera, sobre todo, con un costoso divorcio esperando en el horizonte y teniendo que mantener una consulta privada en una zona de alquileres altos?

Pensé que algo olía mal en el día a día del doctor Marcos Varela. Pero llegados a este punto, la cuestión era si yo debía dedicar mis días de excedencia a tirar de ese hilo o bien volver a mi ático, contarle con detalle mis aventuras al bueno de Edward y, sin más, esperar a que Tomás me sacara de aquel embrollo.

En realidad, a favor de la primera opción solo estaba mi intuición, la permanente sensación de que había algo que no encajaba en todo aquel asunto. Y sí, cierto que el comportamiento del doctor Varela no me parecía coherente, pero bien podría ser que tuviera el dinero suficiente como para poder permitirse el lujo de no trabajar en la consulta hasta que su mano estuviera recuperada y su vida ordenada. O, mejor dicho, era evidente que, en el aspecto económico, sí podía permitirse unas largas vacaciones. Además, pensé en algo que me había dicho Yolanda: ella nunca lo había visto así. Por lo tanto, si le hacía caso a la lógica la explicación era sencilla: el hombre perdió los papeles al escuchar por boca de Yolanda su intención de divorciarse, le pegó por primera vez en su vida, intervine yo y, al ver su mano rota, dado lo que eso suponía, enloqueció, cogió la vieja pistola que aún llevaba en el coche y me disparó. Y eso era todo. Un cruce de cables en toda regla, pero nada más. La justicia, o los malabares jurídicos de Tomás, se encargarían de devolver las cosas a su sitio.

Intuición contra lógica. Y siempre le había hecho caso a la lógica. Por lo tanto, opté por la segunda opción y me dirigí a mi ático, a encerrarme junto a mi querido Edward entre sus cuatro paredes. Un refugio que no era gran cosa, pero que siempre había tenido el encanto de saber cómo hacerme sentir tranquilo. Estaba limpio y era bastante acogedor. Sin lujos, pero con las suficientes comodidades como para que no echara en falta nada. Solo nosotros dos y nuestra apatía vivíamos allí. Desde que había llegado, Edward se pasaba no menos de dieciséis horas durmiendo, muchas veces en mi regazo, mientras yo veía la televisión y bebía cerveza. Ni siquiera conocía a alguno de mis vecinos por su nombre. Lo único que sabía con seguridad era que mi pared comunal a menudo se veía aporreada por dos pequeños ratones de ciudad sin el más mínimo aprecio por la tranquilidad vecinal. Esperaba que sus padres le pusieran remedio o pronto usaría yo un raticida a medida para que desaparecieran sin dejar rastro. Sin embargo, mis deseos de practicar la eutanasia prematura desaparecieron el día que me los crucé esperando por el autobús escolar. Mis molestos roedores tenían el aspecto de un niño y su hermana pequeña, los dos cogidos de la mano, más rubios que la cerveza Pilsen y con cara de no haber roto un plato en su vida. Ese día descubrí que la ternura de un niño hace que sea muy fácil perdonar incluso las travesuras más molestas. Un arma secreta y efectiva de la que los mayores carecemos.

Pero la verdadera cuestión era que, con la convicción de haber tomado la decisión correcta, estacioné mi Toyota, de techo agujereado y parabrisas trasero como la tela de una araña, justo en la calle perpendicular a mi ático. Abrí la puerta principal, recibí la cordial bienvenida de mi felino amigo y respiré el dulce aroma del hogar. No era que fuese una fragancia exquisita, pero no dejaba de ser el olor que había respirado durante los últimos meses casi las veinticuatro horas del día. Mis pulmones se habían acostumbrado a ella.

Si al entrar seguías de frente, llegabas a la cocina, con una claraboya en el techo que siempre mantenía abierta para que se renovara el aire. Por ella había llegado Edward y por ella salía y volvía cuando le apretaba la vejiga o le apetecía dar una vuelta por el vecindario. Yo tomé a la derecha y fui al salón, lo bastante grande como para albergar un viejo sofá y mi televisor de treinta y siete pulgadas. Al final de la sala, había una puerta corredera que daba a una pequeña terraza. Era mi oasis de aire libre. Un pasillo, que salía a la izquierda desde la puerta de entrada, conducía a una habitación que usaba de trastero, como final del pasillo; al baño, poco antes a la izquierda; y a mi dormitorio, al fondo a la derecha. Este contaba con una gran cama, una pequeña terraza trasera, que siempre estaba cerrada y un vestidor con otra claraboya. No había que ser muy listo para darse cuenta que este vestidor había sido en origen un baño, pero algún propietario anterior prefirió convertirlo en un lugar donde guardar la ropa y poder vestirse con comodidad.

Y yo no tenía la más mínima intención de afrontar una nueva reforma. Incluso conservé la vieja moqueta marrón que tenía colocada en el momento de adquirirlo.

Fui a la cocina, me tomé un analgésico con un poco de agua y cogí una lata de cerveza de la nevera. Con ella en la mano, crucé el pasillo y me senté en el sofá. Edward me siguió y se acostó a mi lado, enrollándose como una oruga. Le di un buen trago y froté mi hombro herido. Ya podía presionar la herida casi sin sentir dolor, pero el hematoma óseo seguía mandando mensajes cabreados al cerebro. Me gustase o no, me dolería durante una temporada. La semana estaba siendo cálida y nubosa, así que bajé el termostato por debajo de los veinte grados. Me dejé escurrir en el sofá, tomé otro largo trago de cerveza y eructé. Aquella era mi casa, estaba solo y no iba a privarme de ciertos placeres.

Después consulté la lista de llamadas perdidas en mi teléfono inalámbrico. Mi teléfono móvil llevaba apagado y encarcelado en un cajón desde que había llegado a Mondariz y no tenía la más mínima intención de liberarlo. Le eché un vistazo a la memoria y comprobé que había recogido un total de cuatro llamadas a lo largo de la mañana. En realidad, habían sido dos personas con un par de intentos cada una. Las dos primeras eran de la Comisaría de Policía, reconocía el número. Ambas a primera hora, una a las nueve y otra poco después de las diez. Las otras dos eran de Tomás, seguidas y solo una hora antes.

En ese momento, sonó el teléfono.

—Hola.

—Lucas, me alegro de que ya estés en casa. Soy Antonio Fidalgo. ¿Cómo te encuentras?

—Bien, ya estoy mejor. Acabo de llegar a casa.

—Acabo de hablar con Yolanda y también quería hablar un rato contigo.

—Pues dime.

—Verás, el problema es que hemos perdido contacto con el doctor Varela. No fue a trabajar hoy ni ayer. Ni a la consulta, ni al hospital. Llamé al hotel donde nos dijo que se hospedaría y tampoco está allí. Necesito encontrarlo. No creo que haga ninguna tontería, pero estaría más tranquilo si lo tuviera vigilado.

—Ayer fui a la casa con Yolanda. No volvió por allí. Pese a todo, ella va a quedarse en un hotel durante unos días.

—Ya me ha dicho. Teniendo en cuenta que ese tipo no le ha contado a nadie dónde está ni contesta a su teléfono, me parece buena idea. De todos modos, creo que pronto saldrá de su trinchera. Piensa que no estamos hablando de un criminal habitual. Los ricos suelen hacer eso, se esconden, se ponen de acuerdo con sus abogados y luego hacen una aparición estelar y controlada. Lo he visto muchas veces. Cuando lo haga, os avisaremos. A ti y a Yolanda.

—Gracias.

—No hay problema.

Después hubo unos segundos de silencio, en los que él debió de estar buscando algunas palabras adecuadas y yo me pregunté por qué cojones en esta ocasión me estaba tuteando desde el inicio. Pronto me despejó la duda:

—Otra cosa, Lucas —dijo—. He comprobado tus datos en la comisaría… ¿Por qué demonios no me dijiste que eras policía?

No creo que aquella pregunta alcanzase la categoría de reproche, pero su orgullo parecía herido.

—Me pareció irrelevante —dije—. Además, no quería enredar en la investigación.

—Mi investigación goza de buena salud y te aseguro que está convenientemente blindada, pero no entiendo por qué no te identificaste.

—Lo siento.

—Supongo que eso explica por qué paraste a socorrer a la víctima y cómo te desenvolviste tan bien en esa situación. Fue algo que me llamó la atención desde el inicio y que esto lo explica.

—No estoy seguro de que recibir un disparo de un aficionado sea exactamente lo que se dice «desenvolverse muy bien».

—El doctor Varela debería estar agradecido. De no ser por ti, es posible que ahora lo estuviésemos buscando por asesinato. Así que la UDYCO, ¿eh? Encubierto, metiéndote en el centro de la fiesta para interceptar los envíos de los cárteles mexicanos. Difícil y peligroso.

—Ya veo que no te has dejado en el aire ningún detalle.

—Nunca me los dejo, Lucas. Esta mañana estuve hablando por teléfono con uno de tus superiores.

—¿Con quién?

—Con Parrado.

Le dediqué a mi lata de cerveza una amplia sonrisa cargada de ironía y luego bebí de ella.

—¿Cómo está el bueno de Alejandro?

—Bien. Tenía mucho que contar sobre ti.

—¿En serio?

—Digamos que no entró en muchos detalles, pero me quedó claro que te tiene en muy alta estima. Sí, creo que esa es la definición correcta.

—Siempre es bueno tener contentos a los jefes.

—La verdad es que se sorprendió al enterarse de tu problema aquí. Bueno, en realidad no fue el problema lo que le sorprendió, más bien fue otra cosa.

—¿Cuál?

—Que Marcos Varela aún esté vivo. Tiene la impresión de que la gente que te persigue puede terminar muerta antes incluso de ponerse a la faena.

Otro trago.

—Parrado tiende a exagerar —le dije después—. Es un buen tipo, pero tiene esas cosas.

—Lo siento, Lucas, no fue esa la impresión que me dio.

Una pequeña pausa.

—Como cortesía profesional —continuó—, ¿podrías hacerme una llamada en caso de que averigües algo que sea relevante?

—Sí, pero no cuentes mucho con ello, creo que voy a dejar correr este asunto. En cualquier caso, si me entero de algo, te llamaré. Seguro.

—Te lo agradecería. Lucas, perseguir a los cárteles mexicanos encubierto es una mierda muy grande. Por mi parte, tienes todo mi reconocimiento.

No hay nada que pueda decir a eso. Quizá por eso, permanecí en silencio.

—Bueno, Lucas —dijo—. Eso es todo. Seguiremos en contacto.

Nos despedimos.

La realidad era que la investigación no había ni siquiera empezado. Quizá estuviera ahí fuera esperándome, como una espesa nube de polvo levantada por dos toros pataleando y embistiéndose para ver cuál salía victorioso de ella. El problema era que este toro solo quería volver al corral.

En cuanto acabé la cerveza, fui a por otra, le hice una caricia a Edward y le devolví las llamadas a Tomás. Lo encontré en el bufete. Su secretaria contestó en un primer momento, se interesó por mi hombro y luego me lo pasó al teléfono.

—Lucas, ¿has acompañado a casa a tu princesa? ¿La has llevado a dormir a tu ático? ¿Está acariciando tu piel semidesnuda en este momento?

—¿Solo me habías llamado para cotillear?

—Vamos a ver, no puedes entrar en mi bufete con una mujer, mirarla con los ojos que la mirabas delante de mí y luego no ponerme al día con los detalles.

—No está conmigo, no ha dormido en mi ático, no me acaricia nada y no la miro de ninguna manera especial.

—Anda, anda, deja esa excusa para quien la crea.

Pude escuchar una carcajada a través del teléfono. Después continuó con su interrogatorio:

—Lucas, amigo, soy tu abogado. Necesito saber todos los detalles. De lo contrario, piensa que no podré representarte con garantías. A ver, confiesa, ¿el doctor Varela sabía de tu atracción por ella? ¿Es posible que eso fuera el desencadenante de la pelea y que tú no hayas hecho otra cosa que acudir a salvar a tu dama montado en un caballo blanco disfrazado de Toyota?

—Ya te dije que era la primera vez que la veía. A ella y al cabrón de su marido. ¿Quieres que te lo repita?

—No, hombre. De todos modos, tu interés por ella lo notó hasta Clara cuando os vio entrar.

—¿Se lo has dicho a Clara?

—Fue ella la que vino a mi despacho y me preguntó. Entiéndelo, tuve que contestarle lo que sabía si quería que siguiera haciendo su trabajo y me dejara a mí hacer el mío. Asúmelo, quiere verte casado desde hace años y no parará hasta que lo consiga, incluso tenía una lista de candidatas con las que pretendía emparejarte. Se ve que le caes mal y ha decidido torturarte lentamente con la táctica universal de colocarte una esposa a tu lado. Te compadezco, amigo. Estás sentenciado.

Tomás seguía aderezando su conversación con una carcajada por cada puñado de palabras que pronunciaba. Después cambió de tema.

—¿Has visto el periódico? —dijo.

—No.

—Pues deberías. Lo tengo delante y habla de un tiroteo entre dos individuos y pone la inicial de vuestro nombre y los dos apellidos. Dice con claridad que él te disparó, aunque también que los dos resultasteis heridos.

—¿Eso es legal?

—No, pero no pretenderás que nos pongamos a demandar al periódico. Al poner una inicial, siempre pueden decir que hay miles de personas que coincidan con ese nombre. Supongo que tenían alguna deuda pendiente con él y se la han cobrado. Y a ti, pues te ha tocado hacer de concubina en la venganza.

—Genial.

—¿Lo recorto para tu álbum de hazañas? ¿O prefieres colocarlo en tu sala de trofeos?

—Disfrutas con esto, ¿no?

—Entiéndeme, tu vida da para una serie de novela negra, pero faltaba la dama misteriosa que le aportara el toque fatal. Creo que ahora ya tengo todos los ingredientes. En mi jubilación me voy a dedicar a escribir tus aventuras.

Mi paciencia empezaba a agotarse.

—Como quieras —dije, dejando ver mi cansancio con aquella broma.

—Ahora en serio, ya sé quién es el abogado de tu amigo el eminente doctor Varela. Es Alfonso Carballo, uno de los mejores de Vigo. Un digno competidor mío.

—Modestia aparte, claro.

—No me fastidies, la modestia es la falsa virtud de los que no tienen otra.

—Claro.

—Lo importante es que ya hablé con él y me dijo que nuestro querido amigo piensa entregarse el viernes.

—¿El viernes?

—Sí, este viernes. La gente rica tiene estos privilegios. Si estuviera aparcando coches a un euro de limosna en el Berbés, a estas alturas ya estaría metido en una celda, pero Alfonso fue al despacho del juez a decirle que su cliente no pensaba presentarse hasta el día del juicio rápido y este aprovechó para comunicarle que lo había fijado para el viernes. Como ves, todo muy familiar. En realidad, todos sabemos que esto se arreglará antes de llegar a la sala, así que se ve que el señor juez quiere zanjar el caso cuanto antes y que le importa una mierda si Marcos está escondido o no con tal de que se presente ese día. Alfonso le dio su palabra y no creo que la incumpla. Solo necesitamos que el fiscal se quede conforme, pero es lo que os dije ayer, con los dos abogados y el juez de acuerdo, tendrá que aceptar. Y eso, querido amigo, supone que tú también quedarás sin cargos por romperle su principal herramienta de trabajo a tan afamado cirujano.

—Impresionante, no te lo niego. Eres más eficiente que la propia Policía. El inspector Fidalgo me acaba de decir que no tienen ni idea de dónde está el doctor Varela. Si por mí fuera, se pudriría en una cárcel remota de duchas escondidas y jabón abundante por lo que le hizo a Yolanda. Me revuelve el estómago pensar que yo me libro del problema a cambio de que queden impunes sus puños traviesos. Y tú sabes también como yo que, si vas por él, ganarías ese juicio con los ojos cerrados.

—Pero he de recordarte una vez más que incluso ganar un juicio puede costar muy caro. Y si al final el asunto se alargase, que se alargaría, tendría que cobrarte mi tarifa normal. ¿Tienes dinero para pagarla? Además, ya has oído a Yolanda, está dispuesta a pasar por alto sus heridas con tal de sacarte del apuro.

—Solo lo hace por agradecimiento.

—Claro, claro. ¿Sabes si ya ha buscado abogado para el divorcio?

—Me dijo que lo haría a primera hora. De momento, lo único que puedo decirte es que ha cogido una habitación en un hotel. No sé más.

—Entonces no tardará en ponerse en contacto contigo.
—¿Sigues manteniendo que me ponía ojos en tu despacho?
—Por supuesto. ¿Quieres apostar un euro a que aparece antes de que acabe el día?
—Hecho.
—Hasta luego, príncipe.
—Vete a la mierda.

Tocaba profundizar sobre mis presentimientos en aquel caso, porque seguía teniéndolos, por más que la lógica decía que todo era normal. El problema era que siempre acababa reflexionando sobre Yolanda. Mi ático, con su reserva de cervezas, sin duda invitaba a ello.

Me pasé bebiendo y pensando en Yolanda hasta las siete y dieciocho horas de la tarde exactas, cuando el sonido del inalámbrico me sacó de mis cábalas cerebrales. Al menos, esa era la hora que ponía en el identificador de llamadas. También decía «Número oculto».

Lo cogí.
—Buenas tardes —contesté.
—Hijo de puta. ¿Estás ahí?

La voz grave del otro lado salía de una garganta gruesa y mal cuidada. Y, por supuesto, su saludo inicial no invitaba a esperar una conversación agradable.

—Te crees alguien, ¿verdad? —continuó—. Pedazo hijo de puta, eso es lo que te crees, ¿no? Alguien grande, importante. Pues entérate, no eres nadie. ¡Nadie! Solo un montón de mierda al que voy a atrapar. ¡Te voy a destripar, capullo! Lentamente, para que aprendas a meterte en tus putos asuntos.

No dije ni una sola palabra. En estos casos, eso hace que hablen más tiempo. Y más tiempo significa más enfadado. Y la gente cuando se enfada, a menudo suele equivocarse.

—¿Qué pasa? ¿No dices nada? ¿El hombre grande y duro se ha acobardado? No serás más que un montón de mierda cuando acabe contigo. ¿Sabes lo que es el dolor, hijo de puta? ¿Sabes cuántas formas hay de matar lentamente a una persona? ¡Eso es lo que te espera, capullo!

Seguí en silencio.

—Sigue mirando a los demás por encima de tu hombro, pedazo cabrón. En algún lugar, en algún momento, yo estaré detrás de ti. Yo y mi cuchillo, y ese será el principio de tu fin. Un final como te mereces, lento y cruel.

Colgó el teléfono de un golpe. Yo hice lo mismo con el mío, aunque con mucha más delicadeza.

Cielos, qué tipo tan agradable, pensé.

Fui a una de las dos sillas de la mesa de mi pequeña cocina y me senté. No estaba molesto, ni siquiera asustado. Había vivido muchos episodios desagradables a lo largo de mi vida como para que un pequeño sainete de teatrillo de barrio me molestara. Pero no me gustaban las sorpresas. Entonces la cuestión era: ¿quién era aquel aprendiz de villano de película de serie B?

¿Alguna propina por mis trabajos en Madrid? Lo dudaba. Esas personas entran, te cortan la lengua con un cuchillo bien afilado y se van sin dejar rastro. Profesionales. Los dramáticos están varios escalones por debajo.

¿Algún psicópata lanzando dardos con llamadas al azar? No había tenido tanta suerte hasta entonces y creía que, después del encuentro con Marcos y Yolanda, había agotado el cupo de casualidades para el resto de mi vida. No creo en las coincidencias. No tienen lógica y la lógica es lo que te mantiene vivo.

Así que lo más probable era que fuese un saludo de nuestro amigo Marcos, el pequeño hombrecillo cabreado. Solo había oído su voz una vez, mientras gritaba poseído con su mano rota colgando. No tenía ni idea de si aquella burda interpretación barriobajera provenía de su boca. De ser así, ¿cuál era la razón? ¿Había sido la pataleta infantil de un hombre frustrado que no encontraba salida? ¿O pensó que podría asustarme con una simple llamada? A saber qué pasaba por su cabeza y cuáles eran sus intenciones. En todo caso, no podía olvidar que la arrogancia derrotada siempre engendra un odio profundo en el vencido.

Conclusión final: Si lo que pretendía era que no testificara en su contra, a partir de esa llamada, tenía más ganas todavía de que llegase el momento.

6

El jueves se presentó en sociedad con una hermosa mañana de otoño, con el cielo despejado y las hojas cayendo como una nevada imposible de tonos ocres y amarillos. El aire olía a vida nueva. Podría haber sido un día perfecto de no ser porque, en cuanto abrí los ojos, la llamada del día anterior volvió a mi cabeza. Tras pensarlo durante un rato, me reafirmé en mi primera idea, la de tomarla como un desesperado intento del doctor Varela para que no testificase en su contra. La verdad era que, si hasta entonces me parecía un imbécil, desde aquella interpretación telefónica mucho más. ¿Le disparas a un tipo y pretendes solucionar el problema con una simple llamada telefónica y un puñado de improperios? Pensé que, si algún día tuviera un problema cardiaco, no querría que me tocase un médico así. Me imaginé cómo sería estar en un quirófano, tirado sobre una mesa de operaciones, con el corazón abierto y al imbécil del doctor Varela tratando de suturarlo con hilo de hilvanar en cuanto se presentase el primer imprevisto.

Todavía con una sonrisa en la cara, salí de casa para comer algo y también comprar una bolsa de pienso para Edward. Cosas de la solidaridad. Sin embargo, no tardé en deslizarme de vuelta a mi ático para continuar con mi estatus de refugiado y centrarme en mi pasatiempo favorito: reflexionar sobre Yolanda. Resultaba evidente que le había ganado la apuesta a Tomás, pero la realidad era que no tenía ni idea de lo que ella pensaba de mí y eso era lo que de verdad me preocupaba. Me di cuenta de que se había metido bajo mi piel de una manera tan fácil y limpia como lo haría uno de los bisturís que su marido usaba en el quirófano. Y lo había hecho sin una intención consciente por su parte. Había sido ella misma en todo momento y eso había resultado suficiente. Si siempre he pensado que no hay nada más atractivo en una mujer interesante que el hecho de que ella no sea consciente de que lo es, en esta ocasión, había asistido al mejor ejemplo práctico y en primera persona.

Pero mi reflexión me hizo reparar en que lo que más me había llamado la atención de ella no era su belleza exterior, sino la manera en que se comportaba: como una persona agradable, con facilidad para llevar una conversación, una buena dosis de comprensión y manteniendo siempre una integridad y un sentido de la justicia envidiable, incluso en los peores momentos. El detalle de no querer un euro de su marido en el divorcio me pareció la mejor demostración de ello. Supongo que cuando uno se separa de un mindundi sin un euro no resulta difícil, pero cuando el marido que se deja atrás puede permitirse la casa y el coche que se gastaba el señor Varela, el gesto adquiere otra dimensión. Además, era muy agradecida, y tener un marcado sentido de la gratitud siempre me ha parecido el rasgo que mejor define a las buenas personas.

Por lo tanto, la ecuación resultante era que Yolanda era una buena persona y Marcos Varela un maldito estúpido. Hasta entonces, mi vida había estado aderezada de cosas terribles, pero eso no significaba que me hubiera acostumbrado a ellas y notaba la sensación de que necesitaba a alguien como ella para deshacerme de mi cruel equipaje antes de que mi perenne soledad me convirtiera en un caso perdido. Pero una visión más profunda sobre el tema me susurró que eso sería egoísta, porque Yolanda ya tenía sus propios problemas. ¿Quién era yo para distraerla de sus preocupaciones? A menos que, razoné mientras me dejaba escurrir por el sofá de mi salón, yo también pudiese aportar a cambio una solución a sus problemas. Mi salvación por la suya, como una verdadera pareja. Como una pareja, me repetí.

No es que tuviera tendencia a dejar correr mi imaginación, pero yo siempre le había resultado atractivo al sexo femenino. Y sí, hacía tiempo que no había despertado el interés de alguna mujer, pero lo más probable era que la razón se debiera más a lo absorbente de mi trabajo que al deterioro de mis habilidades conquistadoras. En cualquier caso, por muy ilusionante que me resultase Yolanda, el problema era que estaba casada. Dentro de un matrimonio sin sentido, con fecha de caducidad ineludible, pero un matrimonio, al fin y al cabo. Y a pesar de todos los límites que había cruzado en mi vida personal en el pasado, ese siempre lo había respetado. Tal vez por miedo a la derrota frente a un adversario que jugaba en su propia casa o quizá porque mi ejemplo de amor habían sido mis abuelos. El matrimonio para ellos era como el aire que respiraban. Necesario e incuestionable, tan impoluto como las bolsitas de té sin abrir que nunca faltaron en el armario.

Y, por supuesto, tenía además la certeza de que Yolanda tampoco cruzaría esa línea, a pesar de todas las barbaridades que su estúpido esposo había hecho. Una vez más, su sentido ético lo evitaría. Y si de alguna manera yo la intentase forzar a cruzarla, estaría firmando mi derrota inapelable.

Aquel día, seguí con mis reflexiones hasta bien entrada la mañana. Lucas Acevedo, pensando entre latas de cerveza y bolsas de patatas fritas. ¿Coges el teléfono y tientas al destino? ¿O la dejas en paz y la destinas a tu pequeño baúl de los recuerdos agradables? Afuera, las hojas pasaban a la deriva, víctimas de un viento caprichoso. Dentro, el televisor ponía palabras en oídos sordos y Edward ejercía de Edward, un gato peludo y dormilón, aficionado a apoyar su cabeza en mi regazo en cuanto se le presentaba la ocasión y a lanzar un par de maullidos exigentes cuando le apremiaba el hambre. Lo había bautizado con ese nombre al tercer día de aparecer, por recordarme con su actitud al gran Edward G. Robinson, legendario actor famoso por sus papeles de mafioso en las películas de los años treinta y cuarenta.

Al final, decidí mover mi culo del sofá y hacer un corto viaje al hospital para que me quitasen los puntos. Al llegar, las enfermeras pensaron que era un poco temprano —tenía la cita para el viernes—, pero yo insistí. No quería perderme la comparecencia del doctor, ni dejar de declarar en su contra si era necesario. Las convencí para que se pusieran a ello al decirles que no me importaría añadir una cicatriz más a mi cuerpo y que además estaba seguro de que la nueva gozaría de mucha y muy buena compañía. En cuanto vieron mi torso desnudo, sonrieron y se pusieron manos a la obra.

De vuelta a casa, una llamada telefónica se convirtió en la protagonista indiscutible del día.

Doce y cincuenta y siete. Reconocí el número que reproducía el identificador de llamadas. Le regalé al teléfono una sonrisa irónica mientras lo descolgaba.

—Hola, Yolanda.

—¿Lucas?

Su voz me sonó dulce, pero insegura, con la misma entonación que la de una joven de dieciséis años que estaba llamando a un apuesto proyecto de amor.

—Me alegro de que me llames. ¿Todo va bien?

—Sí. Mis ojos siguen un poco hinchados, pero ya casi no se nota. ¿Cómo estás?

—Ya me han quitado los puntos. Todavía un poco dolorido, pero cada día mejor.

—Bien, bien.

Notaba que quería decir algo, así que esperé.

—Lucas, siento molestarte de nuevo. Quiero decir, no deberías estar metido en esto, pero es que no sé a quién acudir.

—No te preocupes. Dime.

Ella se mantuvo en silencio durante unos segundos.

—Verás —dijo luego—. Me han… Esta mañana…

—¿Has recibido llamadas amenazantes? —deduje en voz alta.

—Sí. ¿Cómo lo sabes?

—Creo que también saben mi número.

—¡Dios mío! ¿A ti también? ¿Qué te han dicho?

—Digamos que el autor de la llamada pretendía mostrarme un profundo desamor hacia mi persona.

—Yo he recibido dos. ¡Eran horribles! Me amenazó en todos los sentidos y de todas las maneras posibles. Lucas, todavía estoy temblando.

—Tranquilízate.

Respiró hondo un par de veces.

—Fui a casa esta mañana temprano para recoger algunas cosas.

—¿Has ido sola?

—Sí.

—No es una buena idea, Yolanda. Deberías haber llamado a alguien. Podrías haberme llamado a mí.

—Tengo la orden de alejamiento.

—Eso es solo un trozo de papel. ¿Sigues en ella?

—No. Después de la segunda llamada, cogí mis cosas y me fui. Pero cuando llegué allí, el contestador estaba repleto de llamadas que esperaban hasta que saltaba y luego colgaban. Cuando sonó de nuevo, descolgué y entonces el hombre que llamó empezó a insultarme y amenazarme. Me asusté y colgué, pero me volvió a llamar unos minutos después. Yo no quería responder, pero como no dejaba de sonar, lo acabé haciendo. Entonces fue peor que la primera vez y empecé a llorar. Le grité que se callara y él solo se reía y se reía y me seguía insultando. Y...

—Cálmate, Yolanda.

—Fue horrible.

—Ya estás fuera de esa casa, eso es lo importante. ¿No hay llamadas en tu móvil?

—No.

—Marcos podría pensar que se incriminaría si te llamaban a tu móvil. ¿Qué hay del contestador automático? ¿Alguna de esas llamadas fue sin número oculto?

—No.

Yo le preguntaba con rapidez, porque hacerla pensar la calmaría en esos momentos.

—Ahora, dime, ¿era Marcos el que hablaba?

—No, no era él. Lo reconocería, incluso si hubiese disfrazado su voz.

—¿Te pareció de alguien que conozcas?

—No, nadie que yo conozca. Parecía un monstruo, eso es todo.

—Lo más probable es que solo sea un cobarde sin agallas, pero tenemos que hacer que lo investiguen. La policía puede rastrear las llamadas, aunque apuesto a que provenían de un teléfono público. ¿Marcos puede encargarle a otra persona que haga eso? ¿A un amigo o a un matón que contratase?

—Después de lo del viernes, ya no sé qué es capaz de hacer.

—Vale, hay que llamar a la Policía. No sacarás nada, pero tienes que hacerlo de todos modos. ¿Marcos se ha puesto en contacto contigo? ¿Sabes dónde está?

—No, nada.

—Tampoco ha estado en su oficina ni en el hospital. Lo he comprobado.

—Entonces es que algo serio está pasando —dijo—. Porque si algo le importa en este mundo es su trabajo y el dinero que le da.

Le hablé de la llamada del detective Fidalgo y de que la Policía tampoco tenía información sobre su paradero. Luego le conté que había hablado con Tomás y la fecha del juicio al día siguiente. Le recordé que tendría que ir.

—A mí también me llamó Tomás para decirme que mañana sería el juicio rápido, pero no quiero ir. Solo sé que no quiero volver a verlo. Y después de esto, menos.

—Yolanda, es posible que sea lo que quiere. Si no vas, él gana. Pero no te preocupes por eso ahora. Yo también estaré allí y no me separaré de tu lado.

Se quedó callada unos segundos antes de decir:

—No lo había pensado.

—Pero hoy todavía es jueves y tenemos otras tareas pendientes. ¿Puedes reunirte conmigo?

—Ven al hotel Zenit, habitación 306.

—Tardo treinta minutos.

Cuando llegué a la puerta de su habitación, me abrió y me dejó entrar, pero solo después de comprobar que era yo quien llamaba. En cuanto la vi, me fijé en que su cara se había recuperado de manera sorprendente. Sus ojos verdes habían regresado para impresionar a todo el que quisiera admirarlos. Llevaba unos vaqueros ajustados, una blusa de algodón de manga larga y estaba descalza. Su pelo rojizo brillaba bajo los inquietos rayos de sol que se filtraban por entre las cortinas de la ventana. Me invitó a sentarme.

—¿Quieres una cerveza? Compré un paquete de seis el otro día.

—Claro —dije.

La mía era la primera de las seis.

—¿Esperas a alguien? —le pregunté, mientras me sacaba la chaqueta.

Ella se sentó en el borde de la cama más cercano a mí.

—Nunca se sabe —dijo con media sonrisa.

—¿No tomas una?

—No, tengo el estómago un poco revuelto.

—Yolanda quien llama por teléfono para amenazar a alguien de manera anónima es un cobarde. Si no lo fuera, actuaría y no perdería el tiempo en esas gamberradas.

Se cruzó de brazos.

—Lo sé. Pero no puedo sacarme de la cabeza las cosas que dijo.

—En primer lugar, llamaremos a la Policía. Pásame el teléfono, ¿quieres?

El inspector Fidalgo no estaba. Hablé con su compañero, alguien llamado Armando Castro. Apuntó los detalles y dijo que lo investigarían. Colgué sabiendo que no lo harían. No era culpa de ellos. Los policías estaban atendiendo casos nuevos cada día, sumando expedientes a sus ya de por sí repletas mesas, y eso significaba que ni Antonio ni Armando tendrían tiempo para nuestras llamadas de aficionados jugando a Al Capone. Entre otras cosas, porque tanto ellos como yo sabíamos que no conducirían a ningún lado.

Yolanda no dijo nada. Ella había sabido interpretar el elocuente tono de mi voz. Agitó la cabeza y perdió la mirada en la alfombra.

—Te lo diré sin rodeos —le dije—. No me gusta este juego, sea inofensivo o no. Los dos tenemos claro quién está detrás de esto. Me sentiría mucho mejor sabiendo dónde está tu marido y voy a averiguarlo. Te ha amenazado a ti, pero también a mí. Primero, me dispara y ahora se atreve a amenazarme. No voy a quedarme sentado a esperar a que llegue hasta mí.

Ella levantó la vista.

—Quiero ayudarte, lo necesito. Y yo también creo que nos convendría saber dónde está. Pero, dime, ¿cómo vamos a averiguarlo?

—Hay maneras. Sobre todo, cuando es probable que no haya abandonado la zona y conoces a su amante. Todo el mundo deja un rastro. Todos somos animales de hábitos y vicios, y no podemos renunciar a ninguno. Porque dijiste que estabas segura de que tenía una aventura, ¿no?

Se puso rígida.

—Sí, pero no tengo ni idea de quién es.

—Seguro que, si lo piensas un poco, sí lo sabes. Primero, la mayoría de la gente se lía con alguien de su trabajo. Quizá piensen que es más discreto que un conocido o vecino, aunque por lo general no es así. Jugaremos con las probabilidades a partir de este punto, especialmente porque tu esposo era un adicto al trabajo. Si encontramos a esa amante, es posible que lo encontremos a él. ¿Alguna idea?

—No conozco a mucha gente en el hospital, excepto algunos de los médicos y casi todos son hombres. Ese era el círculo en el que nos movíamos.

—De acuerdo. ¿Qué hay de la gente que trabaja en su consulta?

—Judith, una de las dos enfermeras, es la que organiza todo. Digamos que no es la persona más cálida que te puedes encontrar, ya sabes a lo que me refiero.

—Fui a su consulta y creo que estuve hablando con ella.

—¿Por eso sabes que no ha estado allí? ¿Cómo conseguiste que Judith te diera esa información?

—Le hice el viejo truco del paisano ignorante, pura ingeniería social. A la gente con poca paciencia le encanta hablar con personas que tienen pocas luces y mucha insistencia. Les permite presumir después de lo pacientes que fueron. En mi trabajo estamos acostumbrados a hacer estas representaciones para sacar información.

—Marcos la mantiene porque es muy buena en su trabajo. El lugar sería un caos sin ella. Pero estoy segura de que no es la persona que buscamos.

Después, entrecerró los ojos.

—Oye, ¿y si él hubiera estado allí? —preguntó ella.

—Habríamos tenido una pequeña charla.

—¿Una pequeña charla?

—Sí, o algo parecido.

—Creo que no habría querido verla.

Sonreí y continué.

—Había una mujer más mayor apuntando en un cuaderno de citas.

—Alicia. Pero no, tampoco. Tiene una familia feliz y es muy religiosa. Muy devota, algo casi obsesivo. No, seguro que ella tampoco es la persona que buscamos.

—Pues entonces tendremos que regresar al hospital.

Antes de hacerlo, miré mi reloj. Eran las dos.

—¿Hambre? —pregunté.

—Sí, me muero de hambre.

Bajamos al bar del hotel y nos sentamos en la mesa más aislada. Yolanda pidió una ensalada y yo un emparedado completo. Mientras comíamos, retomé las indagaciones.

—A ver, cuéntame más sobre Marcos —le dije—. Rarezas, por ejemplo.

—No entiendo.

—Qué suele hacer, qué no suele hacer. En qué es bueno y en qué no, esas cosas.

—Es muy buen médico, si lo miras desde el punto de vista técnico. Pero, como ya te dije, sus modales en la intimidad pueden resultar insoportables, son obsesivos. Pasa más tiempo que la mayoría de los hombres frente al espejo. Lava su coche dos veces por semana, los lunes y los viernes, y lo encera una, el viernes. Se acuesta y se levanta siempre a la misma hora, y reclama sexo una vez a la semana, el domingo por la mañana.

—Acomodado en su vida y que odia los cambios.

Ella me señaló.

—¡Exactamente! ¿Pero sabes lo que realmente me resultaba extraño? Conocía su trabajo al dedillo, hasta el más mínimo detalle. Podía ver un partido de fútbol y, dos semanas más tarde, contarte todas las grandes jugadas, los goles, las ocasiones, hasta si me apuras, las faltas y las tarjetas. Él podría decirte el kilometraje de su Infiniti sin miedo a equivocarse, cuántos escalones hay en cierta escalera o el saldo exacto de su cuenta corriente. Pero no tenía ni idea de las fechas ni de los números de teléfono. Tardó meses en recordar nuestro número de teléfono fijo y creo que todavía no sabe el de su móvil.

Dejó de masticar y su frente se arrugó.

—¿Qué pasa? —le pregunté.

—Siempre se nombraba en tercera persona, como si el mundo no fuera con él o se estuviese viendo por una cámara a todas horas.

Dejó por un momento su ensalada y, aunque intentó luchar contra ello, se le saltaron las lágrimas.

—Lo siento —dijo ella—. Quiero decir, sé que no debería afectarme hablar de él, pero no puedo evitarlo. Los últimos meses han sido muy duros.

—Es natural.

Se limpió los ojos y sonrió.

—Sigamos adelante —dijo después.

—Me has dado una idea. La parte sobre su dificultad con los números de teléfono… ¿Alguna vez recibió o hizo alguna llamada sospechosa desde la casa?

—La mayoría de las llamadas que recibía estaban relacionadas con el trabajo. Y Marcos era muy mal actor. Si estuviera fingiendo una llamada de trabajo para tapar otra comprometida, lo habría notado. Piensa que las mujeres tenemos un sexto sentido para eso. Y nunca le pillé escabulléndose a otras habitaciones para hablar por teléfono. No, si las recibió, las debe de haber contestado escondido de otra manera.

—Quizá en la consulta.

—Sí, y recuerdo que allí tenía una agenda. Hace años, perdió el móvil con todos los números de teléfono. Casi se volvió loco, incluso ofreció una recompensa para quien se lo devolviera, pero no tuvo suerte. Piensa que él tiene dos tarjetas en el móvil y una la usa para dársela a los pacientes de su consulta privada y otra para uso personal. Desde entonces, los números de los pacientes, no, pero los de la otra tarjeta los apunta tanto en el teléfono como en papel. Ya sé que puede guardarlos en el móvil y, si lo pierde, pedir un duplicado y recuperarlos, pero él prefiere hacerlo así.

—Si se escondió con prisa, no creo que se acordase de ella, porque al llevar consigo el móvil, no la necesitaba —razoné en alto—. ¿No tendrás una llave para entrar?

—Sí, solía ir allí de vez en cuando. A recoger historias clínicas y demás.

—Iremos más tarde, cuando no haya nadie.

Se quedó pensando un momento.

—¿Podemos meternos en problemas yendo a la consulta?

—No, eres su esposa. Te dio una llave. ¿Qué problema puede haber en que vayas?

—¿Y si alguien aparece mientras estamos allí?

—¿No sería divertido?

Pues no, por su gesto, deduje que a Yolanda no le parecía igual de divertida que a mí esa posibilidad.

En cuanto acabamos de comer, ella subió a la habitación a recoger algunas cosas y yo la esperé tomando otra cerveza. El plan era pasar por su casa para que yo pudiera comprobar las llamadas e incluso, con un poco de suerte, recibir alguna que me permitiera contrastar que eran efectuadas por la misma persona que me había llamado a mí. De camino, la primera canción que sonó en mi coche comenzó con unos inconfundibles *riffs* de guitarra del gran Prince, que eran tan personales como sus huellas dactilares. Después de sonar solo dos de ellos, gritó:

—¡*Bambi*, de Prince!

Casi me levanto en el asiento del conductor.

—Te he cedido a Aretha Franklin —dije—, ¡pero Prince siempre será mío! No puedes robarme a todos los cantantes.

—No estés tan seguro.

La siguiente canción fue *Blackjack*, de Ray Charles. Ella acertó que cantaba el viejo Ray, pero no la canción. Mi ego se sintió aliviado en cierta medida.

Cuando llegamos a la finca, primero abrió con el mando la puerta de la entrada y, acto seguido, la del garaje. Miramos desde fuera, el Infiniti de Marcos no estaba y todo parecía tranquilo en el castillo de los Varela Sierra. Dentro de la casa, Yolanda miró el teléfono como si estuviese viendo una serpiente. Yo revisé el contestador automático y apareció una llamada tras otra, todas sin identificar.

—Es persistente el capullo este, ¿eh? —dije.

Eran cerca de las cinco. Quería asegurarme de que la consulta del doctor Varela estuviese vacía para cuando llegásemos, así que aproveché para llamar a Tomás mientras hacía tiempo.

—¿Dónde estás? —preguntó.

—Con Yolanda, en su casa.

—Vaya, vaya. Te gusta el riesgo, ¿eh? Lo digo por la casa, y por ella.

—Déjate de tonterías.

Le hablé de las llamadas.

—Hombre —dijo—, no te negaré que estaría bien que pudiésemos culpar a Varela.

—A ver si encuentro alguna manera. ¿Qué sabes de lo de mañana?

—El juicio rápido empieza a las nueve y los dos tenéis que estar allí. Asegúrate de usar tu cabestrillo y recuérdale a Yolanda que no debe maquillarse. Aparte de eso, nada más.

Luego hizo un pequeño alto.

—Ya has conseguido que te invite a su casa, ¿eh? —dijo.

—Hablamos luego.

Le comenté a Yolanda las instrucciones de Tomás sobre el juicio.

—Si ya me fastidia acudir, imagínate tener que ir con el aspecto de una bruja.

—Es normal.

Nos sentamos en su cocina y no hablamos de nada importante. Tomamos una cerveza cada uno. Descubrí algunas cosas sobre su infancia y ella, por su parte, trató de profundizar en la mía. También intentó averiguar más sobre mi trabajo, pero era obvio que yo no estaba dispuesto a ponérselo fácil y acabó desistiendo. No tengo ni idea de por qué actué así. Unas horas antes había reflexionado sobre lo bueno que sería aliviar mi pesado equipaje con alguien como ella, pero, en cuanto llegó la ocasión, me sentí incapaz de hacerlo. Supongo que una cosa era hablar de mi infancia y otra muy distinta profundizar sobre mi trabajo, porque todo el mundo tiene infancia, pero no todos tienen un trabajo como el mío. Los detalles de este eran mucho más recientes y, sobre todo, muchísimo más escabrosos. En cualquier caso, la conversación resultó excelente. Me di cuenta de lo penosa que había sido mi vida en soledad, porque el tiempo en su compañía corría como una canica sobre el suelo pulido.

Cuando el gran reloj del salón sonó una vez, marcando las ocho y media, nos pusimos en marcha para ir a la consulta del doctor Varela. El día anterior me había fijado que el horario de atención a pacientes acababa a las ocho, por lo que, para cuando llegásemos, ya debería estar vacía por completo.

Ella se mostró intranquila desde el inicio del viaje, por lo que no encendí la radio para que no tuviera que preocuparse de adivinar canciones. Estacioné al final de la calle y, desde cierta distancia, observamos la puerta de entrada al edificio y la ventana de la consulta. Todo parecía oscuro y vacío.

Tras unos segundos, le regalé mi mejor sonrisa tranquilizadora y nos dirigimos hacia el objetivo. Yolanda abrió la puerta y nos apretujamos en la entrada. Luego, pulsó unos números en el teclado de detrás de la puerta.

—Espero que no hayan cambiado el código —dijo.

Unos segundos más tarde, las palabras «alarma desactivada» aparecieron en la pantalla digital. Ella suspiró aliviada.

—¿Tiene alguna oficina aparte de la sala donde consulta? —pregunté.

—Sí.

—¿Dónde está?

Señaló alrededor del mostrador de enfrente hacia un pasillo que salía en paralelo a los archivos. Le dije que encendiera la luz, después de lo cual, apagué la que estaba en la sala de espera.

El lugar olía a antisépticos perfumados. La puerta de la oficina estaba abierta. Tenía un impresionante escritorio de madera, con un gran sillón de cuero negro detrás y dos sillas un poco más humildes delante. Las paredes de las estanterías tras el escritorio contenían libros y revistas médicas. En las laterales había diplomas, placas y cuadros. Confieso que me gustó aquel despacho.

Me senté en el gran sillón y examiné su teléfono. Tenía cuarenta y tres números de marcación por memoria. No me molesté en comprobarlos, porque solo un imbécil tiene a una amante en la marcación rápida del teléfono de su despacho, cuando su mujer tiene llave para acudir a él. Después me centré en revisar los cajones. En el segundo del lado derecho encontré un elegante organizador de cuero marrón, donde había escritos muchos, muchos números y direcciones. Teléfonos de hospitales, de otros doctores y de casas farmacéuticas, con un nombre escrito debajo de cada uno. Decidí centrarme en los móviles, bien estuvieran asignados a un hombre o a una mujer. Pensé que quizá nuestro amigo fuera lo bastante astuto como para camuflar la identidad de su amante bajo un disfraz masculino.

Yolanda vino por detrás de mí. Le pedí que mirara conmigo cualquier entrada que contuviera un móvil y que fuera solo un nombre, sin referencia comercial al lado. Encontramos el de dos hombres y los apunté en una nota que anunciaba una medicina que no había escuchado en mi vida.

Después nos centramos en las anotaciones donde solo había números, sin nombre, y encontramos un total de nueve. Cinco estaban escritos en la página en blanco justo después de la portada. Los números se habían anotado de manera improvisada y algunos estaban escritos en ángulo. Muchos otros aparecían rodeados de garabatos. Anoté los tres que eran de móviles.

Las cuatro anotaciones restantes en las que aparecían solo números estaban en un cierto día de calendario y eran teléfonos fijos, excepto el último. Este estaba escrito en la esquina superior derecha de la última página y también lo anoté. Cuando terminé de hacer la lista, Yolanda revisó los seis números. Miró en la agenda de su móvil y reconoció a dos. Uno de ellos era de un compañero de golf de Marcos y otro pertenecía al teléfono particular de su agente de seguros.

Eliminé los números que había identificado Yolanda y, en total, sobrevivieron cuatro: dos con nombre de hombre y dos sin referencia personal alguna.

—¿Y ahora qué? —preguntó—. ¿Empezamos a marcar?

—No. De momento, no. Volvamos al hotel.

Volvió a conectar de manera nerviosa el sistema de seguridad y nos fuimos. Creo que no recuperó su respiración normal hasta que cerró la puerta del Toyota para regresar.

Una vez en el hotel, cogí el teléfono del escritorio, marqué, me senté en el borde de la cama y esperé una respuesta. No tardé mucho en obtenerla. Tras mi saludo inicial y un par de carcajadas, pasé al grano. Cité los números uno a uno en alto. Esperé un par de minutos y apunté las respuestas que me daban. Tras una pequeña charla de despedida y un efusivo agradecimiento, colgué.

Yolanda estaba sentada junto a la ventana, con una sonrisa forzada en su rostro.

—¿Un amigo? —preguntó.

—Una amiga con la que trabajé tiene acceso a un programa que es como una guía inversa de móviles. Podríamos comprobarlos llamando uno a uno desde aquí, pero este camino es más rápido y más discreto.

—Y obviamente te lo debía —dijo, manteniendo la expresión forzada de los labios.

—Somos amigos.

—¿Cómo le explicaste que querías hacer esa consulta? Quiero decir, ella sabrá que estás de permiso, ¿no?

—Le dije que necesitaba un favor.

—¿Así de fácil?

—Sí. Somos amigos desde hace mucho tiempo y tenemos ese código tácito. Cuando uno de nosotros dice «necesito un favor», el otro lo hace y evita las preguntas.

—Y en serio pretendes que me crea que es solo una amiga...

No sabía si preguntaba por estar interesada en mí o por meterse conmigo. En todo caso, me sentí como un marido dando explicaciones forzadas delante de una esposa celosa. Y reconozco que no me disgustaba en exceso la situación.

—Tiene más de cincuenta años, dos nietos y cincuenta kilos de sobrepeso.

La expresión de la cara de Yolanda cambió, pero solo un poco.

Por mi parte, miré los cuatro números cuyo nombre me había dado mi amiga. Los dos que habían sido anotados bajo el nombre de un hombre coincidían con los que me acababan de dar, por lo que los descarté. De los dos que no tenían nombre en el organizador, descarté uno que constaba como propiedad de una distribuidora farmacéutica. Solo quedaba el nombre que iba con el número en la última página, escrito de manera recta y ordenada, con una solitaria y tan inofensiva apariencia que resultaba abrumadora. Lo había colocado ahí el hombre famoso por olvidar los números.

Según mi amiga, pertenecía a «A. Suárez Querejeta». Le enseñé el nombre escrito a Yolanda y se encogió de hombros. A. Suárez Querejeta. ¿Antonio? ¿Alberto? ¿O quizá Ana, Alicia, etc.?

Yolanda me vio estudiarlo.

—¿Llamamos? —preguntó con un aterrador matiz de dureza en su voz.

—¿Y qué decimos, «hola, qué tal, ¿es usted la amante del doctor Varela?» Es una posibilidad remota, pero si es ella a quien buscamos, no quiero darle la ventaja de ponerla sobre aviso. Prefiero averiguarlo de otra manera y que no estén al día de lo que nosotros sabemos. Así será más fácil vigilarlos y que no desaparezcan sin dejar rastro.

Me vio escribirlo en la libreta del hotel.

—Ni siquiera me gusta el nombre —dijo.

Golpeé con mis dedos en el escritorio.

—Vamos a buscar por otro lado, a ver si hay suerte y llegamos al mismo sitio. ¿Me has dicho que tu marido solo opera en el hospital?

Ella asintió.

—Vale, ¿conoces a alguna enfermera allí? No salgamos del área quirúrgica. Sé que es difícil para ti pensar en esto, pero partamos de que tiene que ser alguien con cierto atractivo.

—De acuerdo —dijo después de carraspear la garganta un par de veces—. Dentro del área de Cirugía cardiovascular y que sea más o menos atractiva.

Entrecerró sus descoloridos ojos para ayudar a concentrarse.

—Lo siento —dijo tras casi un minuto—. Lo estoy pasando mal. Y como te dije, nunca compartimos muchas cosas de nuestros trabajos. Y de las pocas compañeras que he conocido que cumplen tus criterios, no puedo imaginar a Marcos teniendo una aventura con ninguna de ellas.

—Muy bien, probemos otra cosa. Pasemos a las cotillas. Alguien a quien podamos sonsacarle información.

Eso hizo que pensara aún más. Después de un rato, agitó la cabeza.

—Espera un minuto —dijo—. Está ella, Elena. Se apellida... Estévez. Sí, Elena Estévez. Es la jefa de las enfermeras de quirófano. La conocí en una fiesta en el hospital. No es que sea una cotilla, pero sí es una buena persona que dice lo que piensa sin importarle cómo se lo tome la gente. Siempre tuve la sensación de que era muy eficiente en su trabajo. La conocí en una cena y nos caímos muy bien. Los médicos no la reprenden y la mayoría hasta bromean con ella. Marcos, no. Creo que la trata con excesiva superioridad, como si quisiera dejarle claro que solo es una enfermera y él todo un cirujano.

—Creo que es justo lo que necesitamos, pero hay que pensar cómo nos acercaremos a ella. Tal vez lo ideal sea ir a verla mañana después de pasar por el juzgado.

Se cayó en los pies de la cama.

—¡Me había olvidado de eso! No creo que soporte verlo de frente.

—Claro que puedes. Solo recuerda que yo estaré allí, te recogeré, te llevaré y no me apartaré de tu lado.

Me puso una sonrisa temblorosa.

—Gracias —dijo, mientras bajaba la vista un momento—. Debo de sonar como un disco rayado, dándote las gracias todo el tiempo. No comprendo por qué haces todo esto.

—Me muero de hambre —dije.

Volvimos al bar del hotel y pedimos dos cervezas mientras esperábamos la cena. Cuando le trajeron sus espaguetis con salsa sin carne, pidió un ron con Coca Cola y yo otra cerveza. A medida que daba buena cuenta del combinado parecía salir de la actitud depresiva que había tenido en la habitación. Nuestra conversación acabó por ir de lo más serio a lo más ridículo con una facilidad pasmosa. Marcos Varela no asomó la cabeza ni una sola vez más entre nosotros aquel día.

Fue una cena divertida y no tengo dudas de que supuso un rato de distracción que ambos necesitábamos. Para cuando subimos a su habitación, eran casi las doce. En el pasillo, mientras deslizaba su tarjeta de habitación en la ranura, nos encontramos los dos en medio de una de esas situaciones incómodas propias de la especie más tonta que habita sobre la tierra, el ser humano. Allí estábamos, dos personas adultas y sin nadie que nos viese. Yolanda me gustaba y supongo que ella se había dado cuenta. La realidad era que nos lo habíamos pasado muy bien juntos, pero no sabía hasta qué punto sentía la misma atracción por mí. Pero, para ser sinceros, no había ninguna razón sensata para entrar en su habitación a aquella hora, ni siquiera para intentarlo.

Después de abrir la puerta y tomarse un momento, se giró y su cara parecía un poco sonrojada.

—Hay bolsitas para hacer café en mi habitación y también bebidas en el minibar —dijo—. ¿Quieres entrar y tomar algo?

A ver, a ver, me dije. Reflexionemos.

Te está invitando a entrar y su voz es lo bastante amable como para que pienses que de verdad quiere que aceptes el ofrecimiento. Pero quizá se deba a que ella es una persona agradable por naturaleza.

Madre mía, qué guapa está.

No, no, pensemos. ¿Hay algún indicio de que quiera algo más? Visto de un modo objetivo, no, por supuesto que no. Sigue casada y es evidente que todavía no se ha olvidado del capullo de su marido.

Pero, madre mía, es una mujer fantástica.

No, no, Lucas, pensemos: ella dijo antes que estaba agradecida, y lo repite muy a menudo. Pero, ¿es posible que su gratitud vaya más allá del agradecimiento normal y corriente propio de una buena persona? ¿Y si ella quisiera algo más de mí? ¿Qué significaría eso?

Lucas, Lucas, piensa, no estás razonando con claridad. No, en este momento. Has tomado varias cervezas.

Y así fue como, tras unos pocos segundos de reflexión, dejé de lado todos estos pensamientos para centrarme en el que decía que estaba tardando demasiado en contestar, por lo que haber aceptado su oferta, supondría una respuesta demasiado obvia a su invitación. Demasiado evidente para que la tomase como una intención sexual explícita por mi parte. Y eso era lo último que quería dejar ver.

—Gracias, pero será mejor que me vaya —contesté—. Me pasaré a primera hora y te recogeré para ir al juzgado. Sobre las ocho, ¿de acuerdo?

Sonrió de una manera extraña y dijo que le parecía perfecto.

También le recordé, casi en un tono paternal, que echase el cerrojo. Asintió con la cabeza, entró, lanzó hacia atrás un escueto adiós y cerró la puerta.

Reconozco que me fui desolado por el pasillo, como un vagabundo sin rumbo, como iría un niño al que sus compañeros de clase acababan de descubrir con los pantalones meados. Y pensando. Sobre todo, pensando.

¿Mi actitud en la despedida había resultado tan patética como a mí me lo parecía?

7

A la mañana siguiente, también elegimos mi coche para ir al Juzgado. Parecía salido de una película de *A todo gas*, con los agujeros de bala en la luneta trasera y el techo, pero teniendo en cuenta que Marcos conocía el Lexus y lo más probable era que no se hubiera fijado en la matrícula de mi Toyota, pensamos que eso nos concedería cierta tranquilidad hasta estar dentro del edificio. Hice propósito de arreglarlo en cuanto tuviera ocasión.

Yolanda se notaba tensa. Salvo sorpresa, aquel día tendría el primer encuentro con su marido desde el viernes anterior, cuando él la había golpeado con tanta saña. Apenas llevaba maquillaje, pero, aun así, se veía guapa. La hinchazón de los ojos casi había desaparecido, pero todavía lucía una pequeña franja gris y amarilla alrededor de los dos perímetros. Llevaba un pantalón que avergonzaría a cualquier ejecutiva de sueldo mareante y se había recogido el pelo hacia atrás en una coleta lo más tirante posible. Se sentó en el asiento del pasajero, arrastrando consigo todos sus suaves y agradables olores, y parecía concentrada en el difícil momento que tendría que afrontar pocos minutos después. Yo no quise romper su silencio y ni siquiera encendí la radio.

En algún momento, pensé en seguir al doctor a la salida del Juzgado para descubrir su madriguera secreta, pero enseguida abandoné la idea por tres razones. La primera, porque nada me garantizaba que el bueno del doctor regresase a su escondite de inmediato. La segunda era que podría darse cuenta de que alguien lo seguía. Y la tercera, y también la más importante de todas, que bajo ningún concepto estaba dispuesto a dejar que Yolanda pasase sola por aquel trance.

Al llegar a la Rúa Lalín, di la vuelta al edificio del juzgado un par de veces antes de encontrar un lugar para estacionar. Después de salir del coche, me puse el cabestrillo en el brazo izquierdo y lo até al cuello.

—¿Estás lista?

Ella se situó a mi lado y me miró a la cara, forzando una sonrisa.

—No, pero estoy más lista de lo que lo estaré nunca —dijo.

—No te preocupes, no hay razón para hablar con él.

Ella asintió, pero me di cuenta de que su corazón no lo sentía así. Tomás me había llamado la noche anterior para darme las últimas indicaciones y decirme dónde nos esperaría. Estaba parado al lado de la puerta principal, sonriendo.

—Oh, pobres criaturas maltratadas. ¿Os ha traído una ambulancia?

—Venimos disfrazados para la ocasión, como nos dijiste.

—Estáis perfectos. Marcos y su abogado todavía no han llegado. El juicio será en la segunda planta, así que vamos a subir y sentarnos al lado de la sala, para que nos vea antes de entrar. Eso quizá haga que se equivoque.

Una vez arriba, y tras apenas dos minutos de espera, la puerta del ascensor se abrió y Marcos y su abogado salieron de él. Ambos llevaban trajes de muchos euros y un aire de confianza que inundaba todo el pasillo. Parecía que iban a acudir a una audiencia con el Rey. El cabello de Marcos estaba peinado con precisión, su calvicie bien disimulada y sus zapatos eran negros y brillantes. Pese a todo, me pareció algo más pequeño que la noche de acción. Su brazo derecho estaba recubierto con un yeso que le sobresalía de la camisa y le llegaba hasta los dedos de la mano. Caminaba con la cabeza erguida y a buen paso, hasta que miró a la izquierda y nos vio. Entonces se paró en seco. Su cara se enrojeció y apretó tanto el puño sano que los nudillos se volvieron blancos. Si la mirada pudiera herir, Yolanda habría sentido un dolor insoportable. Si las miradas pudieran matar, creo que me habría destripado, cocinado en un microondas y colgado sobre el abismo del acantilado más alto para que sirviera de pasto a las gaviotas. Su boca tembló, como buscando unas palabras que no atinaba a encontrar. Su abogado lo agarró por el brazo sano y le susurró al oído. A regañadientes, se dejó arrastrar por el pasillo hasta una mesa que había a una distancia considerable de nosotros. Podría decirse que su abogado no quería verse en la tesitura de tener que frenar un arrebato de su cliente que le hiciera arrancar hacia nuestra posición y, en caso de que no pudiera abortar la salida, querría tener el espacio suficiente para interceptarlo.

Tomás sonrió de manera malévola y se inclinó hacia nosotros.

—*Touché* —dijo.

Los ojos de Yolanda estaban fijos en Marcos. No podía leer su expresión. No era ira, ni tampoco tristeza. Más bien era una mirada confusa, emitida desde algún lugar indescifrable. Me acerqué y la cogí de la mano, pero creo que ella ni se dio cuenta. Lo más probable era que estuviese pensando en el tiempo perdido al lado de aquel hombre, formando parte de un matrimonio con fecha de caducidad.

El juicio fue rápido, más incluso de lo que podría hacer pensar su definición. El funcionario llamó por su nombre, primero a Marcos y después a Yolanda, y ambos entraron acompañados por sus abogados. Yo esperé en calidad de testigo a que me tocara el turno para declarar. Sin embargo, no fue necesario. Tras apenas veinte minutos, volvieron a salir por la puerta.

Tomás se acercó con Yolanda hasta mi posición y me susurró al oído.

—Aceptó todos los cargos y una condena de seis meses de cárcel, conmutables por servicios comunitarios. El juez fijará la indemnización, que no creo que sea muy alta, y ha mantenido la orden de alejamiento de ciento cincuenta metros durante dos años. La verdad es que no podemos aspirar a mucho más, así que no nos conviene estirar la cuerda. Quedaos aquí, iré a tantear algunos pulsos.

Se acercó y atrapó a los actores principales cuando todavía se encontraban en el pasillo. Voces apagadas zumbaban como moscas alejándose. Marcos se acurrucó con el grupo y no miró ni una sola vez hacia atrás. Tomé a Yolanda con suavidad por el codo.

—Tranquila —dije.

—¡Oh, Dios! —dijo ella—. No puedo creer cómo me sentí al verlo. Me repetía a mí misma, como me dijiste, que yo no tengo la culpa, pero no me sirvió de nada. Me hizo sentir como una persona malvada, como si le estuviera arruinando la vida por capricho.

—Hay muchos tipos de personas en el mundo y algunas acostumbran a actuar de la peor manera. Primero te fastidian y luego te hacen sentir culpable.

—No estoy tan segura de eso. Me he sentido así demasiadas veces las últimas semanas.

—Bueno, la gente con sentido común no cae en su juego.

Cinco minutos después, Tomás regresó hasta nuestra posición. En cuanto Marcos y su abogado se fueron, esperamos unos minutos y avanzamos por el pasillo unos metros hasta el ascensor. Sin embargo, cuando íbamos a salir del edificio vimos que seguían conversando a pocos metros de distancia de la puerta. En ese momento, nos alcanzó con la mirada y su cara se volvió a teñir de rojo. Se volvió hacia su interlocutor y se puso de espaldas, pero su mano izquierda golpeaba en el muslo sin cesar. Nos miró otra vez de reojo, con la cara más encendida, la mano golpeando con más fuerza, y luego puso un gesto comprimido y se dirigió hacia donde nosotros estábamos.

Se detuvo a un metro de Yolanda y la miró desafiante. Ella le sostuvo los ojos.

—¿Cómo pudiste hacerme esto? —gruñó con los dientes apretados—. ¿Cómo pudiste? ¡Después de todo lo que te he dado!

—Yo no te he hecho nada.

—¡Intentaste arruinar mi vida, todo por lo que he trabajado! ¡Y hoy te presentas aquí con él! ¿Qué eres? ¿Una puta?

Me moví medio metro para situarme entre ellos. La gente empezaba a darse cuenta de la situación. Marcos retrocedió. Entonces su dedo tembloroso se acercó a mi cara para señalarme.

—Aléjate de mí, ¿me oyes?

Su voz era áspera, aguda.

—¡Y no me mandes más mensajes! —gritó—. ¡Que sepas que no me das miedo! ¡Puedo acabar contigo cuando quiera, así que no tientes a la suerte! Yo...

Su abogado lo agarró y se lo llevó.

—¡Marcos, cállate! ¿Me oyes? ¡Cállate! ¡No es el momento!

Sin embargo, él no se calló. Continuó con su descontrolado discurso al mismo tiempo que avanzaba empujado por el abogado. También intentaba soltarse a cada segundo, al más puro estilo de un matón de barrio con más fachada que agallas.

—¡Te lo advierto! ¡Aléjate de mí y no me amenaces más! ¿Me oyes? ¡No me escribas más!

Un guardia uniformado se acercó desde la posición de control de entrada. Marcos Varela lo miró, nos miró a nosotros, sacudió su brazo sano para soltarlo y luego se alejó. Sus pasos hicieron resonar furiosos ecos en el pulido suelo. Salió del edificio, giró a la derecha y lo perdimos de vista. Tomás estaba a mi lado para entonces, silbando entre dientes.

—Quería ponerlo nervioso, pero creo que se nos ha ido la mano —me dijo—. ¿Qué es eso de que le mandas mensajes de amenaza?

Me encogí de hombros.

—Tal vez una distracción para ocultar lo que nos está haciendo él a nosotros —dije yo—. Quizá por eso ha hecho este espectáculo delante de todo el mundo. Ya sabes que la mejor defensa siempre es un buen ataque.

—Bueno, sé una cosa —dijo—. Varela no quería ningún trato con nosotros. Aceptó el de la fiscalía, pero quiere seguir con la demanda contra ti con todos los medios a su alcance. Carballo sabe que es una posibilidad remota, pero dice que no ha conseguido convencerlo de lo contrario. Es como si no le importaran las consecuencias mientras pueda amargarte la vida. Tengo que decirte, querido Lucas, que has hecho un amigo sólido.

En nuestra conversación nos habíamos olvidado de Yolanda, que continuaba de pie detrás de nosotros. Los dos nos volvimos hacia ella. Sus ojos, mirando hacia delante, fijos en algo que no veían, se habían llenado de lágrimas.

—De todas las cosas que podría haberme llamado —dijo ella—, tuvo que llamarme puta.

Miré a Tomás y él asintió. La tomé del brazo y me la llevé. Ella se dejó guiar.

Salimos a la brillante luz del sol de octubre y dejamos atrás el juzgado. Ni siquiera había pasado una hora desde que habíamos llegado. Cuando llegamos a donde estaba el Toyota, abrí el lado del pasajero y la ayudé a entrar. No se había limpiado los ojos y unos pequeños surcos con sus lágrimas corrían por ambas mejillas.

Me senté frente al volante, puse el motor en marcha y miré hacia delante. Sentía el paternal deseo de convencer al doctor Varela de que su actitud era muy, muy equivocada. Para ser más exactos, quería agarrarlo por la cintura de sus pantalones caros, darle la vuelta y sacudirlo de arriba hacia abajo hasta que cualquier atisbo de hipócrita hombría se desprendiera de su cuerpo y lo dejase con su peludo ombligo al descubierto.

Después de recorrer un par de avenidas, Yolanda todavía no se había movido ni dicho una sola palabra. Desde que había entrado en el coche, se había recostado en el asiento, abrochado sin ganas el cinturón de seguridad y perdido su mirada en el horizonte.

—Siento lo que ha pasado —le dije.

Sus ojos se mantuvieron fijos en el horizonte, pero al menos se levantó un poco en el asiento y se limpió la humedad de su cara.

—Cuando empezamos a vivir juntos —dijo—, después de que Marcos saliera en la facultad de Medicina, trabajé de noche en un restaurante. Siete días a la semana, a veces doble turno. Por entonces, no teníamos nada. Mi jefe lo sabía y me dejaba preparar una ensalada poco antes de salir. Se la llevaba a casa a Marcos. Era eso o pasta con tomate, lo más barato que podíamos comprar. Él todavía preparaba las oposiciones al Sergas y yo trabajaba a tiempo completo. Nuestro piso era de una habitación, un baño y una cocina básica. Todo lo que teníamos era una cama grande. Ya ves, y ahora soy una puta.

—Pienso que no te hace ningún bien recordar esas cosas.

—Tal vez me prostituí con un hombre que dejó de quererme, que los últimos años solo estuvo conmigo para no perder su dinero.

Quizá yo lo supiese desde hacía tiempo y me engañé pensando que no era así. Quizá lo hiciese porque me gustaba la casa grande y los coches caros. Eso me convertiría en una puta, ¿no?

—No me voy a meter en eso, Yolanda. Es una estupidez. Te quedaste con esa escoria para salvar tu matrimonio y él te lo agradeció a su manera, pegándote. Si quieres llamarte puta, hazlo. Si quieres sentir lástima por ti misma, hazlo. Pero en silencio, porque yo no quiero oírlo.

Se volvió y me clavó sus ojos verdes.

—Puedes llegar a ser muy desagradable, ¿verdad?

—A veces. Tengo práctica en ello, no lo dudes. Pero debes saber que a veces se necesita a un desgraciado muy desagradable para decirle a las personas todo lo buenas que son. Y tú eres de calidad, Yolanda, lo admitas o no. Calidad como persona y calidad como mujer. Y además eres muy guapa. Que después lo quieras apreciar o no, eso ya es cosa tuya.

Ella no registró ninguna expresión hasta mi última frase, entonces su ira cedió. Se volvió hacia adelante otra vez.

—Tú tampoco eres tan malo como piensas, Lucas. Pero a veces te vuelves imposible.

—Lo sé.

Entonces se sumió en una profunda reflexión y el viaje se quedó en silencio. Hice clic en la radio. Sonaba Don Gil Scott Heron y su *The Revolution Will Not Be Televised*. En mi humilde opinión, la mejor canción de *rhythm and blues* de todos los tiempos y una de las mejores letras jamás escritas, pero no dije nada. Ella tampoco lo hizo.

Ya estábamos llegando al hotel cuando volvió a hablar.

—Me mudo de vuelta a la casa. Lo decidí anoche y hoy lo tengo más claro todavía. No me va a robar mi hogar. He hablado con la empresa de seguridad para que vengan mañana y cambien las cerraduras y los códigos de la puerta y del garaje.

—No estoy seguro de que sea una buena idea, Yolanda. Sobre todo, después de lo que ha pasado hoy. Y recuerda las llamadas. Este tío se ha vuelto loco.

—Ya lo sé, pero quiero estar en mi casa. No voy a salir corriendo, porque no soy una cobarde, como tampoco soy una puta.

Pude notar que su decisión era definitiva.

—Llámame al menos una vez al día. Si no estoy en casa, déjame mensaje en el contestador y te devuelvo la llamada.

—¿Ahora eres mi ángel de la guarda?

—No, soy tu amigo.

—De acuerdo.

—Si no tengo noticias tuyas, me rasgaré los pantalones en tu valla de hierro fundido y eso sería una pena, porque no tengo muchos pantalones sanos.

—Sí, lo sería, porque supongo que no te entusiasma la idea de ir de compras.

—No. ¿Cómo lo sabes?

—Porque todavía no he conocido a un hombre al que le guste.

—¿Y aun así nos quieres?

—Ese es el problema.

Ya estábamos entrando en el aparcamiento del hotel, cuando se me ocurrió preguntar.

—¿Recuerdas que quedamos en visitar a su jefa de enfermeras hoy? —dije—. ¿Prefieres descansar algo en el hotel o vamos a darle una oportunidad ahora? El hospital no queda muy lejos de aquí.

—Mejor ahora —dijo con una mirada de determinación cruzando su cara.

Dimos la vuelta y tomamos rumbo al hospital. Cuando llegamos a la zona de Cardiología, congregamos muchas miradas curiosas. Yolanda saludó con un simple «hola» a los pocos que conocía por su nombre, salvo a una joven enfermera, que le indicó que Elena estaba asistiendo en una operación, pero que no creía que tardasen en acabar.

Bajamos un par de plantas hasta el quirófano indicado y esperamos en la entrada de la zona reservada, como si fuésemos familiares de un paciente a la espera de buenas noticias. En unos minutos, ella salió. Elena era una mujer grande, pero más corpulenta que gorda. Llevaba un portafolio en la mano en el que consultaba algún dato y su caminar desprendía un aire de confianza en sí misma que no se adquiría en un día. Su pelo era rojo, limpio, corto y despeinado con cuidado. Calculé que tendría unos cincuenta y tantos años. No más, pero tampoco menos. Cuando vio a Yolanda sentada en los bancos de espera, alteró un paso, pero eso fue todo. Creo que, si alguna vez me pusieran bajo un bisturí, ella sería la enfermera que querría que cuidase de mí, por mucho que la enfadase antes. Algunas personas pueden ofrecer una lectura rápida y confiable con su caminar, en su apariencia y en su comportamiento. Elena Estévez era una de esas personas.

—Yolanda —dijo ella, sin levantar la vista de su portafolio ni acabar de detenerse todavía—. ¿Cómo estás?

—Bien, Elena.

—¿Y tu cara?

Parecía una conversación entre una profesora y una estudiante de primaria. Como si se tratara de un negocio, de información que estaba recopilando.

—Mejorando.

Elena levantó la mirada de su trabajo por primera vez y asentó el portafolio sobre su amplio pecho.

—Te vi la noche que entraste —dijo ella—. No pasó mucho tiempo antes de que todos supieran lo que había ocurrido. Los hospitales son uno de los mejores centros de cotilleo del mundo. Pero tienes razón, se te ve mucho mejor. Me enfurecí por lo que te hizo. Quería decírselo a la cara, pero no ha vuelto desde entonces. Yo pensaba que se preocupaba más por sus pacientes y por sus compañeros, porque su ausencia nos ha trastocado todo. Con los recortes, sus citas y sus operaciones las tienen que cubrir otros médicos o posponerse sin fecha fija. Eso es lo peor, que hemos tenido que aplazar intervenciones quirúrgicas que no tenían mucha espera. Hay gente que ha sufrido las consecuencias de todo esto sin tener culpa de nada. ¿Y tu marido? ¿Dónde está tu marido?

—Supongo que está escondido.

—¿Hay algo que no sepamos?

—¿Ya sabes que se rompió una mano?

—Sí, pero eso no es excusa para que deje de atender citas, ni post operatorios. ¿Se rompió la mano golpeándote?

—No. Elena, este es Lucas Acevedo. Es el hombre que se metió en medio de la pelea e impidió que Marcos me pegara mucho más de lo que lo hizo. Lucas lo empujó para sacármelo de encima. Marcos se cayó y así fue cómo se rompió la mano.

Me echó una rápida mirada inquisitoria.

—Encantada —dijo después.

No tenía un tono de reproche su respuesta, a pesar de las consecuencias que había ocasionado mi empujón. Era necesario, yo lo había hecho y eso era todo. Esperó a que uno de nosotros hablara y, cuando vio que dudábamos, hizo que las cosas fuesen más rápidas.

—Yolanda, ¿en qué puedo ayudarte?

—Señora Estévez —le dije yo.

—Elena.

—Elena. Por lo que sé, es usted una mujer ocupada y que no se anda con rodeos, así que yo también voy a ser claro. Necesitamos saber dónde está Marcos. La Policía no sabe dónde se esconde ni tiene el interés necesario para averiguarlo, y pensamos que quizá usted nos pueda ayudar.

—¿Cómo?

Miré a mi alrededor. A las otras enfermeras y a los familiares de cabeza gacha que esperaban noticias.

—¿Podemos hablar en privado? —le pregunté a ella.

Elena frunció los labios y miró su reloj.

—Tengo un descanso a las doce. Dentro de veinte minutos. ¿Nos vemos en la cafetería?

Yolanda asintió.

—Bien —dijo Elena, antes de proseguir su camino.

Apenas dos minutos después de las doce, nos localizó de inmediato en el rincón más alejado de la cafetería. No había nadie en ninguna mesa a nuestro alrededor. Ella asintió con la cabeza, pasó por la barra de comida y cruzó el local con su consumición en la mano.

Se sentó al otro lado de la mesa con un emparedado de jamón y queso, un buen trozo de pastel de chocolate y café con leche. Ella miró el café solo que estaba tomando Yolanda y frunció el ceño.

—¿No estás comiendo? —le preguntó.

—Hoy no tengo estómago para eso.

—No comer no mejorará tu vida.

Después, dirigió sus ojos hacia mí. Yo miré a su plato como respuesta.

—Estoy tratando de evitar que me tengan que abrir el corazón —le dije.

Cinco segundos y luego me dedicó una gran sonrisa. Envolvió la mitad del emparedado en una servilleta antes de llevárselo en la boca. Después de tragar el primer bocado, me miró de nuevo.

—Yo soy de esas personas que piensa que de algo tiene que morir —dijo.

—Elena —dijo Yolanda—. Sé que mi esposo está teniendo una aventura y creemos que es alguien con quien trabaja. Sé que te pone en una situación difícil, pero si sabes quién es, por favor, dínoslo. No ha pasado por casa desde el viernes pasado, así que es más que posible se haya quedado con ella desde entonces o que le esté ayudando a esconderse. Necesitamos saber dónde está para nuestra propia tranquilidad, porque los dos hemos recibido amenazas muy graves y tenemos sospechas fundadas de que provienen de él.

—¿Y por qué me lo preguntas a mí?

—Lucas sugirió que necesitábamos hablar con alguien de aquí que fuese directo y pensé en ti.

Ella siguió masticando.

—Puedo ser directa en lo que digo, pero no me gusta hablar de otras personas a sus espaldas —dijo.

—Pero, por lo que tengo entendido, sí habla usted cuando debe hacerlo —apunté yo— y si Marcos no está delante es porque prefiere amenazarnos desde la comodidad de su escondite.

Elena se quedó pensando un buen rato y luego se inclinó hacia adelante y susurró.

—Está bien, pero me gustaría que esto no saliese de aquí.

—Le doy mi palabra —apunté.

Luego tomó otro bocado, lo masticó, lo tragó y empezó a hablar solo al volumen suficiente para que nosotros la escuchásemos.

—Los médicos son como un grano en el culo —dijo—. Al menos nueve de cada diez.

—El mío lo es, ya lo sé —la interrumpió Yolanda.

Elena volvió a su posición normal y continuó.

—No, querida, el tuyo no es un grano en el culo, el tuyo se cree una obra de arte. Piensa que lo que hace en el baño no apesta, si me disculpas la expresión. Es un cirujano excelente, uno de los mejores de España. Pero como dejes que te pise, estás muerta. Te amarga la existencia. Conmigo no se mete, porque sabe que no puede. En el fondo, tenemos un acuerdo tácito de vive y deja vivir, que odiaría arruinar con esta conversación si un día él vuelve.

—¿Cree que no lo hará? —le pregunté.

—Ni idea. Si fuese otro médico, apostaría a que no, pero en su caso, no estoy tan segura. La gente está bastante molesta por lo que ha hecho y por cómo ha manejado esta situación, pero siendo tan bueno como es y teniendo las influencias que tiene, dudo que suponga un problema que no pueda revertir llegado el momento.

Terminó su emparedado, luego empujó el tazón del café hacia un lado y tomó con su tenedor un gran bocado del pastel. Después de tragarlo, se tomó un largo trago de café con leche y se golpeó los labios como si ese gesto ayudase a bajar el líquido por el esófago.

—A ver cómo lo digo —se arrancó después—. Primero llegó mirándose el ombligo, con la cabeza en alto, pero nada más. Hasta que un día, hará cuatro o cinco años, empezó a husmear y a pavonearse, a hacerles insinuaciones a algunas de las enfermeras. Al menos, a las más guapas. A las otras, no, a esas las seguía tratando como a sus sirvientas. Quiero decir, no es que las acosara, a las guapas, sino que dejaba caer comentarios halagadores de manera estratégica. Resultaba muy evidente que estaba olfateando, lo he visto antes. Un buen médico tiene mucho poder y dinero y, para algunas enfermeras, eso los hace irresistibles. Te dije antes que los hospitales son grandes centros de cotilleo. Bueno, pues también albergan telenovelas de lujo, créeme.

Yolanda no decía nada, pero pude sentir que se ponía rígida mientras Elena hablaba.

—Así que —dije yo—, Marcos lanzó un anzuelo y esperó a que alguna pieza picase, ¿no?

Elena estaba jugueteando con el pastel. Sostuvo la mirada de Yolanda.

—Lo siento —dijo en dirección a ella—, no tengo pruebas, pero supongo que sí. Hacía comentarios y lanzaba sus mejores sonrisas a las más guapas un día tras otro. El problema es que siempre sabes cuando dos personas se enrollan. De repente, bromean, se llevan bien entre ellos y dejan de lado a los demás. Todo son secretos entre los dos. Resulta muy obvio, pero siempre pasa de esa manera. Supongo que no pueden evitarlo y se creen que los demás no nos damos cuenta.

—¿Está pensando en alguien en concreto? —le dije.

—A ver, que todo esto es solo teoría. No quiero acusar a nadie, porque no tengo pruebas y podría estar equivocada —se excusó.

—Ya, solo teoría, sin pruebas. Vale, pero tengo la sensación de que, si tuviera que decir un nombre, no dudaría cuál elegir.

—No, no sabría decirte. Como digo, no tengo pruebas.

Siempre he pensado que, en este mundo, a veces, todo se reduce a hacer una gran apuesta una sola vez. Un todo o nada en toda regla. Si pierdes, te quedas hasta sin calzoncillos; si ganas, te llevas todo cuanto estás en disposición de ganar. Así que me dije, adelante, Lucas, este es el momento.

—¿Es la enfermera Suárez? —escupí por sorpresa.

En ese instante, los ojos de Elena pasaron de abiertos a muy abiertos. Los dos supimos que ya no era necesario responder después de eso.

—No creo que necesite dar nombres —dijo.

—Entiendo. Entonces, dejemos al doctor Varela y pasemos a otra persona. Vamos a ver, me han dicho que hay una enfermera aquí en el hospital que se apellida Suárez. Por alguna razón en particular, estoy interesado en esa persona. ¿Qué puede decirme de ella?

Me lanzó otra sonrisa seca.

—Supongo que es Alicia Suárez —dijo ella—. Una chica muy guapa. Procede de Bilbao y llegó hace un año. Es hija de emigrantes y sus abuelos todavía viven aquí. Lo digo porque la hospedaron por un tiempo, pero ahora tiene su propia casa en Nigrán. Es una buena chica, muy sociable, aunque a veces un poco dispersa. Dejó Bilbao tras un divorcio complicado. Solo hablaba de eso cuando llegó. El tipo era la reencarnación de Hitler en el siglo veintiuno, según sus propias palabras. Delgada, morena, piernas bonitas y dientes blanquísimos, que dejaba ver en cuanto tenía ocasión. No creo que haya estado mucho tiempo sin un hombre en su vida. Supongo que, recién salida de un divorcio así, sería presa fácil para un médico importante y que, además, estaba en celo.

Yolanda aclaró su garganta y empujó hacia atrás su silla. Estaba enrojecida.

—Disculpadme —dijo—. Yo... yo necesito ir al baño.

Se fue con la cabeza inclinada.

—Lo siento —dijo Elena—. Algunas cosas no son agradables de oír, pero por callarlas no dejan de ser verdad. Y también quiero decir otra cosa: el doctor Varela es estúpido. Yolanda es tan guapa como Alicia y mucho más inteligente. Además, tiene un buen corazón.

—Lo sé. Esa es la única razón por la que estoy más involucrado en todo este lío de lo que me gustaría —confesé.

—¿Vosotros dos…?

—No, no, en absoluto. Solo somos amigos.

—Por la forma en que Marcos la ha tratado, nadie podría culparla por nada.

—Amigos, Elena. Solo amigos.

—Vale, amigos. Lo tendré en cuenta.

—¿Qué más me puede decir sobre Alicia?

Entonces Elena se tomó un segundo.

—No eres un tipo cualquiera, ¿verdad? —dijo después—. La forma en que preguntas es como si lo llevaras haciendo toda la vida.

—Trabajo en las Fuerzas de Seguridad, aunque ahora mismo estoy de excedencia.

—Algo así pensé.

Ella tomó su último trago de café y se inclinó hacia atrás para medirme.

—¿Os están amenazando? ¿Por qué? ¿De qué va todo este asunto?

—No lo sé, la verdad. La lógica dice que debería ser una pelea conyugal sin más, pero hay algo que no me acaba de encajar, que hace que esté alerta, que apesta. El problema es que todavía no sé qué es. Por eso, estoy aquí.

Por alguna razón, mi explicación la dejó satisfecha.

—Vale, Alicia Suárez —dijo—. En general, es una chica guapa a la que la bata blanca de enfermera la hace todavía más guapa. Desde el primer día, sonreía mucho, y más cuando Marcos le prestaba atención. Siempre hablaban de fútbol y de apuestas por internet. Tenían esas aficiones en común. Al menos, de eso era de lo que hablaban hasta que un día decidieron que podían hacer mejores cosas que hablar.

—¿Apostaban en los partidos?

—Supongo que sí, porque siempre miraban en el móvil los resultados, quién había marcado primero, el número de saques de esquina, cosas así. Pero tampoco podría asegurarlo al cien por cien.

—¿Mucho?

Se encogió de hombros.

—Yo qué sé —dijo luego.

—¿Les causaba problemas de dinero?

—No lo sé con exactitud, pero a Alicia, con el salario de enfermera, estoy segura de que sí. Lo que ocurre es que, por lo que se decía, su exmarido era un experto en la especulación energética y ella le sacó un buen pellizco en el divorcio. Probablemente podría haber pasado un tiempo en excedencia si hubiera querido. De hecho, en más de una ocasión me pregunté si no estaría trabajando con la única finalidad de cazar a un médico.

—¿Por qué habla de ella en pasado?

—Porque el miércoles pasado pidió una excedencia.

—¿Sin previo aviso?

—Sí. A veces, sucede —dijo Elena—. Recibes una buena oferta de trabajo en una consulta privada y te vas de repente, porque no están dispuestos a esperarte. Por el régimen interno del Sergas, pueden volver al cabo de un año y, por lo general, suelen retomar el puesto de origen con solo pedir un reingreso provisional, puesto que no sobra personal.

—¿Cree que su excedencia está relacionada con Marcos?
—Quién sabe. Como dije, su exmarido tenía mucho dinero. Quizá no tenga ganas de trabajar. Estas chicas jóvenes y guapas a veces son difíciles de entender.
—¿Sabe su dirección exacta en Nigrán?
—Sí, dio una fiesta de inauguración y nos invitó a todos. Su casa es fácil de encontrar, tomas la carretera que va a Camos desde la autovía y, unos trescientos metros después de pasar la iglesia, ya ves el camino hacia una casa de piedra que está al final, justo delante del río Muiños.

Yolanda volvió a la mesa y se sentó.
—Lo siento —dijo ella—. No quise ser maleducada.
—Yo tampoco —dijo Elena—. Siento haberte hecho daño con lo que dije, pero creo que era lo que necesitabais saber.

Después se dirigió a mí en concreto.
—Lo que te he dicho es entre nosotros, ¿verdad? Odiaría estar equivocada sobre algo así y que saliera a la luz.
—Tiene mi palabra, Elena —dije—. Es más, si al final resulta ser relevante y se hacen públicos los detalles del caso, nadie sabrá que hablamos con usted. Muchas gracias por ayudarnos.

Se acercó y tocó la parte superior de la mano izquierda de Yolanda.
—Todo irá bien, cariño. Solo mantén siempre la cabeza alta.

Entonces Elena Estévez se fue, a buen paso y sin mirar a los lados en ningún momento. Por mi parte, le conté a Yolanda lo que se había perdido. Mencioné el detalle de las apuestas.
—¿Estabas al tanto de eso?
—Sabía que, de vez en cuando, apostaba algo. Él era un adicto a los deportes. Fútbol y baloncesto, sobre todo. Pero no creo que fuera mucho y nunca hablaba de ello en casa.
—¿Qué te parece que Alicia se haya cogido una excedencia?
—Tiene sentido. Marcos querrá que lo atienda las veinticuatro horas del día y le pueda decir todas las veces que quiera lo terrible que es lo que le está sucediendo. Usa pequeños trucos como ese para mantener el control sobre ti. Marcos necesita tener el control sobre todo. Es como una adicción para él. Dinero y control. No conozco a esa mujer, pero lo siento por ella. Puede que

haya conseguido a su médico rico, pero también se lleva todos sus defectos.

No quise ahondar más en el tema. Así que decidimos salir de allí y regresar al hotel. Dentro del coche, durante el camino, Yolanda seguía pensando en lo que habíamos hablado.

—De alguna manera me siento mejor sabiendo quién es ella —dijo.

—Elena podría estar equivocada.

—Los dos sabemos que no es así. Dime, ¿qué tenemos que hacer ahora?

—Pues averiguar si está viviendo con ella. Se trata de no perderle la pista y, por supuesto, si él está con ella y lo conseguimos probar, podrías utilizarlo en su contra en tu divorcio.

Agitó la cabeza y miró por la ventanilla.

—Estoy harta de todo este asunto —dijo—. Me hace sentir miserable.

—Tenemos que mover ficha, pero déjame pensar cómo hacerlo.

—De acuerdo.

Le eché una mirada fugaz.

—¿Tienes planes para esta tarde?

—Sí, tengo reunión de Cáritas. Hace que no voy por allí y creo que me vendrá bien para despejar un poco la cabeza. Así también veré a Eva y hablaré un poco con ella. Ya me perdí la reunión de la semana pasada.

—Pues yo dedicaré la tarde a arreglar la ventanilla de mi coche. ¿Qué tal si te llamo mañana?

—Perfecto.

En el fondo, me alegré de que cada uno de nosotros tuviese sus propios planes, porque eliminó otro momento incómodo como el de la noche anterior en el hotel.

Todavía me sentía avergonzado al recordarlo.

8

Cualquier persona con sentido común sabe que no puede llevar su vehículo al taller un viernes por la tarde a última hora. Sin embargo, en aquella época, yo no tenía ni una pizca de sentido común. El hombre que estaba detrás del mostrador del taller de reparación de parabrisas no se rio de mí, pero estuvo cerca. Me dijo que tenía suerte de que le hubiesen cancelado un trabajo esa tarde. También explicó que tardaría algo menos de dos horas y que podía ir a tomar un café mientras acababa. Me alejé de su sonrisa a punto de estallar en busca de la cafetería más cercana y me senté en la terraza para contemplar el bullir de la ciudad.

Eran casi las ocho cuando mi risueño amigo me llamó para decirme que había concluido el trabajo. El nuevo cristal trasero le sentaba bien al Toyota, pero hacía que el agujero de la bala del techo se notase mucho más. Y era evidente que ese arreglo tendría que posponerlo hasta la semana siguiente.

Pagué la factura en metálico y puse en marcha mi pequeño coche. Viernes por la noche. Hacía una semana, estaba enfrascado en la misión de romper mi soledad autoimpuesta y divertirme un rato a costa del bullicio nocturno de copas variadas y maquillaje. No lo había logrado. No me sentía con el mismo humor este viernes, pero era la hora de inicio y, por alguna razón, me sentí empujado a intentarlo de nuevo. Cualquier lugar que sirviera grasientas patatas fritas para acompañar jarras de cerveza fría me valía. Sería un anciano infiltrado entre adolescentes con el celo a flor de piel. Diversión. Y la diversión que necesitaba para evadirme.

Como si estuviera estrenando una camisa nueva, me dirigí hacia la calle Pizarro, cerca de la Plaza de España. Recordaba que allí había una cervecería con ganas de servir a aquella hora consumiciones a proyectos de personas que, en su gran mayoría, no superaban los veinticinco años. Cuando llegué al lugar, dejé mi coche en la zona de carga y descarga del Mercadona que quedaba justo enfrente. Mi pequeño y viejo Toyota no encajaba tan mal con el resto de vehículos allí aparcados y que, sin duda, pertenecían en su gran mayoría a los clientes de la cervecería. Al menos la mitad eran de su edad. Pensé que le encantaría entablar nuevas amistades con las que alardear de su nueva luneta.

El local se llamaba La Pecera. Una vez dentro, comprobé que no había cambiado mucho desde mi última visita. Seguía decorado con algún que otro motivo de peces de colores y varios posters de los Rolling Stones. Al fondo, mantenía el pequeño escenario donde grupos de pop rock de la zona ofrecían conciertos de temas versionados los sábados por la noche. Pero aquella noche era viernes y estaba vacío.

También me di cuenta que todos mis prejuicios habían sido correctos. La barra estaba llena y yo tenía un rango de edad muy superior al resto de clientes. No había un asiento libre. Le dediqué mi mejor sonrisa de abuelo a un chico de apenas veinte años, vestido con una camiseta diseñada para disimular su más que evidente ausencia de pectorales. Estaba intentando impresionar a una chica guapa enfundada dentro de un vestido negro tan ajustado que parecía imposible que pudiese seguir respirando allí dentro. La camiseta del chico llevaba serigrafiado un corte de mangas, con una gran leyenda debajo que ponía «Police fuck you». Me resultó entrañable. Mi cínica sonrisa ejerció de cortés invitación para que se arrimara un poco más a la chica a fin de que yo pudiera pedir una cerveza y eso era todo lo que necesitaba de él.

Mientras estuve a su lado, escuché que disertaba sobre si era mejor irse a estudiar a Inglaterra o a Estados Unidos y que le quedaba todo un año para decidirse. La chica no hablaba, pero sonreía a cada palabra que él pronunciaba. Imaginé un acuerdo rápido. Tras un par de consumiciones más, él pospondría su decisión estudiantil para momentos más sobrios y ella le enseñaría el asiento trasero de su aburrido vehículo de la edad de mi Toyota. A partir de ahí, sobrarían las palabras hasta el amanecer, hora en que se olvidarían mutuamente. En ese momento, recordé lo divertido que era espiar a las nuevas generaciones con las hormonas desatadas y dispuestas a darse a toda costa un festín con el sexo opuesto.

Me ubiqué en un lugar junto a una esquina. A mi lado, cuatro camisas de diseño se agolpaban y vociferaban, con cuatro chicas perfectas intercaladas entre ellos, en torno a una lamentable mesita. Yo estaba disfrutando muchísimo. Incluso sin las conversaciones extrañas y las maniobras trilladas, hubiera valido la pena el viaje para cualquier buen observador. Sobre todo, para uno que, después de unos meses recluido como monje de clausura, se había decidido a explorar el mundo exterior. El tiempo voló y poco después estaba tomando mi segunda cerveza. No tenía quién me llevara a casa, así que esa segunda cerveza era el límite que me había autoimpuesto.

Pero antes de irme, todavía me sometí al escrutinio escrupuloso de dos señoras de mi edad en el extremo opuesto del bar. Ambas vestían el uniforme de empleadas de El Corte Inglés, que quedaba dos calles más abajo. Me fijé que los chicos no se atrevían a acercarse a su posición y ellas no demostraban la más mínima intención de suicidarse por ello. En cambio, sí parecían preguntarse por la presencia en aquel lugar de un maduro solitario, mal peinado y boquiabierto, con su culo apoyado justo debajo de un póster con la imagen de Mick Jagger.

Una inclinó su vaso cuando nuestras miradas coincidieron y emitió una tentadora sonrisa. En ese momento, supe que tenía que marcharme. No estaba de humor para el esfuerzo que requería invertir unas monedas, en forma de invitación alcohólica, con las que probar fortuna en la imaginaria máquina dispensadora de amor ocasional. O, mejor dicho, no estaba de humor para cobrar y llevarme a casa el más que probable premio.

Así que dejé el importe de las dos cervezas encima de la barra, junto a una pequeña propina, y me dirigí a la puerta. La más bonita de las dos me obsequió con otra sonrisa de despedida al pasar. Aunque esta vez, sin inclinar el vaso.

Fuera del local, el aire se había enfriado y el ambiente era el de una perfecta noche de octubre: crujiente, oscuro, denso y lleno de sonidos que bien parecía que provenían de una hoguera gigantesca. Me gusta el octubre gallego. Los tonos ocres lo inundan todo, creando un ambiente perezoso que suaviza el alma por el día y una amalgama de ruidos crepitantes que evocan a las meigas en cuanto te adentras en las noches.

Me dirigí de vuelta alrededor de las once y media. Una vez en Mondariz, al adentrarme en la calle perpendicular a mi ático, en busca de un sitio donde dejar el coche, me fijé que en la esquina había una furgoneta mal aparcada. La esquivé y coloqué mi pequeño Toyota varios metros más adelante. La luz de la calle estaba lo bastante lejos como para cubrir por completo toda la acera y las áreas sombreadas parecían agujeros negros capaces de transportarte al más allá. Apagué el motor, salí y volví a llenar mis pulmones con el aire otoñal, mientras mis oídos se inundaban con el sonido de las hojas secas. Mientras me dirigía hacia mi ático, me fijé a lo lejos en las ventanas del ático de mis vecinos. No había luz ni señales de vida en él. Era probable que hubiesen salido con sus dos pequeños ratones para una saludable y tranquilizadora dosis de pizza y juegos. Sobre todo, porque el niño me confesó una vez en la parada del bus escolar que siempre lo hacían los viernes por la noche. Yo solo esperaba que mamá y papá los cansaran lo suficiente como para que se durmieran de inmediato cuando llegasen a casa.

La verdad es que caminaba despreocupado e inmerso en mis pensamientos, pero cuando vives una vida de matones y heridas repentinas, tu cuerpo se perfecciona con un instinto de supervivencia que mantienes incluso cuando no lo has usado en varios meses. Ese instinto felino está encendido todo el tiempo porque, si él no estuviera ahí, pronto acabarías muerto.

Los escuché mezclados entre las hojas y el viento, incluso antes de ser consciente de que los había oído. Provenían de detrás de otros automóviles aparcados. Se descubrieron poco a poco, a diferencia de los sicarios mexicanos de ojos helados, que son más fríos, eficientes y malvados que la muerte misma. Estos chicos vinieron por separado, con lo que me concedieron una oportunidad para poder defenderme.

El primero llegó por detrás, con la idea de romperme la cabeza de un golpe y agarrarme los brazos a mi espalda. Lo sentí a la izquierda y arrojé mi cuerpo a la derecha, justo en el momento que algo impactó en mi hombro izquierdo por encima de la herida de bala. Fue un golpe oblicuo, pero dolió como si hubiese acertado de lleno, igual que si me hubiese atizado el mismísimo demonio con su tridente en llamas. Me estaba cansando de que la gente apuntara siempre a la misma clavícula. Me agazapé y equilibré mi cuerpo para lanzar mi brazo derecho y mi rodilla sobre sus partes más blandas. Luego giré para patearle la cara con mi pierna izquierda. Cayó como un bolo tocado y tambaleante.

El segundo estaba dos pasos más atrás. Sin duda tenía la intención de llegar por delante y romperme todos los huesos posibles en cuanto su amigo me hubiese inmovilizado. O quizá la idea era dejarme sin sentido y arrastrarme hacia uno de esos agujeros negros, para disfrutar los dos con el trabajo. Intentaba mantenerme a distancia y movía los brazos con la intención de agarrarme. Avancé hacia él de un impulso bajo sus brazos, empujándolo con la mano y la pierna derecha, y no consiguió más que rasgarme la parte trasera de la camisa. Casi agachado, lo golpeé en el hígado y los huevos con toda la fuerza que pude. Cuando me separé, cayó hacia adelante como un saco de maíz, sin ni siquiera conseguir colocar sus brazos como defensa para amortiguar la caída sobre su cara.

No sabía de dónde habían salido estos tipos, pero eran grandes, muy grandes. Rozaban los dos metros, tanto de alto como de ancho, y uno era moreno y otro rubio, como si de una especie mutada de Zipi y Zape se tratase. Pensé que no podía arriesgarme a que alguno de los dos recobrara las ganas y el aliento y me pusiera las manos encima, porque estaba seguro de que la intención todavía la conservaban.

El primero seguía buscando en la oscuridad el objeto con el que me había golpeado y le di una patada en la cara, aplastando su nariz como si fuera una esponja mojada. Emitió un gemido pastoso y gateó a duras penas en dirección a los coches.

El otro llegó hasta mi posición a cuatro patas, así que le di una patada con todas mis fuerzas donde los humanos guardamos el aire. Si hubiera sido cuando todavía jugaba al fútbol, quizá no hubiese vuelto a tomar oxígeno nunca más, pero mis tríceps —constituido por la unión de los músculos gastrocnemios, conocidos como gemelos, y el sóleo— ya no eran del tamaño de entonces. En todo caso, salió volando y aterrizó un par de metros más allá.

Sin embargo, este tipo parecía más duro que su compañero, porque encajó la patada y la caída y, apenas unos segundos después, todavía sin poder respirar, volvió a donde yo estaba para tratar de obsequiarme con un abrazo de oso. Me llevaba diez centímetros y por lo menos veinte kilos y no estaba dispuesto a concederle otra oportunidad. Así que me encorvé, me deslicé bajo sus brazos para agarrar sus pies con mis manos, me dejé rodar sobre mi espalda y, con él sobre mí, usé las piernas para catapultarlo hacia atrás. Salió despedido por los aires y aterrizó contra el parachoques delantero del Toyota. El golpe tuvo que haber doblado su espina dorsal, porque el gruñido de jabalí herido que emitió debió de oírse en todo el vecindario. Estiró sus brazos por el metal y se deslizó por el capó como lo haría la nieve derritiéndose.

Zape estaba caído, pero Zipi quiso ocupar su lugar, tratando de incorporarse a duras penas. Encontré su arma y la recogí. Era una especie de bolsa de cuero con forma de bate de béisbol y estaba llena de bolitas de metal como las de los rodamientos. Mientras gateaba hacia adelante, le di un buen golpe en la base del cráneo con ella. Hay que tener cuidado con esas cosas. Si te dejas llevar por las ganas de acabar con él o por el dolor que todavía sentía en el hombro, podría dejarlo paralítico o, incluso, matarlo. Sin embargo, calibré bien. Cayó boca abajo y dejó de moverse, pero pude oír ligeras ráfagas de aire que salían de sus labios y me fijé cómo flexionaba una pierna hacia arriba.

Habían sido apenas dos minutos de contienda, pero dos minutos apasionantes.

Me estiré, comprobé mis articulaciones y froté las manos para aliviar algún raspado. También me disculpé una vez más con mi leal compañero japonés, a los agujeros que todavía le quedaban en el techo se le había unido un bollo en su delicada parte delantera. Le prometí que lo compensaría.

Zape estaba durmiendo como un niño travieso cuando recarga baterías con cara de no haber roto un plato en su vida. Sin embargo, Zipi revivía sobre su estómago y trataba de subirse sobre sus manos y rodillas.

Puse la suela de mi zapato derecho debajo de la caja torácica de Zipi y lo empujé hacia el coche. Se cayó de espaldas justo del lado del acompañante.

Abrí la puerta de par en par y le agarré el brazo izquierdo.

—Verás, gilipollas —le dije—, te voy a explicar un pequeño detalle.

Él emitió un gruñido esforzado. Yo continué:

—El caso es que, como les ocurre a muchas personas en este mundo, tengo de vecinos a un par de niños que tratan de amargarme las noches.

Mientras le hablaba, tiré de su brazo hacia la abertura de la puerta y le puse el cinturón de seguridad a la altura del codo.

—La cuestión es que hoy no están, se han ido de fiesta, y vosotros dos habéis aprovechado para ocupar su lugar de una manera muy oportunista —continué.

Zipi puso cara de no entender nada de lo que le decía, ni tampoco de lo que estaba pasando.

—Y no, querido amigo, he de decirte que a mí me gustan esos niños. Ellos ya han ocupado su puesto de torturadores personales, lo hacen muy bien y me jode que un par de impostores como vosotros se lo intenten usurpar como lo habéis hecho hoy vosotros. ¿Sabes qué significa usurpar, maldito analfabeto?

Envolví el cinturón varias veces sobre el brazo, lo abroché y tiré del sobrante hacia fuera hasta bloquearlo, de modo que el codo quedara justo en la abertura de la puerta.

—Dime, ¿en todo ese volumen de grasa hay sitio para algo de cultura?

—¿Qué...? ¿Qué estás...?

—Vaya. Por desgracia, veo que no.

Di un paso atrás, agarré la puerta y seguí hablando.

—Bueno, la historia es que no tengo muchas ganas de perder el tiempo en enseñarte vocabulario. Y ni a mí me sobra el tiempo, ni creo que tú quieras aburrirte.

—¿Qué? ¿Qué dices?

—Así es como son estas cosas, amigo —continué—. Si te empeñas en hacer el capullo, voy a dar un portazo tan fuerte como pueda. Y eso significa que desde hoy solo podrás usar un brazo. Eso, en el mejor de los casos, porque en el peor, si tu cabeza se interpone en el camino… Bueno, si demuestras lo tonto que eres y metes tu estúpida cabeza en medio, entonces la humanidad contará en sus filas con un tonto menos.

Zipi se detuvo y me miró con los ojos muy abiertos.

—¡Espera, espera un minuto!

—No tengo paciencia para esperar, siempre he tenido ese defecto. Uno de los muchos de los que alardeo. Así que recuéstate y deja tu brazo muerto.

Gimió y se mojó los labios.

—Espera, espera. ¿Qué quieres? —preguntó.

—¿Nos estamos entendiendo?

—Sí, sí. ¿Qué quieres, joder? Dime, ¿qué quieres?

—Pues esto es lo que quiero. Voy a preguntarte algo una vez. Y solo lo haré una vez. Si dudas, si mientes o si no respondes de inmediato, convertiré tu brazo en papilla para bebés. No habrá suficientes alfileres en el mundo para recomponerlo, ni cirujano que quiera ponerse a ello. Por el contrario, dime lo que quiero saber y tú y tu amigo podréis volver a vuestro escondite a seguir entrenando torturando perros y gatos para cuando volvamos a vernos. ¿Me has entendido? ¿Tienes alguna duda?

—¡Sí! ¡No! ¡Sí! Quiero decir, sí, te he entendido.

—Bien. Esta es la pregunta: ¿Para quién trabajas?

Pasó un segundo. En cuanto se cumplió, eché el brazo hacia atrás y asenté los pies.

—¡Máximo Losada! ¡Máximo Losada!

Arrugué la cara.

—A ver, imbécil, vamos a ver. Si pretendes joderme, seré más lento. Solo eso. Más lento. Mismo final, procedimiento más detallado.

—¡Lo juro, lo juro! Trabajo para Máximo Losada. ¡Por Dios, lo juro!
—¿Máximo Losada?
—Sí.
—¿Por qué os envía?
—¡No nos lo dijo, te lo juro! Trabajamos para él. Solo nos dijo que te pegáramos y que no fuéramos suaves.
—Vaya, sin duda, todo un privilegio, pero no es lo que quiero saber.
—Eso fue lo que nos dijo, no nos explicó por qué. Nunca nos dice el porqué, solo a quién y cuánto hay que darle.
—¿A qué se dedica ese tal Máximo?
—Es un prestamista, en La Herrería. Un prestamista.
—¿Un prestamista?
—Sí.
—¿Solo es un prestamista?
—Sí, solo un prestamista. Ni drogas, ni putas, ni nada de eso. A lo único que se dedica es a prestar dinero a la gente que se lo pide.

Aflojé la mano que agarraba la puerta. Un prestamista, pensé, ¿por qué coño un asqueroso prestamista me mandaba a sus matones cuando lo último que se me ocurriría en la vida era deberle un puto euro a alguna de esas ratas avariciosas?

No podía saber de qué iba aquello y estaba claro que aquel mastodonte no me lo iba a aclarar. Sin embargo, había otra cosa que me preocupaba y esa sí la sabía.

—Ese Máximo Losada, ¿os ha mandado algún otro encargo para hoy? ¿Pegarle a alguien más? Una mujer, quizás.
—No —dijo con cara sorprendida—. No, solo a ti.
—¿Seguro?

Volví a agarrar la puerta con fuerza.

—Sí, sí. Lo juro. ¡Lo juro!

Cuando volví a soltar la puerta, Zipi estaba jadeando y escupiendo la sangre que manaba de su nariz aplastada. Me agaché con cuidado para desatarlo. Esperaba que me atacara con el otro puño en cuanto estuviera libre, pero no lo hizo. Cuando le aflojé el brazo, se lo clavó en el pecho y se aferró a él como si tuviera miedo de que fuese a pegar un brinco y salir volando.

Retrocedí dos pasos.

—¿Quién tiene las llaves de la furgoneta?

—¿Qué?

—Tu furgoneta de la esquina, imbécil.

—Él —dijo, asintiendo hacia Zape.

—Entonces levántate y empieza a caminar. Lo enviaré contigo en un minuto. Si vuelves, estaré preparado y no habrá juegos previos ni cinturones de seguridad, ¿me entiendes? Yo no le doy trabajo a la Policía. Soy juez y ley sobre todo lo que encuentro. Así que, en caso de que vuelvas a aparecer por aquí, te decapitaré y después repartiré lo que quede de ti entre los perros del vecindario. ¿Te ha quedado claro?

Asintió con efusividad.

—Pues entonces, lárgate —le dije.

Se levantó con lentitud, agarrándose la espalda. Me echó una última mirada, con la misma cara con la que me miraría un ciervo recién atropellado, y luego se fue tambaleando hacia la oscuridad. Lo observé hasta que alcanzó la furgoneta.

Para entonces, Zape se estaba recuperando. Le ofrecí el mismo discurso conmovedor, antes de decirle que se subiera a la furgoneta con su amigo y que desaparecieran de mi vista. No puso objeciones, ni siquiera lo intentó, y se fue con un paso aún menos seguro que el de Zipi.

Mientras él se iba arrastrando los pies, subí al ático y me dirigí en la oscuridad hacia la puerta de debajo del fregadero de la cocina. Una larga trampilla había sido instalada por encima de las dos puertas con bisagras de un modo decorativo, porque el fregadero ocupaba la mayor parte del espacio que cerraba. Sin embargo, justo detrás de él, había colocado un estante estrecho de madera. A primera vista, parecía un soporte para los armarios, pero en realidad quedaba el suficiente espacio para que las dos armas que tenía estuvieran en lugar seguro. Metí la mano como pude, la giré sobre el estante y agarré la que estaba cargada, una Glock 29 subcompacta de 10 mm.

Miré por la ventana de la cocina. Zape todavía se estaba metiendo en la furgoneta. No podía estar seguro de que no tuviese en el vehículo su propia pistola o de que se hubiera rendido de manera definitiva, así que permanecí con las luces apagadas y seguí observando. Quince segundos más y oí cómo arrancaba el motor. Diez más y se encendieron las luces traseras. Paró un breve instante antes de incorporarse a la carretera principal, con las luces de freno activadas. Luego giró a la izquierda, aceleró con decisión y desapareció.

Todavía en la oscuridad, me quedé en la ventana otros veinte minutos, con Edward curioseando a mi lado. No vi nada, no oí nada. Tampoco había señales de vida en el otro ático. Tan solo se escuchaba en el ambiente el ronroneo cariñoso que significaba un «quiero comida» exigente. Pura tranquilidad después de la tormenta, como si allí no hubiera ocurrido nada.

Volví a la puerta principal para cerrarla con llave y encendí la luz de la entrada del pasillo. Emitió luz suficiente en la cocina y en el salón como para que me orientara. Revisé la puerta del balcón del salón y la encontré cerrada como la había dejado. Fui a las otras habitaciones y tampoco había señal alguna de que hubieran sido manipuladas. En el baño, encendí la luz y me quité la camisa rota para ver el estado de mi espalda en el espejo.

El agujero de bala recién cosido se había abierto un poco y estaba sangrando, pero no lo suficiente como para volver de nuevo al hospital. Mis manos estaban sucias y raspadas. Las lavé con abundante agua, puse yodo en la piel desgarrada y me quedé mirando cómo burbujeaba. De alguna manera, me coloqué una gran tirita cuadrada en la herida del hombro antes de ir al dormitorio a ponerme una camiseta vieja, una cuyo color no desentonase con el de la sangre. Luego me dirigí al armario de la cocina y tomé un analgésico. Mi hombro latía como si mi corazón se hubiese mudado a esa zona. Cogí la bolsa de comida de Edward y vacié en su comedero una buena ración. Luego me dirigí al sofá del salón, apagando las luces a mi paso mientras lo hacía, y me recosté en la oscuridad con la fría pistola sobre mi pecho.

Máximo Losada, prestamista en La Herrería, estaba interesado en un servidor. Y solo en un servidor. No conocía a Máximo Losada, pero tenía la intención de hacerlo muy pronto.

Me quedé despierto durante largo rato y, cuando dormí, solo me concedí un sueño corto y muy ligero. La noche se me hizo larga, a la espera de que las primeras luces del alba irrumpieran por las ventanas. Sin embargo, tardaron más de lo normal en llegar, dado que el sábado amaneció sombrío y con las nubes que habían sobrado del día anterior deslizando su húmedo equipaje por mis ventanas.

Me levanté sobre las ocho con una sonrisa en la cara y le hice un par de carantoñas a mi fiel amigo, que había dormido a mi lado. Luego preparé un café bien cargado, me estiré en el centro de la cocina todo lo que un ser humano es capaz de estirarse, probé los músculos doloridos y dejé caer dos rebanadas de pan en la tostadora. Completé mi desayuno con mantequilla y una fina capa de azúcar por encima de las tostadas.

Llevé la veintinueve que había cogido el día anterior del fregadero en todo momento conmigo e incluso la puse encima de la mesa mientras comía. Después de terminar la primera taza de café, volví a llenarla y me dirigí al teléfono para revisar el contestador. No había recibido ninguna llamada nueva desde la amenazante del jueves.

¿Zipi o Zape habían sido los responsables de aquella llamada? Lo cierto es que no habíamos tenido excesiva conversación la noche anterior, al menos no de las que mantienen con palabras, pero habría jurado sin vacilar que sus voces no coincidían con la del teléfono. Si las amenazas telefónicas me habían reafirmado en mi decisión de declarar en el juicio contra el doctor Varela, la cordial visita de la noche anterior me había convencido de que tenía que saber de qué iba todo aquel embrollo. Empecé a pensar que mi persistente presentimiento sobre el caso no había sido del todo infundado.

Lo primero que me sorprendía era que el encargo del prestamista me abarcase solo a mí y no a Yolanda, cuando las amenazas habían sido para los dos por igual. Quizá fuese una concesión a su condición femenina, pero lo más probable era que Marcos estuviese detrás de todo y quisiera tener la exclusividad de los golpes que le propinaban a su esposa. En todo caso, pensé que, por el momento, podía estar tranquilo sobre su integridad, pero nada me garantizaba que en un futuro próximo siguiese siendo así. Por lo tanto, no solo quería saber qué coño estaba pasando y llegar hasta el final, sino que necesitaba hacerlo ya, antes de que el caso se complicase todavía más.

Así que cogí mi billetera, busqué en su interior y encontré la tarjeta de Antonio Fidalgo. Empleado público presto y abnegado como era, tenía el teléfono móvil anotado en la esquina superior derecha. Marqué el número.

Apenas unos tonos después, la grave voz del buen amante de la nicotina surgió al otro lado.

—Hola, Lucas, siento haber tardado tanto. Tenía el teléfono en la habitación.

—Antonio, siento molestarte un sábado.

—No hay problema, y mucho menos, si me llamas porque tienes algo para mí. Lo consideraré trabajo extra, pero del que vale la pena hacer.

Podía oír de fondo las voces de unos niños discutiendo por dominar el mando de la televisión.

—En realidad, Antonio, no tengo nada para ti. Al contrario, esperaba que fueras tú el que me pudiera dar alguna información. Ya sabes, de policía a policía.

Hubo un breve silencio. Podía oír sus pensamientos desconfiados.

—¿No estabas de vacaciones?

—Sí, pero tengo un amigo que necesita un favor.

—¿Un favor?

—¿Puedes decirme algo sobre Máximo Losada, un prestamista de La Herrería con métodos poco ortodoxos?

—¿Por qué?

—Verás, me he enterado de que mi amigo le debe algún dinero y me gustaría pedirle con toda amabilidad al señor Máximo que le dé un respiro. Ya me entiendes.

—Sí, creo que te entiendo demasiado bien.

—Pues para que el favor sea completo necesitaría que me entendieras solo lo justo y necesario.

Se hizo un silencio tenso al otro lado.

—A ver, ¿qué quieres saber? —preguntó luego.

—Lugar de trabajo, hábitos… Esas cosas.

—¿Y eso no te lo puede decir tu amigo?

Era desconfiado, pero también perspicaz.

—Supongo que sí, hombre, pero el problema radica en que mi amigo no sabe que estoy haciendo esto, porque de saberlo, no querría que lo hiciera. Le sobra un buen puñado de orgullo.

—¿Solo necesitas saber eso?

—Solo eso, Antonio. Nada más.

—Déjame ver qué puedo encontrar. No conozco a ese personaje, pero te llamo en un rato.

Estaba en el baño lavándome la cara cuando sonó el teléfono de nuevo.

—Lucas, confieso que nunca había oído hablar del tal Máximo Losada a lo largo de mis años de servicio, lo que significa que no suele meterse en muchos líos. Llamé a un compañero que también es inspector. Pero, ante todo, es un amigo, ¿me entiendes, Lucas? No estarás planeando avergonzarme a mí o a él, ¿verdad?

—Tranquilo, mis intenciones no van más allá de tener una charla amistosa.

—Losada tiene un pequeño local de antigüedades en el centro de La Herrería, que usa como fachada.

Me dio la dirección.

—Todo lo que puedo decirte —continuó— es que se especializa en clientes de lujo. Pocos, pero muy rentables. Es decir, clientes con pasta y de los que no les interesa tener problemas por demorar pagos. Largas y cuantiosas líneas de crédito con una tasa de interés que podría marearnos. Digamos que no es un operador de poca monta, pero sí lo bastante listo como para ganar mucho dinero manteniendo un perfil bajo. Y eso es todo.

No, seguro que no era todo, pero a mí me bastaba.

—Gracias —dije.

—Ve allí diciendo que eres de la UDYCO y podríamos tener problemas tú, yo y mi amigo, ¿lo entiendes?

—Antonio, nadie sabrá quién me ha dado la información, te doy mi palabra. Y conozco la zona donde está su tienda —mentí—. Allí solo hay bares de poca monta, tiendas ruinosas y algunos puticlubs de los que tiene SIDA hasta la estufa con la que se calientan las putas. A nadie le interesa nada de lo que vea.

Podía oírlo expulsar bocanadas de humo.

—Está bien, está bien —dijo—. Mi amigo no hizo ninguna pregunta, así que, ni he oído, ni sé nada. ¿Estás seguro de que esto no tiene que ver con el otro caso?

—Seguro, Antonio. Este es un tema personal.

Como policía encubierto que era, podía mentir a mi propia sombra.

—Hazlo limpio y fácil, ¿vale? Me das tu palabra, ¿verdad?

—Tienes mi palabra, Antonio. Y gracias de nuevo.

Colgamos y, minutos después, aún podía oír resonar en el aire el eco de sus cavilaciones.

9

Vigo es una ciudad peculiar. Se extiende desde el mar tierra adentro engullendo a su paso varios montículos con la misma voracidad que un oso hambriento se traga la espina dorsal de un pez que acaba de cazar de un zarpazo. En uno de ellos se sitúa el parque de O Castro, con su castillo en el centro. Es un lugar de visita obligada para cualquier recién llegado y auténtico pulmón de la ciudad y lugar de recreo para sus habitantes. Muy cerca, está el Castillo de San Sebastián, situado un poco más al norte y que fue construido en el siglo XVII para defender la ciudad de los ataques marítimos. Justo en su falda, en la caída hacia el mar, está el barrio de La Herrería, punto de inversión prioritaria del Ayuntamiento durante los últimos años, pero que continúa siendo una de las zonas más deprimentes de la ciudad. Una especie de olimpo de los dioses tocado por la vara del diablo. Si a un turista despistado se le ocurre tomar por cualquiera de las empinadas calles que parten de la céntrica Rúa Elduayen hacia el este, se encontrará por sorpresa inmerso en un mundo de pobreza, droga y prostitución de saldo y cuchitril. Y si, asustado por la visión, se da la vuelta y baja por donde subió, volverá en menos de un minuto a rodearse de exclusivas tiendas de marca y perfumerías caras.

Poco después de hablar con el inspector Fidalgo, cogí el viejo Toyota y tomé rumbo a Vigo. Lo único que había hecho, además de vestirme y agarrar la otra arma, era pasar la aspiradora por todo el ático. Era algo que siempre me relajaba y me concentraba antes de cualquier encuentro espinoso. Además, tras varios días sin hacerlo, pensé que era el momento idóneo para pasarla de nuevo.

Mi otra arma era la que usaba casi siempre. Una pistola es como un zapato, sabes en segundos si te sienta bien o no, si estás cómodo con ella o no, si te va a salvar la vida o te va a condenar. Una buena se amolda a tus dedos. Necesitaba algo pequeño, rápido y efectivo para llevar cubierto y, a diferencia de la Glock 29 10 mm de servicio, la pequeña Glock 26 9 mm personal se adaptaba a esa necesidad, junto con el ajuste perfecto a mis dedos. Tenía una funda hecha a la medida, de donde podía sacarla con rapidez y que me daba la posibilidad de engancharla al cinturón o a la parte inferior de la pierna.

Entré en La Herrería por la zona norte. Me dirigí al centro del barrio y vi a lo lejos el local del señor Máximo Losada. Estacioné en ese momento. Pensé que, si estaba por allí Zape, era probable que recordara un pequeño coche que tenía su huella dorsal dibujada sobre el capó. Por lo demás, mi andrajoso medio de transporte encajaba a la perfección con los otros coches allí aparcados y no pensaba que a alguien le extrañase verlo allí.

Desde mi posición, la tienda de antigüedades parecía un negocio anodino, atrapado entre dos edificios abandonados. Las ventanas delanteras estaban revestidas de barrotes, ocultando en cierta medida un par de escaparates minúsculos y llenos de objetos que dejaban ver que no habían sido limpiados en meses. En la puerta principal, los barrotes estaban abiertos y lucía un texto pintado que anunciaba la tienda de antigüedades Losada. Una tenue luz reflejaba detrás de las ventanas. Esto encajaba en el perfil de fachada ideal para un prestamista exitoso. La mayoría de los mortales esperarían a un tipo trajeado dentro de un local cuidado, llevando un registro parecido al de un banco legal cuando, en realidad, suele ser todo lo contrario. Un prestamista de éxito tiene que parecer cualquier cosa menos un prestamista. Sobre todo, en un negocio en el que éxito equivale a discreción. Si el amigo Máximo atendía a una clientela pequeña y acaudalada, como Antonio había dicho, todos los números y cifras podían ser archivados en su cabeza, el único lugar donde la Policía nunca podría encontrarlos.

Salí del Toyota y me dirigí hacia la tienda. Antes de entrar, comprobé que el único tráfico de personas en la calle era un par de hombres a los que la vida no había tratado demasiado bien y no se molestaban en ocultarlo. Ninguno de los dos se fijó en mí.

Me abroché la cremallera de mi chaqueta y sentí la veintiséis en mi lado izquierdo, con la culata hacia adelante. Pensé en entrar de repente y sin pensármelo mucho, del mismo modo que había hecho en mi visita a la consulta del doctor Varela. Solo que, en esta ocasión, por una razón diferente. Al admirado doctor quería sacudirle a gusto en caso de que me diese motivos. Con Máximo Losada, un hombre sin duda acostumbrado a las más duras brutalidades del mundo más descarnado, deseaba apropiarme de la iniciativa.

Caminé hacia la puerta enrejada y entré. Zape estaba contra la pared trasera. El grandullón apaleado pegó un salto cuando me reconoció y buscó algo en el cinturón, bajo su sudadera gris. Cerré la puerta de un golpe, agarré la veintiséis y me agaché al lado de una vitrina, con el arma apuntando de manera milimétrica a su cabeza. Su mano se congeló y el resto del cuerpo empezó a temblar.

Un hombrecillo de pelo blanco y arrugado esperaba sentado en un taburete al lado de una vieja caja registradora. Detrás de un mostrador, tres metros delante de mí. No se había movido desde antes de entrar yo. Parecía el doble de carne y hueso del señor Burns de los Simpsons, en versión cutre. Basura a la venta en vez de uranio, una habitación deprimente y oscura a cambio de una mansión. Un teléfono negro y antiguo lucía en el lado opuesto del viejo, al lado de una antigua caja registradora.

No parecía haber nadie más en la habitación, pero desconfiaba de una puerta cerrada detrás de la cabeza blanca. Observé a Zape a través de la mira de mi pistola. Su torso estaba doblado en un ángulo extraño. Su áspera cara parecía hinchada y tenía el pelo revuelto. Manteniendo la veintiséis sobre él, incliné mi cabeza hacia el viejo.

—Esto es lo que hay, amigo —dije—. Si tu pistolero acerca un centímetro más la mano a su cinturón, le coloco un agujero en la frente y después haré otro en la tuya. Si piensas que, llegado el momento, tendré dudas, él puede asesorarte sobre cómo son las cosas en mi presencia.

—No tengo armas —dijo el anciano.

La voz era tan arrugada como su cuerpo, pero serena y tranquila.

—Está bien, tengo algo para ti —respondí.

Juraría que vi una sonrisa seca.

—Supongo que usted es el señor Acevedo.

—Lucas, para mis amigos.

—Buenos días, Lucas, y encantado de recibirte en mi humilde local. No se preocupe por Sergio. Va a poner sus manos en la parte de atrás de su cabeza y a portarse bien por una vez en su vida.

Luego le hizo una seña, pero a Sergio, alias Zape, no pareció entusiasmarle la idea. Al menos, no hasta que el viejo le disparó una mirada que habría derretido cualquier metal. Entonces, accedió de inmediato.

Con cuidado, giré mi postura y mi arma hacia la cabeza blanca.

—En cuanto alguien entre por esa puerta que hay detrás de ti —le dije—, sea quien sea, él muere primero y tú vuelves a ser segundo. En este caso, Sergio tendrá que conformarse con la tercera posición.

Levantó las manos en un gesto de calma. Sus dedos se veían tan nudosos y manchados como su cara.

—Te aseguro, Lucas, que no hay nadie más que nosotros tres. ¿Qué es lo que quieres?

Giré detrás de mí el cartel colgante de la puerta de «Abierto» a «Cerrado» y luego deslicé el cerrojo. Un cerrojo grueso y oxidado.

—¿Dónde está el interruptor de la luz?

Señaló por encima de su hombro.

—Apágalo.

Dio la vuelta y lo hizo. Luego se volvió para mirarme otra vez. Me moví hacia adelante, deteniéndome medio metro frente al mostrador. En la oscuridad, su pelo parecía aún más blanco. Podía distinguir las líneas rectas de cada movimiento del peine hacia atrás. Tenía la nariz larga e inclinada hacia abajo, y su boca parecía tan solo una amplia incisión en la cara. Una cara sin carne, a juego con el resto de su cuerpo. Sus grandes orejas sobresalían de su huesuda cabeza. No sonreía, pero tampoco parecía preocupado.

Manteniendo la veintiséis en el blanco con mi mano derecha saqué mi placa falsa de la UDYCO y se la abrí en la cara. Por primera vez vi una reacción. Hizo un gesto de fastidio con los ojos, luego giró la cabeza sobre su frágil cuello y volvió a mirar a Sergio.

—¿Cómo iba a saber que era policía? —se excusó el grandullón.

—Te pago para que lo sepas, Sergio.

Siete palabras y el globo aerostático que aparentaba ser Sergio se quedó sin aire.

El hombre me miró y se encogió de hombros.

—Es mi sobrino. Intentas ser amable, porque es familia, y a veces no funciona. No tardaré en mandárselo de vuelta a mi hermana. Si todavía no lo he hecho es porque sé que le romperé el corazón.

—No —le dije—. Cuando lo combinas con su compañero resultan hasta graciosos. Parecen una copia ruda, grande y tosca de Zipi y Zape. Quizá el circo sea el lugar donde encuentren mejor encaje.

Extendió su mano derecha para ofrecérmela.

—Máximo Losada —dijo—. Encantado de conocerte, Lucas.

Lo dejé colgando. Otra pequeña y seca sonrisa pasó por sus labios mientras retiraba el ofrecimiento.

—Sobre lo que pasó, Lucas —dijo—, quiero decirte que fue un malentendido.

—No me preocupan los malentendidos. Solo he venido a que me digas lo que quiero saber y estaremos en paz.

Una oportunidad, la única cosa que Máximo Losada necesitaba. Estaba seguro de que él era uno de esos hombres depredadores de oportunidades, de los resquicios por donde entrar, de las fisuras por donde golpear. En este caso, por donde alcanzar un trato. Sonrió ante la idea, esa boca larga que retrocedía sobre una fila de dientes amarillos, extendida bajo una nariz larga y afilada, con ojos negros protegidos en cuencas profundas. Se asemejaba a la sonrisa de una comadreja.

—¿Qué quieres saber? —preguntó Máximo, con los labios casi inmóviles.

—Lo obvio. ¿Por qué enviaste a los tarados de Sergio y su amigo a pegarme?

—Sergio y Bruno, bonita pareja. Junta ambos cerebros y tendrás medio tonto.

—Eso ya lo averigüé anoche. Pero hoy es otro día y lo que toca es saber el porqué.

—Fue un favor para un buen cliente.

Me miró largo y tendido durante un pequeño instante y luego se frotó las manos secas.

—Pero no puedo contarte más, Lucas, sostengas una pistola o no —dijo—. Tengo un buen negocio que me ha llevado toda la vida construir. Si meto a la Policía en este asunto, podría ser mi final. Quizá haya otras maneras de ayudarnos a olvidar estos malentendidos.

Volcó su larga cara unos milímetros hacia la caja registradora.

—Sé lo que os gusta a los policías.

—Olvídalo, Máximo. Y no temas por tu magnífico negocio, me importa una mierda.

—Me malinterpretas.

—Sé de ti todo lo que necesito saber. Que eres un prestamista que se especializa en grandes clientes y que les cobras una tarifa diaria que los mantiene pegados a ti como garrapatas, que evita que se vayan o dejen de deberte dinero algún día. Quien un día acepta un préstamo tuyo, te deberá dinero toda la vida, ¿no es así? Una extorsión en toda regla. Sé todo eso de ti y, como te he dicho, me importa una mierda. ¿Has visto mi placa?

—Sí, de la UDYCO.

—Exacto. Estoy de vacaciones indefinidas y no tengo ningún interés en alterarlas para cerrarle el chiringuito a una alimaña codiciosa como tú. Lo mío contigo es un asunto personal. O, mejor dicho, es un asunto personal y desagradable que inauguraste anoche.

Se inclinó hacia delante. Temí que su columna vertebral se rompiera en pedazos como lo haría el cristal de una copa.

—Me gustas, Lucas —dijo—. La mayoría de los jóvenes de hoy en día, como Sergio y Bruno, son aburridos y cobardes. Tú, en cambio, tienes agallas y entiendes de qué va la vida, pero sabes tan bien como yo que tener discreción es imperativo en mi trabajo. Si mis clientes no pueden guardar sus secretos conmigo, los guardarán con otra persona.

—Solo hay un secreto que quiero. ¿Quién te pidió que me mataras, Máximo? Los demás pueden quedarse contigo.

Hice una demostración de mover la automática más cerca, hacia arriba y luego hacia delante.

—¿Matarte? ¿Estos dos estúpidos dijeron que querían matarte?

Por primera vez noté algo de ira en su voz.

—No dijeron mucho de nada. Solo consiguieron meterme un golpe y por la espalda. Después estaban demasiado ocupados en encajarlos y reconozco que lo hicieron con bastante arte.

Sergio se notaba inquieto por la conversación.

—Te aseguro —dijo Losada, de nuevo bajo control— que solo iban a hacerte sentir un poco incómodo, pedirte que dejes a alguien en paz. Me habían hecho creer que habían tenido éxito, aunque me preguntaba por qué Sergio estaba así. Y Bruno no ha aparecido todavía, supongo que lo habrás dejado peor todavía. Por lo que veo, no solo me mintieron, sino que te dieron el mensaje equivocado. ¿Ves por qué quiero devolverlo a mi hermana? Debes de ser muy competente para haber conseguido vencer a los dos y sin que te hayan hecho ni una muesca. ¿Pero matarte? No, esa no era la orden. Solo debía ser un aviso.

—¿Un aviso?

—Sí.

—¿De quién?

—Lo siento —dijo.

Acercó su mano a mi arma.

—Esto, por supuesto, no te servirá de nada, Lucas. Te repito que no puedo decirte lo que quieres. Y no, no me dispararás, porque eso no te dará lo que necesitas, ni importaría mucho que lo hicieras.

—¿Cómo estás tan seguro?

—Ochenta y dos años, Lucas. ¿Te parecen pocas razones para morir? Lo único que espero es que mientras viva, no vengas destinado a esta ciudad.

Luego añadió, sin perder la serenidad.

—Entonces, estamos en un callejón sin salida, ¿verdad, Lucas?

Sabía que tenía razón. Incluso si yo hubiera sido el tipo de persona que podría apretar el gatillo, aquel anciano habría muerto sin que ello le aumentase la presión arterial.

—Un trato entonces, Máximo.

Otra vez la sonrisa de la comadreja.

—Adelante —dijo—. Te escucho.

—Si digo un nombre y es correcto, nadie puede decir que tú me lo dijiste. Si estoy en lo cierto, también me das detalles. A cambio, prometo no decírselo a mi fuente y, además, me abstendré de solicitar trabajo en esta ciudad mientras vivas.

—No cuestionaré tu promesa —dijo con sus ojos apuntando a los míos—. Solo un nombre.

Levanté un taburete medio roto y me senté frente a él. Puse el arma en el mostrador de madera arañada, al alcance de mi mano, antes de poner los codos sobre la mesa y ahuecar las manos delante de la cara. Miré a Sergio para ver si se estaba comportando y luego otra vez a Losada.

—Marcos Varela.

Su cara estaba fría como una lápida recién grabada.

—Llamó ayer —dijo.

—¿Y?

—Estaba muy molesto. Por lo general, Marcos tiene control absoluto sobre la situación, incluso cuando pierde todo el dinero. Es cirujano, supongo que eso le da ventaja y también supongo que tú ya estás al corriente de ello.

—Sí. Y como es médico y no tiene experiencia en estas cosas, vino a ti a que le prestaras un matón.

—La gente tiene una idea equivocada sobre estos asuntos. Puedo contar con los dedos de una mano el número de veces que he tenido que enviar a alguien para forzar un pago. Los apostadores son un caso complicado. Por eso no tengo a muchos y están escogidos al detalle. El secreto está en elegirlos, Lucas. Los míos tratan conmigo porque les permito llevar un saldo, y yo trato con ellos porque quieren seguir apostando. Aun así, la naturaleza del negocio requiere gente disponible para hacer ese trabajo, aunque solo sea por una simple cuestión de apariencia.

—¿Qué dijo Varela?

—Dijo que había un hombre que era una amenaza para él. Que su mano estaba rota y había tenido que dejar el trabajo. Y dijo que este individuo lo estaba amenazando y que, si alguien no frenaba a este hombre, acabaría por no poder hacer más pagos. Insinuó algo así como que no se podía sacar agua de una roca.

—Mi nombre y dirección quedaron registrados en la hoja de ingreso al hospital. Supongo que los sacaría de ahí.

—Supongo que sí.

—¿Dijo algo más específico sobre las amenazas y su mano?

—No.

—Así que te pidió que me mataras.

—No, no, no. Matar nunca estuvo sobre la mesa, ni yo di órdenes de matar a nadie. Hieres mis sentimientos, Lucas, pensando tal cosa. Tengo principios, decidir sobre la vida y la muerte de una persona no encaja con ellos.

No pude evitar sonreír.

—No quisiera herir tus sentimientos, Máximo —dije—. Pero, ¿estás seguro de que Varela no me quería fuera de la foto de manera definitiva?

—No tengo ni idea de lo que quería. En realidad, ni él lo dijo, ni yo pregunté. ¿Parecía tan molesto como para querer eso? Puede. Pero la experiencia me ha enseñado que en la mayoría de los casos una conversación en el tono adecuado es más que suficiente como para convencer a alguien de que tiene una idea equivocada. Así es como decidí manejar el tema. Y si hubiera sabido que eras de la policía, ni siquiera me habría planteado eso. Pero te encargaste sin problemas de la situación, ¿verdad?

Miró a su sobrino, de pie, mudo y con sus manos aún sobre su cabeza.

—Así que todo se ha quedado en nada —añadió Máximo.

—Mis sentimientos fueron heridos.

—Lo siento.

—¿Has hablado con Varela desde anoche?

—No contesta a su teléfono. Solo puedo pensar que él considera cumplido el encargo.

—¿Ha atendido sus pagos esta semana?

—No, pero todavía tiene margen.
—Pero, con el tiempo, tendrás la necesidad de llegar hasta él.
—Cierto, tendremos que vernos.
—Cuando hables con él, dile que ya te has encargado.
—Por mí, está bien.
—No está en casa. De hecho, no está por ningún lado. ¿Sabes dónde se esconde?
—No.
—¿No lo dijo?
—Un hombre que acaba de insinuar que tal vez no pague su cuenta, es poco probable que te ofrezca esa información. Pero él siempre paga, así que no hay problema.

Podría estar mintiendo, o no, pero no tenía ningún sentido presionar. Las comadrejas suelen ser animales de una sola idea.

—¿Cuánto te debe Varela, Máximo?

Una pausa.

—¿Qué importancia tiene eso?
—Podría decirme lo desesperado que está y qué puedo esperar de él en el futuro.

Otra larga mirada de sus ojos de mármol y luego una respuesta.

—Algo más de sesenta mil euros.

Silbé.

—Eso es mucha pasta.
—Paga con regularidad, la deuda y los intereses. Sabe que su límite está en cien mil y sigue intentando recuperar. Es uno de mis mejores clientes, un rico y conocido médico del corazón con un muy buen sueldo. Siempre es una buena opción, ¿no? Incluso me he permitido la licencia de enviarle a algunos pacientes de vez en cuando. Uno hace lo que puede por los amigos. Así que dime, ¿hay algo más que pueda hacer por ti, amigo Lucas?

Fue una indirecta. Sentía que había dado todo lo que el trato requería.

—Una última cosa. ¿El nombre Alicia Suárez significa algo para ti?

Ladeó un poco la cabeza.

—Dijimos un nombre, ¿no?

—Sí, lo hicimos.

Dudé un momento y luego con lentitud puse la veintiséis de nuevo en la funda del cinturón. Me levanté y empecé a retroceder hacia la puerta.

—Entonces —dijo Máximo Losada—. ¿Perderé un buen cliente?

—Ya veremos.

En la puerta, miré a Sergio.

—Descansa —le dije.

Salí al hormigón sucio y dejé a la comadreja sin edad encerrada en su polvorienta madriguera.

Tomé de nuevo mi viejo Toyota y me dirigí a Mondariz. Quería hablar con Yolanda, sentía que me debía algunas explicaciones, pero no estaba preparado para pedírselas. En realidad, lo que estaba era enfadado, aunque de una manera confusa. Estar molesto con una mujer guapa hace que uno pueda sentir esa sensación.

Así que decidí que, ya que era la hora del almuerzo, debía buscar un lugar donde comer algo. Cogí la carretera nacional hacia Mondariz, no la autovía, y encontré uno rodeado de camiones. Como decía el gran Einstein, nadie en este mundo sabe tan bien como los camioneros cuáles son los sitios en donde se sirve buena comida al mejor precio. Pedí el menú del día, tomé una cerveza y maldije que la carretera no me permitiese tomar unas cuantas más.

Cuando acabé de almorzar, todavía no se me había pasado el enfado, pero tenía claro que debía visitar a Yolanda. Eran las cuatro y media cuando llegué a su casa. La puerta estaba abierta. Una furgoneta estaba aparcada dentro de la finca con el letrero de «Securitas» serigrafiado en sus costados. Aparqué detrás y me dirigí a la puerta principal. Yolanda respondió al timbre con pantalones elásticos negros y una sudadera ajustada. Su cara era una sonrisa enorme.

—Lucas, ¡hola!

Un hombre utilizaba un ordenador portátil conectado por cable al teclado abierto del sistema de alarma.

—Ya casi han terminado —continuó—. Iba a llamarte más tarde, pero ahora que estás aquí ya no tengo que hacerlo.

Ella dirigió sus pasos a la cocina. Yo la seguí.

—¿Algo de beber? —preguntó.

—No, no me apetece. Te veo contenta.

—Lo sé. Ridículo, ¿no? Sobre todo, si consideramos lo jodida que está mi vida. Pero están cambiando los códigos de seguridad y eso significa que puedo disfrutar de mi propia casa con más tranquilidad. Así que, ¿por qué no voy a estar feliz?

—¿Por qué no? —repetí yo.

Se sentó en un taburete al otro lado de la isla de la cocina. Yo me quedé de pie, frunciendo el ceño.

—¿Qué pasa? —preguntó.

—Te pregunté sobre la afición al juego de Marcos —dije—. Me dijiste que no tenía importancia.

—¿Y?

—Supongo que por mi aspecto debo de parecerte un pobre desgraciado sin un euro, pero lo siento, en mi cabeza sesenta mil euros es algo más que una deuda sin importancia. Sobre todo, si se tiene con un prestamista privado.

Se mordió el labio inferior.

—¿Cómo te has enterado?

—¿Por qué no me lo dijiste?

Ella me apartó los ojos.

—No quería que pensaras que soy más tonta de lo que ya piensas, Lucas. Quiero decir, mi marido me ignora, me engaña con otra más joven y encuentra al dinero mucho más atractivo que yo. Después se lo dilapida en apuestas e incluso así, me sigo quedando a su lado simplemente con una cena romántica llena de palabras bonitas. Creo que eso me hace parecer un trapo de usar, lavar y volver a usar, hasta que no dé más de sí y haya que tirarlo. No sé si lo entiendes, pero tolerar su hábito de apostar y sus deudas de juego hace que me sienta aún más patética. Además, no sé qué importancia tiene en todo esto.

—Así que lo sabías.

—No controlo la economía y no sabía la cantidad exacta, pero sí, es difícil mantener algo así en secreto. Incluso para alguien como yo, que no meto mis narices en nada ni hago preguntas.

—Pues eso no ayuda, Yolanda.

Levantó la vista de un impulso, su voz teñida de ira.

—¿Por qué tengo que darte explicaciones? ¿Por qué tengo que justificarme por algo que solo me incumbe a mí? Es mi vida, mi marido, mi dinero, mis errores. ¡Ya vale, déjalo estar!

—Acordamos intentar conseguir una pista sobre tu marido. Para eso, necesitaba que me dijeras toda la verdad.

—Todavía no veo que importe.

—Cuando dijiste que Marcos apostaba a veces, asumí que habían sido algunos cientos, unos pocos miles, como mucho. ¿Pero una deuda de sesenta mil euros con un prestamista? Esa es una cantidad lo bastante alta como para que se interesen por la situación algunas personas con pocos escrúpulos, Yolanda. Con esto en medio, han cambiado las reglas del juego y quizá hasta haya cambiado el juego en sí.

Apretó la boca, cruzó los brazos y se inclinó hacia atrás.

—Gracias por lo que has hecho —dijo ella—, pero todavía no te conozco lo suficiente como para contártelo todo.

—¿No? Pues mientras tú decides qué me cuentas y qué no, anoche recibí una visita de unos matones que trabajan para el prestamista privado de Marcos. Tu querido marido lo convenció para que me los echara encima.

Una mano se fue a su boca.

—¡Oh, Dios mío, Lucas! ¿Estás bien?

—Estoy bien, solo que un poco más cansado de todo esto.

—¿Qué quieres decir?

—No importa.

Se levantó y caminó alrededor de la isla para tocarme la parte superior del brazo.

—¿Seguro que estás bien? No pensé que te fueran a hacer daño. Lo siento mucho.

Grandes ojos verdes llenos de preocupación. Pantalones negros elásticos. Sudadera ajustada.

Me volví a fijar antes de contestar.

—No, lo siento —dije—. Tú no podías saber que me iban a ir a buscar.

Tenía todo el derecho a estar enfadado. ¿Cómo diablos llegamos al punto donde estábamos?

Se sentó de nuevo en el taburete. Su cara había palidecido.

—Está fuera de control —dijo, pero a nadie en particular—. Ya no queda nada del hombre al que conocí.

Levanté un taburete frente a ella y me senté.

—¿Cuántos eran? —preguntó.

—Dos.

—¿Hombres que se ganan la vida pegando palizas a la gente?

—Claro, no van a mandar a funcionarios cansados de hacer pajaritas. Matones de dos metros que trabajan para un hombre que dirige una organización de préstamo ilegal. Y claro, tiene que tener su sección particular de cobro. A alguna gente no le gusta pagar.

—¿Dónde ocurrió? ¿Cómo lograste escapar?

—Delante de mi ático, pero no te preocupes, ya he conocido a mucha gente así antes.

Me miró de manera extraña, casi sorprendida. Yo cambié de tema.

—Yolanda, esto se está poniendo feo. Primero las amenazas de tu esposo en el juzgado y ahora parece que está tratando de zanjar esto como sea. No creo que debas quedarte aquí sola.

—No me asustará, no se lo permitiré. Si me voy, él gana.

—Múdate a otro lugar por unos días. Date ese tiempo para estar más segura.

—Gracias por preocuparte por mí, pero no.

—Eres testaruda.

Ella sonrió.

—Tú también.

—No estás dispuesta a ceder, ¿no? Bien, entonces tendremos que contratar a alguien para que te proteja.

—Él ganaría de nuevo.

—Entonces deja que me quede yo. Al menos esta noche. Seguro que tienes una cama de invitados en alguna habitación.

—Y si tiene a alguien espiándome, ¿no le encantaría sacarlo a su abogado en el divorcio?

Creo que se sintió extraña al pensar en mí de esa manera. Allí estaba yo, con mis más de cuarenta años, con un cálido rubor que me abrasaba la cara. Ella también debió de sentirlo, porque miró hacia otro lado.

—De todos modos, tengo nuevos códigos de seguridad, nuevas cerraduras y una centralita con una persona al otro lado las veinticuatro horas del día.

Me di por vencido.

—Está bien —le dije—, tú ganas. Pero tenemos que seguir adelante con esto, ahora más que nunca.

—Estoy de acuerdo.

—Lo he pensado —dije—. El lunes husmearé un poco alrededor de la casa de Alicia Suárez en Nigrán. Quiero saber si estamos en el camino correcto. La mayoría de la gente estará en el trabajo, así que el lunes por la mañana será un buen día.

—Voy contigo.

—Ni hablar, es peligroso.

—Puede, pero es mi problema. Marcos es mi marido y quiero ir.

—En serio, prefiero que no. No me gustaría encontrarme con una sorpresa como la de ayer y que te pillara en medio, no me lo perdonaría. Además, estoy acostumbrado a hacer estas cosas solo, me sentiría incómodo.

Ella compuso una mueca de resignación.

—Está bien, pero dime si averiguas algo.

Luego se mantuvo en silencio durante un minuto.

—Lucas —dijo—, creo que ya nos conocemos algo. Eres de esas personas que se guardan las cosas para sí y la mayoría de las veces eso no es bueno. Quiero que sepas que puedes hablar conmigo. Yo me he abierto contigo varias veces y me ha ayudado. Tú me has dicho que lo que hacías en Madrid no era peligroso, pero estoy segura que lo era mucho más de lo que dejas ver y que quizá tu excedencia no sea tanto por un cansancio general y sí por circunstancias más puntuales. Así que, si un día quieres hablar, recuerda que yo estoy aquí para escucharte.

Estoy seguro que notó mi cara de sorpresa.

Ahí estás, Lucas, me susurró mi yo interno, esta hermosa mujer está dispuesta a escucharte. Te has escondido en tu particular mazmorra desde que te fuiste del trabajo, desde aquella familia y sus lenguas cortadas. El gran Lucas Acevedo, el que cree que puede manejar todo sin inmutarse, pero sabes que te aliviaría hablar de ello con alguien.

Pero tus mierdas no son agradables de oír, me gritó mi yo en versión reacia. En el fondo, todo lo que necesitas es un poco más de cerveza, en tu elegante morada, con Edward en tu regazo y sin nadie que te atosigue. Las paredes te entienden, la televisión te habla, y sus discreciones están fuera de toda duda, Lucas. Tu vida no cambiará porque atormentes a una pobre mujer que comete el error de querer escucharte.

Estaba casi convencido de dejar pasar la oportunidad. Pero luego bajé la mirada, me concentré en el suelo y me di cuenta de lo cansado que me sentía de las espinas que los años de servicio habían ido clavando en los rincones más oscuros de mi alma.

—La primavera pasada —dije, sin apenas darme cuenta de que había empezado a hablar— teníamos un grupo de trabajo en una misión en el sur de Madrid. Ahí era donde se movía la distribución de droga en España desde los cárteles de Sinaloa y Michoacán. Estábamos buscando el nuevo canal en la península de la coca que entraba por Andalucía. La metían por Algeciras y la distribuían desde Madrid. Involucra a mucha gente pobre para trasladarla de un lado a otro. Era una misión de alta prioridad y estábamos tratando de trepar por la organización desde abajo hacia arriba. Agentes españoles de la UDYCO, la Unidad de Drogas y Crimen Organizado, con la aprobación y cooperación del gobierno mexicano. Al principio, ninguna cantidad de dinero era muy elevada, ni ningún grado de cooperación era demasiado pequeño. Después todo cambió. Mucha presión desde lugares altos. Recortes, prisas, lo normal en estos casos. La operación requería ir de incógnito y trabajar sobre el terreno. Mancharse las manos. Infiltrarse. Arriesgarse en busca de resultados inmediatos. Ese era mi trabajo. Pasé la mayor parte del tiempo en Lavapiés, uno de los edenes de la droga en Madrid, haciéndome pasar por un desertor del narcotráfico gallego que estaba dispuesto a distribuir toda la cocaína que le pusieran en las manos. No sé si te has dado cuenta, pero conservo algo de acento y eso me ayudaba.

—Sí, ya lo había notado.

—Estas cosas llevan tiempo —continué—. Meses, a veces años. Si esa gente no te mata antes, tardan una eternidad en confiar en ti. Había estado trabajando con un tipo que sabía que era un distribuidor. Un gusano, pequeño, un lacayo, obediente como un perro. Enrique. Lo convencí de que yo contaba con el dinero y la infraestructura suficiente para hacer grandes compras, le mostré fajos de billetes e incluso le presté un poco de dinero para convencerlo. Él era un camello de la calle, pero podría presentarme al que estaba por encima de él. Pensé que lo había engañado. En estas situaciones estás ahí fuera solo la mayor parte del tiempo. Juegas sin red. Si te equivocas o si ellos son más listos que tú, mueres. El caso es que había conseguido una reunión clave con Enrique, en la que iba a conocer a su jefe. Aquello no me dio buena sensación desde el principio, porque sería en su zona, pero era una oportunidad que no podía rechazar porque los de arriba nos apretaban. Solos ellos y yo. Además, vendría Enrique, aunque no confiaba en él más allá de donde podía escupir. Yolanda, esta gente mata por diversión. Los sicarios de la droga mexicanos tienen más cojones que cerebro y lo solucionan todo a tiros. Es decir, ellos no amenazan, directamente matan. Decapitan, cortan manos, piernas, violan niñas y entierran a gente viva. Son conocidos en todo el mundo por la brutalidad con la que operan. Cualquier persona de la calle puede pensar que los paramilitares que usan los cárteles colombianos son terribles, pero te aseguro que son angelitos de la caridad al lado de los mexicanos.

Hice un alto y me froté la frente.

—Adelante —dijo ella, al ver que paraba.

La miré de nuevo y proseguí:

—Así que pedí refuerzos, tipos que pudieran esperar en una carretera cercana y entrar si la fiesta se ponía fea. Llevaba un micrófono, algo suicida en una primera reunión, donde casi siempre te registran, pero confiábamos en el hecho de que no estuviesen muy preocupados por haber quedado en su zona. Además, el trasmisor estaba camuflado en el tacón de un zapato y podía pasarse por alto con facilidad, ya que ellos esperan encontrarlos pegados con cinta adhesiva al cuerpo. En fin, vamos al grano.

Hice un gesto con las manos y seguí.

—El caso es que Enrique, el estúpido, decidió que la reunión fuese en su casa. El lugar estaba al final de un camino de tierra, lejos de cualquier vestigio de civilización. Era más una chabola que una casa, como otras que hay en esos sitios, de revestimiento descorchado y con puertas y ventanas improvisadas. Parecía más un cobertizo para herramientas que una vivienda para humanos. Al lado había un garaje tan cochambroso como la vivienda y allí sería la reunión. Mediodía de un día caluroso como el infierno. Mi amigo Enrique estaba parado fuera del garaje, sonriendo y fumando un cigarrillo. Su sonrisa era tan nerviosa que recuerdo haber pensado que sus dientes estaban sudando. Dientes amarillos, axilas húmedas, camisa arrugada y sucia. Enrique era un desastre. Mirarlo me puso aún más nervioso, así que estaba preparado para cualquier cosa cuando me acerqué a él. Dijo que teníamos que entrar y esperar. Dije que me parecía bien, siempre y cuando él fuese primero. Era su casa, ¿no? Cuando entramos, el garaje estaba vacío. Era de tamaño suficiente para dos coches y tenía una persiana. Dentro, había unas pocas sillas, un banco de trabajo carcomido y una bombilla que colgaba de un cable desde el techo. Olía a humedad y a ratones muertos, pero estaba vacío. Yo lo miré extrañado y él decía: «van a venir», «van a venir», «van a venir». Debí haberme dado cuenta cuando empezó a repetirse, debí haberme percatado del plan que tenían porque, por lo general, tengo un sexto sentido de esas cosas. Tal vez hacía demasiado calor, o tal vez llevaba demasiado tiempo en la misión. Donde esperaban era afuera, en la parte de atrás, y no hicieron ningún ruido mientras entramos. Poco después, bordearon el cobertizo como ratas y entraron por sorpresa todos a la vez. Me agarraron por la espalda y me enviaron al banco de trabajo. Alguien me golpeó en la cabeza y me dejó sin aliento.

Sabía que Yolanda me miraba con atención, aunque yo tenía los ojos perdidos en el suelo y no me dirigía a ella.

—Eran dos —seguí—. Uno, grande como un toro, gordo y con una cicatriz de cuchillo en la cara y el otro, más pequeño, más viejo y que daba las órdenes. El grande tenía una escopeta, el pequeño un rifle. El pequeño redujo y ató a Enrique, el grande se ocupó de mí. No había mucho que pudiera hacer. Dejé que me llevara, porque tenía el micrófono, ¿no? Mis chicos en el camino oirían el alboroto y atacarían como la caballería. Eso pensé. Me pusieron en una silla cerca de la pared. Nos trajeron una cuerda para atarnos los brazos y unas bridas enormes de las que aprietan como diablos. Irrompibles, no hay forma de salir de ellas. Solo puedes rezar para que te aten las manos con las cuerdas, porque ahí sí hay una cosa que puedes intentar. Hubo suerte. Si quien te ata tiene la suficiente inexperiencia y es una habitación oscura, pones las manos detrás de ti como te ordenan, pero en lugar de juntar las muñecas, colocas las manos tocando más la base de los pulgares que las muñecas. De esa manera, si eres lo bastante fuerte como para evitar que te fuercen las muñecas cuando te aprieten, puedes conservar un poco de espacio para tratar de liberarte. El tipo grande debió pensar que nadie podría aguantar su fuerza, porque no comprobó lo atado que quedaba. No era suficiente para que pudiera escaparme sin más, pero tampoco como para no intentarlo. Empecé a forzar mis manos cada vez que tenía la oportunidad, tratando de que no se notase, arrastrando el dorso de mis manos bajo la correa, dejándome la piel en los cáñamos. Me ataron los pies a las patas podridas de la silla con las bridas. Pensé que se rompería debajo de mí. Me arrancaron la camisa y los pantalones buscando algún dispositivo de escucha. Por fortuna, no miraron el interior de los zapatos y cuando tiraron todo en un montón, pensé que tenía una oportunidad para salir vivo.

Me detuve para darle la oportunidad de hablar si ella quería. Cuando no lo hizo, me volví hacia ella.

—Si no quieres oír...

—No, sigue —dijo ella con una vocecita.

Asentí con la cabeza.

—Pero Enrique había cometido dos errores. El primero, organizar la reunión en su casa, o quizá ellos se lo habían pedido. El caso es que el que tenía el rifle entró en la vivienda, sacó a su mujer y a su hijo y los ató con nosotros. El segundo de sus errores fue tratar de sacarles dinero a ellos por traicionarme. El problema era que sospechaban que alguien de su lado los estaba vendiendo. Estoy seguro de que no era Enrique, pero su fallo fue no darse cuenta de que la primera persona de la que sospecharían sería alguien dispuesto a vender a cualquiera. Y si estaban equivocados, qué más daba, la falta de Enrique no suponía un problema para nadie. Cuando vio a su familia atada se quejó, y lloró, y habló sin parar, hasta que lo golpearon con el cañón de un rifle. Agachó la cabeza, llorando y murmurando, semiinconsciente y empapado en sangre. También se orinó en los pantalones. Yo seguía esperando a la caballería. O, más bien, rezando. El grande dio la vuelta detrás de mí y me puso el cuchillo en la garganta. Me preguntó en un tono asqueroso para quién trabajaba. Dije que era mi propio jefe, que todo lo que quería era comprar algo bueno y si acaso Enrique no les había dicho eso. Me susurró al oído que lo que Enrique les había dicho era que yo era policía. Yo respondí que Enrique era un pedazo de hijo de puta mentiroso. Me clavó el cuchillo en la garganta.

No estaba hablando con ella ahora, y seguía sin poder mirarla.

—Vives una vida así tanto tiempo —continué—, que llega el momento en el que piensas que estás preparado para morir. Pero ese cuchillo afilado daba asco. Empecé a pensar en cómo me sentiría cuando me cortaran la yugular. Dicen que solo notas un sonido crujiente, pero ¿cómo lo pueden saber si después mueres sí o sí? El caso es que sentí clavarse el cuchillo y me preparé para que lo hiciera. Y, justo antes de que empezase a cortar, me lo quitó y me lo puso delante del pecho. Luego me lo clavó un poco, lo suficiente como para atravesar la piel. No lo sentí, estaba entumecido por la adrenalina del cuello para abajo. Se rieron, él y su amigo. Enrique seguía murmurando y se mecía de un lado a otro. El tipo me puso el cuchillo en la garganta otra vez. Le di la misma respuesta, todavía esperando a un coche que se detuviese, a que mis compañeros me salvasen en el último momento. Otra vez hizo como si me fuese a cortar la garganta y otra vez en el último segundo se detuvo, se rio y me rasgó el pecho. Cinco veces en total. Cinco veces le di la misma respuesta, cinco veces me preparé para el rugido y cinco veces terminó golpeándome en el pecho. Pude oír la hoja de acero tocar una costilla un par de veces. Luego se dieron por vencidos conmigo. Enrique balbuceaba mientras el pequeño se le acercaba. Seguía con la cabeza gacha. Yo también dejé caer la mía. Quería que pensaran que estaba destrozado, aterrorizado, incapaz de hacer algo, pero en realidad, estaba forzando mis manos. La cuerda se movía sobre la palma de mi mano. Estaba sangrando, pero la estaba moviendo y la sangre se me alió en el intento. Pero avanzaba despacio, tan, tan despacio... Hay un tratamiento especial para los informantes que delatan, y pensaban que el pobre y escurridizo Enrique era una rata de esas. Lo que hacen es cortarte la lengua, como advertencia para el próximo al que se le pase por la cabeza. Muchas veces lo hacen después de matarte, pero el flaco no estaba por regalar nada. Además, sus planes incluían a toda la familia. Pensando que yo ya no era un problema, llamó al grande y le pidió que mantuviera la cabeza del hijo de Enrique hacia atrás y la boca abierta. Enrique y su mujer lucharon como locos, gritaron como posesos, sobre todo ella, pero estaban atados con las bridas. El otro se acercó al banco de trabajo y encontró un oxidado par de tijeras de metal. Luego tomó un trapo sucio, le agarró la lengua al chico, tiró de ella todo lo que pudo y empezó a cortar...

Hice un alto para coger aire. Después seguí.

—No me importaban el cuchillo, las armas, ni los moribundos. Vivía con esa posibilidad todo el tiempo. Si te metes en esto, es mejor que estés preparado para esas cosas. O para casi todo. Lo que me molestaba era la forma en que el enano sádico y mugriento aquel se estaba concentrando en cortar la lengua de un niño que nada tenía que ver en aquello. Podría estar enhebrando una aguja, pero este tipo estaba cortando una lengua. Me hizo sacudir mis manos dentro de la cuerda. Salté y la silla podrida se rompió. Podía haber cogido la escopeta, estaba en el suelo junto a la silla, pero en aquel momento no pensaba. Solo quería borrar aquella cara concentrada. Agarré una pala y le di con ella tan fuerte como pude. El grande trató de llegar a la pistola, pero yo también le arreé con la pala, le rajé el costado de par en par. Los tenía, los tenía en el suelo, y todo lo que necesitaba hacer era agarrar un arma para que no se moviesen, pero no podía parar, simplemente no podía. Golpeaba y golpeaba y golpeaba. Tal vez un minuto después, todavía estaba golpeando y Enrique y la mujer a mi lado gritando y el chico soltando sangre por la boca, con la lengua medio colgando. Cuando mis compañeros entraron por la puerta, tuvieron que agarrarme. Aún tenía los pedazos de silla atados a mis piernas.

Yolanda estaba en silencio, pero yo no podía mirarla.

—No me había fijado, pero aquellos tíos llevaban un inhibidor de señal —dije al cabo de un rato—. Supongo que por eso tampoco se esforzaron demasiado en comprobar si llevaba micrófono. Mis chicos habían esperado un rato, para no arruinar la operación, pero cuando oyeron los gritos de la mujer decidieron entrar. El tipo grande se desangró enseguida y murió allí mismo. El pequeño estaba vivo cuando llegó al hospital, pero apenas duró unas horas. El hijo de Enrique, por suerte, se recuperó, pero la visión de su lengua colgando por la boca y de la cara del sádico aquel mientras cortaba no la borraré de mi cabeza en la vida. Solo tenía trece años. Me sacaron de allí como a un detenido, pero todos sabemos que cuando entra la Policía en una situación encubierta, ya no vales. Por lo tanto, mi excedencia fue acordada por ambas partes. Yo la cogí y ellos me la concedieron.

Entonces, me di cuenta de nuevo de su presencia, de su respiración, de sus ojos. Ella también asumió que había acabado con mi relato.

—Dios mío —susurró.

Me sentía muy cansado.

—Lo siento —le dije—. Sé que no es agradable escuchar esto.

—Sí, yo quería saberlo.

—Es un mundo cruel, Yolanda, y yo formo parte de esa crueldad. ¿Estás segura que quieres seguir tratando conmigo?

Me tocó el hombro.

—Sí, estoy segura. Y no, no eres cruel, porque a ti te afecta.

—No te entiendo —le dije.

—No intentes entenderme.

10

El lunes veintidós de octubre amaneció al suave calor de otro magnífico día de otoño, uno de esos en los que el ocre de las hojas anuncia que los árboles se están preparando para afrontar el invierno. Parecía más un desdibujado cuadro impresionista que la promesa cierta del frío que llegaría sin remedio en poco tiempo.

Me desperté muy temprano, sintiéndome incómodo por mi proceder con Yolanda el día anterior. Durante buena parte de la noche lo había razonado con Edward. Mi comportamiento había sido propio de un ser débil y egoísta y, a pesar de que ella me había animado a hacerlo, yo temía que el horror que había escuchado por mi boca la llevase a verme de una manera diferente a partir de aquel momento. O incluso a algo peor, a pensárselo mejor y echarme de su vida. Y yo no quería que eso pasara. Un temor que se unía al sentimiento de vacío que sentía desde el mismo momento en que acabé mi relato, como si hubiera derramado mis entrañas en una bandeja de plata. Siempre pensé que aliviar parte de la pesada carga que descansaba sobre mis hombros me haría sentir más ligero, pero una vez que lo había hecho, solo me notaba más vacío. Como si esa carga fuese parte intrínseca de mi ser. O quizá era eso lo que ocurría, que estaba tan arraigada en mí que ya formaba parte de mi personalidad.

Tras asearme, salí de casa y tomé unos pasteles y café para desayunar en Las Colonias, el bar que estaba justo en la esquina.

Querer llegar temprano a Nigrán me dio una buena excusa para tener un desayuno especial aquel día. Mientras comía aproveché para leer el periódico y me fijé en la gran noticia que ocupaba casi toda la portada: Mariano Ramos, el dueño de una cadena de supermercados en la ciudad, y su esposa, Isabel, habían sido asesinados en su casa en la madrugada del sábado. Era un matrimonio muy conocido en Vigo y se movían entre la élite de la ciudad. Debajo del titular había fotos en blanco y negro de las personas fallecidas. Como ocurre con todas esas imágenes, se podría adivinar con facilidad que eran rostros de personas cuyo corazón ya no latía. Por alguna extraña razón, las fotos de la gente muerta que aparecen en las noticias, siempre parecen fotos de gente muerta.

La verdad es que Vigo no solía afrontar demasiados asesinatos. No es que sea una ciudad tranquila en exceso, pero un doble asesinato y de alguien con tanta importancia no ocurría todos los días. De ahí el gran titular. Mi experiencia me permitió leer mucho entre líneas, pero incluso cualquier profano podría hacerse a la idea de que los dos habían sido asesinados de una manera brutal. Cuando un periodista utiliza la expresión «golpeado hasta la muerte» en varias ocasiones dentro de la crónica, eso significa que al bueno de Mariano y a su mujer los habían asesinado a palos y sin compasión alguna.

Dejé el periódico sobre la barra, compré un bocadillo en previsión de que la vigilancia se alargase y tomé rumbo a Nigrán. Poco antes de llegar a la villa, tomé el desvío a Camos, como me había indicado Elena, pasé la iglesia y, unos trescientos metros más adelante, me encontré con un camino a la derecha que llevaba a una pequeña casa de piedra. Era una edificación de estilo rural, rodeada de árboles y con un pequeño garaje en el que a duras penas cabía un coche. La puerta parecía cerrada. Un buzón plateado de diseño destacaba a la entrada, al inicio del camino, como si quisiera saludar a los visitantes. Alguien había escrito en él una plantilla: «A. Suárez». Era evidente que a la señorita Alicia le gustaba vivir en el campo y disfrutar de tranquilidad.

No quise acercarme a la casa para que, si había alguien dentro, no sospechase. Seguí por la carretera y, un poco más adelante, giré por otro camino de tierra que se adentraba en el bosque casi en paralelo. Comprobé que no había nadie alrededor y aparqué lo más escondido que pude, subiendo las ruedas delanteras incluso a un pequeño montículo, hasta que mi pequeña máquina maltratada quedó casi tapada por completo detrás de una espesa zona de maleza. Abrí el maletero, saqué mis prismáticos y anduve durante un rato por un estrecho sendero hasta que llegué a una zona elevada cercana a la parte trasera de la casa.

Allí extendí una manta y me tumbé boca abajo de manera que resultase invisible a ojos de cualquier espectador, pero sin que a mí me impidiera la visión de la casa y buena parte del jardín con solo levantar un poco la cabeza. Con la pesada capa de hojas debajo de la manta y el sol golpeando mi espalda, aquello prometía ser una buena vigilancia.

A través de los prismáticos, observé el coqueto escondite de Alicia Suárez. Me concentré primero en la pequeña ventana del garaje. Adiviné un coche en su interior, pero no conseguí distinguir su forma. Me detuve mucho tiempo en las dos ventanas de la fachada, donde las cortinas estaban cerradas. El brillante exterior contrastaba tanto con el oscuro interior que todo lo que quedaba detrás del cristal parecía ensombrecido. Una vez pensé que había captado un movimiento, pero no estaba seguro. Tras un tiempo, mis ojos se cansaron y bajé los prismáticos.

Cuando había descansado la vista lo suficiente, me moví de posición y me centré en las grandes ventanas traseras. Miré más allá de las cortinas cerradas hacia el interior. Una o dos veces me pareció ver de nuevo un movimiento oscuro detrás del cristal, pero seguía sin poder asegurarlo. Varias veces dejé y volví a tomar los prismáticos y siempre concluía lo mismo.

Al cabo de unas tres horas, escuché el sonido de un coche entrando por el pequeño camino. Cuando el vehículo alcanzó la casa de Alicia Suárez, aminoró la velocidad. Me acomodé de manera que no pudiera ser visto y enfoqué todo lo que pude los prismáticos. Era un todocamino blanco, quizá un Juke, y por los dígitos de la matrícula no creo que tuviese más de un año. Se notaba a las claras que el conductor no era un experto, porque el motor rugía forzado y los frenos tuvieron que trabajar más aprisa de lo que sería preciso. Se detuvo delante de la puerta del garaje, inclinado, con la defensa delantera casi tocando el cierre.

Una mujer alta, morena, con vaqueros ajustados y bonitas curvas, salió de él. Apenas se había bajado del vehículo, Marcos Varela salió por la puerta principal y se enganchó a la mujer, como atraído por un imán. Él le dio un beso largo, que ella devolvió feliz, junto con un pequeño meneo de caderas. Uno de esos rápidos y sensuales movimientos que hacen las mujeres jóvenes y guapas cuando experimentan una sensación agradable en contacto con el sexo opuesto.

Abrazados, Marcos y Alicia dejaron el vehículo atrás y entraron de nuevo. Unos segundos después, la puerta se cerró.

Pensé que ya no tenía nada que hacer allí y decidí regresar a Vigo. Como le había prometido a Yolanda, me dirigí hacia su casa para ponerla al día con las novedades. Cuando llegué, me acerqué al telefonillo, lo pulsé y no quise mirar a la cámara para que no leyera de manera anticipada en mi cara las noticias que traía. En segundos, aquella monstruosidad de puerta se abrió. Mientras ella me esperaba en la entrada de la casa, recogí el periódico del día, que todavía esperaba tirado en el suelo. Era evidente que Yolanda no había salido al exterior.

Yo sabía que lo que le tenía que contar no era de su agrado, porque más allá de formalismos cara a la galería, nunca es agradable que te digan que tu exmarido tiene una nueva pareja, aun cuando no piensas volver con él. Y mucho menos si esta es guapa y más joven que tú. Sin embargo, no quise ahorrar detalle alguno, puesto que también pensé que, si yo estuviese en su situación, no me gustaría que alguien lo hiciera conmigo.

Fui claro y conciso y, quizá por eso, cuando acabé, Yolanda se sentó y miró hacia el otro lado de la casa.

—Ahora, para mí, Marcos es como un cuadro en un museo —dijo de manera lastimosa—. Cuando lo ves en un libro o a cierta distancia colgado en una pared, te parece impresionante, inmenso. Todos los colores se combinan y se funden entre sí para crear una composición final espectacular. Pero después, cuando te acercas y lo miras con detalle, ves las pinceladas, los montoncitos de colores, y ya no te asombra tanto. ¿Me entiendes?

—Sí. ¿Algo más que quieras decir sobre él?

—No —respondió con sequedad.

Después se pasó la mano por la cara, se rio de manera forzada y se volvió hacia mí. Sus ojos estaban un poco mojados, pero menos de lo que yo adivinaría como normal en una situación así.

—¿Y ahora qué? —preguntó.

—Sabemos dónde está, eso es lo importante. Cuando ves al monstruo, ya no parece tan temible. Siempre nos importa más, nos atemoriza en mayor medida, lo que intuimos que lo que sabemos. Obedecerá la orden de alejamiento, al menos por ahora. Las llamadas han cesado y el prestamista de Marcos no debería darnos más problemas. Así que no creo que debamos ir a la Policía por el momento, si te parece bien. No he sido del todo sincero con el inspector Fidalgo y no es precisamente el tipo de persona que quiero que me ponga en su punto de mira. Si las llamadas empiezan de nuevo o Marcos vuelve a causarnos problemas, siempre podemos dejar caer una pista anónima sobre su paradero.

Ella asintió con la cabeza. Luego se levantó, se acercó al frigorífico y me ofreció una cerveza. Yo acepté y, mientras me la traía, cogí el periódico y lo abrí sobre la mesa. No estaba dispuesto a que el doctor Varela ocupara más tiempo de nuestra conversación.

—¿Te has enterado de esta noticia? —pregunté, señalando el asesinato del matrimonio de la portada.

Sus ojos se posaron de inmediato en el papel y, más que dejar la cerveza en la mesa, la soltó con la impresión.

—¡Oh, Dios mío! —dijo ella—. ¡Sí, los conozco!

—¿En serio?

—Sí. También colaboraban con Cáritas, aunque en realidad Marcos los conocía mejor que yo. Pero a mí me caían muy bien. Todo el mundo los conocía como los Ramos, porque eran los dueños de los Supermercados Ramos, aunque la verdad, nunca lo adivinarías, porque no se veían ostentosos, ni nada parecido. Habían empezado de la nada y ahora, aunque tenían mucho dinero, tampoco se concedían demasiados lujos.

—Alguien entró en su casa ayer antes de medianoche y los mató.

—¿Los han matado a los dos?
—Sí. Dicen que han sido golpeados hasta la muerte.
—¡Dios mío! ¿Y saben quién lo hizo?
—No, y además parece que no tienen mucho de dónde tirar. No hay huellas dactilares, ni pisadas, ni testigos, ni extraños que algún vecino haya notado. Por supuesto, algunas veces la Policía tiene razones para no dar información a la prensa, aunque la tenga. Pero hay una cosa que me extraña en este caso, la gente con dinero suele tener gente de servicio y un sistema de alarma en su casa. Y en el periódico no mencionan nada de eso.

Dio la vuelta a la isla y se sentó. Luego agitó la cabeza.

—Es que ya te digo que eran muy suyos —dijo—. Sobre todo, Mariano. Solo tenían una asistenta y no todos los días y no tenían alarma porque casi ni cerraban la puerta. Vivían en una casa a las afueras de Bueu y eran muy confiados, todo el pueblo los conocía e iban a visitarlos de vez en cuando.

—Entiendo.

—¿Fue un robo?

—La Policía está tratando de determinar si falta algo. Cuando dice eso, lo que significa es que no falta nada evidente. Además, te aseguro que el ladrón, no suele matar porque sí. Y los inexpertos que terminan matando a alguien porque se ponen nerviosos, también son un desastre con el robo y dejan un cartel que dice «Hola, vine a robar, pero soy un inútil». Se ponen nerviosos después del asesinato y arrasan el lugar para encontrar algo de valor cuanto antes y poder largarse. Destrozan más que llevan.

—¡Qué triste! Marcos acababa de operar a Mariano. Había sufrido un infarto y le tuvo que realizar un cateterismo de urgencia. No es una intervención larga ni complicada, pero cualquier cirugía es delicada. Y después de eso... es asesinado.

—¿Cuándo fue la operación?

—Hace una semana, el viernes, cuando tuviste que rescatarme. Marcos nunca hablaba conmigo de su trabajo, porque hace tiempo que me excluyó de esa parte de su vida. Pero ese viernes por la noche, en la cena, me lo contó. Supongo que trataba de demostrarme que era un esposo que compartía sus cosas con su mujer y Mariano, además, era alguien a quien ambos conocíamos.

Me dijo que lo había operado ese día. Entró en Urgencias con mucho dolor en el pecho y el brazo izquierdo, decidieron operarlo cuanto antes y le tocó a Marcos. Cuando alguien sufre un infarto es importante intervenirlo en la hora y media posterior, porque si se tarda más, los daños en el corazón son irreversibles. Por lo que me contó Marcos, a Mariano lo cogieron a tiempo, pudieron liberar el tapón de la arteria a tiempo y no hubo complicaciones.

—Sí, aquí está. Menciona que acababa de operarse y que había llegado a casa el viernes pasado por la noche. ¿No es muy pronto para alguien que ha sufrido un infarto?

—No. En casos así, no. Además, Marcos dijo que Mariano quería irse a casa cuanto antes y, como evolucionaba bien, supongo que le dio el alta. Además, Isabel era enfermera titulada, aunque no ejercía, pero se haría cargo de los cuidados sin problema. De hecho, me imagino que fue la que lo atendió en un primer momento, se dio cuenta de lo que le pasaba y fue consciente de que tenían que intervenirlo cuanto antes. Ya ves, y todo para que al salir los maten de esa manera. Dios mío, ¿en qué se está convirtiendo este mundo? A veces pienso que la humanidad se ha vuelto loca.

—La única razón por la que estas cosas suceden más ahora que en siglos pasados es porque hay más gente en el mundo, lo que hace que también haya más hijos de puta. Es una cuestión de porcentajes.

—No estoy segura de eso.

Discutimos durante un buen rato sobre aquello y también sobre otras muchas cosas. Cuando llegó la hora de comer, Yolanda me invitó a quedarme y, al acabar, pasamos la tarde recuperando las partidas de cartas que habíamos dejado pendientes en el hospital. Era casi de noche cuando salí de la casa. Al día siguiente, ella tenía una cita con su abogado por la mañana y otra con Cáritas por la tarde, así que quedamos en vernos de nuevo el miércoles. Dijo que me llamaría sobre las siete.

Esa vez no hubo malestar en la puerta. Ella me miró a la cara, me dedicó una sonrisa de despedida, se puso de puntillas y me besó en la mejilla. Yo le devolví el beso, mientras saboreaba el calor de sus manos en la nuca.

—Lucas Acevedo, me gustas —dijo.

Otra sonrisa más y luego entró en la gran casa.

Salí en busca de mi Toyota con los pies flotando sobre el suelo y emocionado como un tonto, como lo estaría un niño de primero de secundaria que experimenta su primer enamoramiento. Recuerdo que pensé que tenía muchas cosas que contarle a Edward cuando llegase. Solo esperaba que no se quedara dormido antes de acabar. Esa mala costumbre que tienen los gatos cuando les hablas más de media hora seguida cuando tienen el estómago lleno.

El martes por la mañana, sonó el teléfono temprano. Bueno, en realidad, no sonó tan temprano, puesto que eran más de las nueve y media y Edward ya había comido, asimilado mi charla de la noche anterior, salido por la claraboya de la cocina a aliviar su vejiga y vuelto a retornar a mi cama en busca de calor y un lugar mullido donde cerrar los ojos. Yo había escuchado todo el trajín entre sueños, pero me había negado a despertarme.

—Sí, sí —dije con cierta irritación.

—Maldita sea, Acevedo, ¿qué demonios está pasando?

Reconocí la voz, pero a duras penas.

—¿Antonio?

—Te he hecho una pregunta —dijo.

Su segunda frase sonó tan enfadada como la primera. O quizá más.

—¡Atrévete a jugar conmigo y te clavo el culo contra la pared!

En ese momento, recordé mi promesa de permanecer al margen del caso y me pregunté si de alguna manera se había enterado de mi pequeño trabajo de detective en la búsqueda de Marcos Varela. Pero no, esa posibilidad era imposible y las posibilidades imposibles, aparte de sonar redundantes, no existen.

—¿De qué coño estás hablando, Antonio?

—¿No has leído el periódico?

—No, todavía no.

—¿Así que no sabes que Máximo Losada está muerto?

Eso me dio una pausa.

—No. ¿Qué pasó?

—¿Me estás tomando el pelo? Me llamas a casa un sábado para averiguar sobre él, me dices que solo quieres hacerle un favor a un amigo y ahora, coincidencia de coincidencias, dos días después lo matan a tiros. ¿Te crees que soy estúpido? Mi amigo quiere saber qué está pasando. Losada ha estado allí desde siempre y ahora es un fiambre. ¿Qué le digo, Acevedo? ¿Qué le digo?

—No sé nada al respecto.

—¿Has ido a verlo?

—Sí, el sábado. Dijo que le daría un respiro a mi amigo y cuando me fui te aseguro que seguía vivo. Todo lo vivo que puede estar un hombre que sobrepasa los ochenta, pero también todo lo vivo que estaba antes de llegar yo.

—¿Quién es tu amigo?

Sabía que, si dudaba, estaba muerto.

—Tomás Cerreda —dije, sin pensarlo mucho—. Es abogado. Lo siento Tomás.

—Sí, sé que es tu abogado —dijo Antonio—. Y con muy buena reputación, por lo que he oído.

Su voz era más suave.

—¿Tiene malos rollos? —me preguntó.

—Más de lo que aconseja su posición. Ahora tendrá que pagar, solo que en un plazo diferente. Y Losada no iba a decirle que yo había hablado con él. Tomás me contó su situación como un comentario aislado y no tiene ni idea de que yo he tomado cartas en el asunto. Me habría detenido de haberlo sabido. Es un viejo amigo desde primaria y tiene mucho orgullo. Ya sabes, el orgullo que suelen gastar los abogados de éxito.

—Claro, claro, un tipo está muerto y se supone que tengo que pasar por alto pistas porque el señor Lucas Acevedo quiere que lo haga.

—¿Crees que yo lo maté? ¿Quieres comprobar mi arma? Puedo dártela en una hora, Antonio.

Oí cómo cogía aire y luego un suspiro. Me imaginé que estaba dando buena cuenta de un Ducados.

—No —dijo—. No, maldita sea, no creo que lo hicieras. Nunca lo pensé, no eres tan tonto como para eso. Apenas había oído hablar de él hasta que me preguntaste el otro día y ahora está muerto. Tienes que admitir que tú también te estarías haciendo algunas preguntas si estuvieras en mi lugar.

—¿Qué pasó?

—Anoche, poco antes de cerrar. Alguien fue a su tienda y le puso una bala del calibre cuarenta y cinco en la nuca. Algo limpio y fácil. Al mismo tiempo, alguien más puso otras dos balas en las cabezas de dos sobrinos que trabajaban con él, Sergio y Bruno.

Tuve una visión de Máximo con su tranquila cara de comadreja, recibiendo su bala con la misma frialdad que me había recibido a mí. Era posible que incluso sonriese una décima de segundo antes de que se le apagaran las luces. A pesar de ser quién era, me gustaba. ¿Y los pobres Bruno y Sergio? Zipi y Zape no eran más que una broma de mal gusto, pero no eran una broma que necesitase morir.

—¿Dijiste que fue más de una persona? —le pregunté.

—Bala de diferente calibre. Creen que fue alguien más o que el asesino usó dos armas diferentes para despistar a todos. Primero mataron a los chicos, suponemos que para presionarlo, porque fueron ejecuciones, sin lucha. Luego le tocó a él.

—¿No hay testigos o alguna pista?

—En una zona de yonquis y putas, probablemente había cientos de personas que podrían haber oído los disparos o visto a alguien alrededor de la tienda de Losada. Pero nadie que hable. Igual que si ocurriese en medio de un desierto. Y si alguien hablase, diría lo primero que se le ocurriese para echarnos de allí, sin importarle si es cierto o no.

—Bueno, puede que también haya muchos sospechosos. El hombre tenía un negocio peligroso.

—Lo sé, lo sé. Siento si he sido desagradable, Lucas. Y no te preocupes, no molestaré a tu amigo abogado. Es solo que, con los asesinatos de los Ramos, todo el mundo, desde nuestra central hasta el propio alcalde, nos exige que averigüemos algo ya y no necesito más problemas.

—Me enteré de eso. Gente importante. ¿Ha habido suerte?

Pensé que necesitaba cambiar de tema.

—No sé cómo decírtelo. ¿Los has matado tú?

Me reí.

—Antonio, no he disparado una bala desde que estoy aquí. He venido a descansar, no a ejercer de asesino a sueldo.

—Pues no, no hay pistas fiables. Por eso están todos tan enfadados. Esta gente vivía en una casa grande rodeada de árboles frondosos y lejos de la carretera, así que los vecinos ni vieron ni oyeron nada. A esas pobres personas les pegaron con una barra de hierro hasta matarlos. Y lo hicieron con cuidado, para que se tomaran con calma eso de morir. El problema es que los asesinos no tuvieron la suficiente consideración con las fuerzas del orden como para dejar la barra atrás, solo moratones y hendiduras en los cuerpos. No fue un espectáculo agradable el encontrarlos. No hay huellas, ni pisadas en el suelo, ni pelo, ni semen. Nada. Supongo que usarían guantes.

—Seguro.

—Los Ramos confiaban en la gente, es probable que abriesen la puerta de par en par. Según la autopsia, los asaltantes entraron, los ataron y los amordazaron. La diversión vino después. Fue un ataque tan preciso que nadie supo nada hasta que una de sus hijas los encontró por la mañana. Todavía está sedada. No tenemos nada, Lucas. Nada. Eso sí, por favor, esto nunca lo has escuchado de mí.

—¿Robo?

—¿Pero por qué te estoy contando esto? —razonó para sí, antes de continuar—. No, en principio, no parece que falte nada, pero todavía lo estamos comprobando.

—¿Y dices que la mujer de Ramos no fue agredida sexualmente?

—Bueno, sí y no. Digamos que sí, pero solo con la barra de metal. Eso sí, casi la empalan. Tal y como están las cosas ahora, o alguien estaba demasiado cabreado con esa pobre gente o alguien le ha cogido afición a ejercer de hombre lobo por las noches. Y casi voto por la segunda posibilidad. Será mejor que nunca le digas a nadie lo que acabo de decirte.

—Entendido. No desesperes, algo aparecerá, Antonio.

—Mejor que así sea.

Otra pausa de humo.

—¿Cómo os va a ti y a la mujer del médico? —preguntó, listo para hablar de otra cosa.

—Somos amigos. Es una buena persona.

—No es asunto mío, pero no busques que te ayude con un caso en su contra. Están pasando muchas cosas.

—Entendido.

—¿Seguro que no mataste a Losada?

No sabía si estaba bromeando o no.

—No, Antonio. Lo siento, pero yo no soy la solución a tu problema.

—Bien, porque me fastidiaría que fuese así —dijo.

Colgamos.

El resto de la mañana la pasé con Edward en el regazo y pensando en mi visita a Yolanda al día siguiente. Como en otras ocasiones, caí en mi modo preadolescente, sintiéndome emocionado. Le contaba mis sentimientos, lo mucho que había cambiado mi vida aquella mujer y la ilusión que me hacía poderla conocer más. Él me miraba con cara extraña, es posible que pensara que el sonido «Yolanda» lo había escuchado demasiadas veces en los últimos días.

Fue en medio de todos estos pensamientos cuando me di cuenta de algo. En una semana y media que hacía desde que la había conocido, solo me había visto en vaqueros. La verdad era que había una muy buena razón para que solo usase tejanos: no tenía pantalones de otro tipo en mi vestidor.

Así que decidí sorprenderla el miércoles. Pensé que tenía que comprarme un par de pantalones casuales, aunque sin excesos, junto con algunas camisas bonitas y me di cuenta de que ese pensamiento me excitaba. Poco antes de almorzar, me puse mis mejores vaqueros y camisa, pasé la aspiradora por mi moqueta y salí en misión hacia el centro comercial de la Gran Vía, con brillo en los ojos y esperanza en mi corazón.

Al llegar, comí una hamburguesa en un local de comida rápida y luego me dirigí a la zona de tiendas. Mi exigencia a la hora de combinar colores requirió la ayuda de varios vendedores, en su mayoría chicas jóvenes de las que cualquier pequeñez les suele arrancar una carcajada y que consiguieron que aquella tarde pasara más rápido de lo habitual para mí.

Cuando volví a mi ático, era más tarde de lo que había pensado. La noche todavía no había llegado, pero estaba en ello. Aparqué en la calle perpendicular y agarré las bolsas del asiento del pasajero. Quería un par de pantalones y dos camisas, pero terminé con tres de cada. Sentía que les debía una a aquellas vendedoras.

Al llegar, abrí la puerta y encendí la luz del vestíbulo. Todavía con las bolsas en la mano, noté como un iceberg en miniatura flotaba por mi espalda. A mi izquierda, la puerta del baño estaba cerrada y las personas que viven solas no suelen cerrar la puerta del baño. Yo me había acostumbrado a no hacerlo desde hacía tiempo, porque no me gustaba encontrarme con ella impidiéndome el paso en mitad de la noche.

Sin perder tiempo, miré a diestra y siniestra, y luego a la alfombra recién aspirada que corría desde mi salón hasta la parte trasera del ático. Al reflejo de la bombilla del vestíbulo, pude ver huellas de zapatos en ella. Salían de la cocina, iban hasta delante del sofá, luego retornaban hacia la puerta cerrada del baño y de allí a mi habitación.

Dejé la puerta principal abierta. Con cuidado, puse las bolsas en el suelo y miré a la cocina, hacia la claraboya. Tras unos segundos sin ver movimiento alguno en ella, me agaché, respiré hondo y avancé sin hacer ruido. En estas situaciones, intentas mantener los nervios bajo control, pero, sin importar la experiencia que tengas, nunca resulta fácil. Yo era una cucaracha avanzando por el piso de la cocina y preguntándome si alguien iba a saltar de un rincón escondido y aplastarme con sus zapatos gigantescos.

Alcancé el fregadero sin ser aplastado, abrí la chirriante puerta del reservado de debajo y deslicé una mano hasta mi estante escondido. Lo primero que sentí fue la culata de la veintinueve. Saqué la pistola, emitiendo un silencioso suspiro de alivio. La pasé de la mano izquierda a la derecha, con los codos doblados y sin dejar de agarrarla con fuerza. Luego, la preparé para solo tener que apuntar y disparar.

Me escurrí hacia el pasillo y esperé treinta segundos. Nada. Tenso, todavía agachado, avancé por él con el arma en guardia. Nadie apareció por sorpresa. Hice un segundo barrido rápido del salón desde la puerta, y nada. Mi respiración sonaba como si hubiera nadado muchos metros hasta la superficie después de casi ahogarme en el fondo del mar.

Avancé hasta el sofá y miré de nuevo las huellas. Empezaban en la cortina cerrada de la puerta del patio y se iban al pasillo. Al principio, me parecían más de una, luego me di cuenta de que tal vez no. Tal vez solo entraban y salían las mismas huellas. El número de calzado parecía el mismo, así que podría ser solo una persona.

Me dirigí a la puerta del patio y abrí las cortinas unos centímetros. Nada, solo algunas hojas secas crujiendo. Revisé la puerta. Se había usado una palanca. Podía ver las marcas delatadoras a través del cristal. Pregunta contestada sobre cómo había entrado, pregunta colgando sobre si, quien quiera que fuese, aún estaba dentro.

No en la cocina. No en el salón.

Me dirigí hacia el pasillo y volví a escuchar. Esperé un rato y luego me moví a lo largo de la pared. La pistola parecía tan nerviosa como yo. Respiré con fuerza en la esquina antes de agachar la cabeza para mirar hacia un lado y luego hacia el otro. Allí no se movía ni una mota de polvo.

Las huellas iban en ambos sentidos por el pasillo. Las puertas de las dos habitaciones estaban abiertas y se veía la penumbra del anochecer en el interior. En un primer momento, pensé en dejar el baño para el final, dado que, si había alguien dentro, por fuerza tenía que abrir la puerta antes para salir. Pero pronto comprendí que, al tener que pasar por delante de él, si alguien me disparaba desde dentro, resultaría una presa fácil, porque yo no lo vería. Así que me dirigí con lentitud hasta él y abrí el pomo sin hacer ruido. Empujé la puerta con el pie y apoyé la espalda en la pared, esperando a que alguien saltase. Tras medio minuto de espera, asomé la cabeza.

Vacío.

Seguí por el pasillo hasta el segundo dormitorio, que ejercía de trastero, llevando la misma sensación de tirantez. Desde la puerta, fue fácil ver que no había nadie en la habitación debido a la falta de muebles. Solo el armario suponía un pequeño escondite. Entré en el habitáculo, me acerqué a él, estiré el pie hasta la pequeña separación entre la puerta y la jamba e hice un movimiento de tobillo para lanzarla hacia atrás.

Nadie.

Solo me quedaba mi habitación. Tomé un enorme trago de aire, crucé el pasillo y entré casi agachado para apoyar mi espalda en la pared y mirar dentro. Esperaba un destello, un disparo, desde dentro, o desde la pequeña terraza, pero esto no sucedió. También miré debajo de la cama, necesitaba comprobar ese espacio.

Nada.

Luego me fijé en la puerta del vestidor. Con el estómago contraído, tomé aire y agarré la perilla para hacerlo, pero por alguna razón, al final me detuve. Me di cuenta de que no quería abrir esa puerta. La tensión me podía. Lo he pensado muchas veces. Era el único sitio que me quedaba por mirar, un escondite perfecto. Si está ahí dentro, es hora de hacer algo, Lucas, dudo que lo vayas a matar de hambre, me dije a mí mismo.

Llevé mi mano a la perilla una vez más, decidido a abrirla, pero en el último segundo me eché atrás y quité la mano con un movimiento brusco.

Fui de nuevo a la cocina. Agarré mi linterna de un estante alto y volví a la puerta cerrada del vestidor, bajando sobre mi estómago frente a ella, con un arma en mi mano derecha y el foco en mi mano izquierda. Apunté hacia debajo de la puerta. Puse mi ojo izquierdo al nivel de la alfombra y llevé el rayo de un lado a otro bajo el marco. Esperaba encontrarme dos pies parados y poder disparar desde fuera para solucionar el problema sin riesgo. Suponía que un asaltante tenía que estar allí agazapado esperándome, pero lo que vi, en realidad, fue casi peor. No eran zapatos, ni botas, ni siquiera pies descalzos, sino una especie de pequeña caja arrimada contra la puerta. Y esa caja no la había dejado yo allí.

En cualquier caso, pensé si había algo en el vestidor que pudiera haberse caído contra la puerta, pero lo cierto era que tenía muy poca ropa y toda estaba colocada sobre estantes. Volví a enfocar la luz hacia la ranura de la puerta y otra vez llegué a la misma conclusión. No había pies, ni personas, pero sí algo que tocaría al abrir la puerta. Mi corazón se aceleró de manera extraña, pero a la vez, sentía una sensación de alivio, porque aquello suponía que mi particular hombre del saco no estaba por allí.

Volví a la cocina de nuevo, saqué la caja de herramientas y regresé a la habitación. Abrí la terraza y trepé hacia el tejado, que no quedaba a más de dos metros del suelo. Miré a través de la claraboya y pude ver con claridad la pequeña obra de ingeniería que alguien me había dejado como regalo.

Constaba de un cartucho de dinamita, al que le habían colocado un detonador eléctrico que, a su vez, estaba unido a una pila de gran tamaño, a la que le habían unido los cables de contacto. Un artefacto casero con un funcionamiento tan sencillo y primitivo como la linterna con la que lo había descubierto.

La diferencia radicaba en que la puerta ejercía de interruptor y lo que se prendía no era una lamparita, sino el detonador eléctrico de la dinamita. Suficiente para hacer volar en mil pedazos a quien abriese la puerta. Y ese solo podía ser yo.

Me fijé en que la claraboya estaba cerrada, pero sin el pasador, lo que significaba que quien me había dejado aquello, había tenido que abrir la puerta, entrar en el vestidor, colocar el artefacto y salir por el tejado. El problema era que yo debía hacer el camino inverso y no cabía por la abertura por mucho que forzase la ventana hacia arriba. Así que la abrí todo lo que pude y recubrí por completo con cinta adhesiva el cristal por la parte interior. Después fui de nuevo a la cocina a por el taladro, le coloqué una broca de piedra, lo enchufé en un alargador desde la habitación y comencé a percutir en el vidrio templado. En pocos segundos, se rompió en mil fragmentos granulares que quedaron pegados en la cinta adhesiva, sin caer ninguno al interior. No quería arriesgarme a que uno de aquellos pequeños cuadraditos accionara el interruptor.

Saqué hacia el tejado la cinta con los restos del cristal, me descolgué por el hueco hasta el suelo del vestidor y retiré los cables del interruptor y la batería de aquel artefacto. El mecanismo de aquella bomba era sencillo, pero reconozco que no me llegaba el aire a los pulmones cuando solté aquellos cables.

Todavía tenía el corazón a pleno rendimiento cuando sonó el teléfono inalámbrico. Miré el identificador de llamadas: Yolanda. Era su teléfono móvil.

—Hola, Yolanda.

—¡Lo siento, Lucas! ¡Lo siento mucho! Acababa de salir de casa, estaba en una señal de stop y...

Su aterrorizada voz se cortó con un sonido de asfixia.

—¡Yolanda! ¡Yolanda! —grité.

—¡Te crees muy listo, hijo de puta!

La voz.

—¡Tengo a la mujer! —gritó—. ¿Qué opinas de eso, eh? ¿Qué opinas de eso?

Podía oír el sonido de un coche en movimiento y un golpeteo de lucha al fondo.

—¡Suéltala!

—¡Vete a tomar por el culo!

—¡Lo juro, escúchame! Si le haces daño, te mataré. No pararé hasta que te encuentre y te mate, ¿me oyes?

—¿Qué vas a qué? ¡A la mierda contigo! ¡No me das miedo, imbécil! ¡Pagaréis tú y todos!

Oí sonidos de una pelea y del teléfono siendo golpeado, con la voz de Yolanda lo bastante cerca como para que yo la escuchase.

—¡Lo siento, Lucas! ¡Lo siento mucho! Yo...

De fondo se escuchó la voz de otro hombre, gritos maldiciendo y, a continuación, un ruido explosivo que me golpeó el oído como una bofetada invisible y me hizo saltar hacia atrás. Por último, hubo un fuerte sonido de aire entrando por algún lado y golpes secos de metal.

—¡Está muerta y la hemos tirado por la puerta! ¿Qué piensas ahora, imbécil? ¿Qué piensas?

Silencio.

11

A lo largo de nuestra existencia, nos acostumbramos a lo que el destino nos concede. Nos amoldamos a las situaciones, sean mejores o peores, y dejamos pasar el tiempo sin pensar mucho en cómo es nuestra vida. Pero un día las circunstancias cambian. Y cuando lo hacen, nos encogemos de hombros y acabamos dando por normal la nueva situación antes de que podamos reaccionar.

Para mí, Yolanda había cambiado mi existencia. Solo la conocía desde hacía poco más de una semana, pero había dado un vuelco a mi vida como nunca antes había imaginado que podía producirse. Y hacía mucho, mucho tiempo, que no me sentía bien adaptándome a una situación nueva.

No recuerdo haber llamado al 091, pero lo hice. Tampoco recuerdo haber bajado del ático, ni cerrado la puerta de entrada, ni cuánto tiempo tardé en llegar a Vigo, solo que conducía el Toyota como un loco, zigzagueando entre los demás automóviles en la autovía. Luego, de alguna manera que tampoco puedo explicar desde la consciencia, me encontré circulando por la Rúa de Canido.

Vi las luces intermitentes al inicio de una calle a cierta distancia de su casa. La Policía Local tenía el tráfico cortado tres semáforos antes, así que arrimé el coche a un lado y me acerqué al lugar a pie. Intentaron detenerme, hasta que les grité que yo era quien había llamado al 091. Me acerqué lo suficiente para ver su menudo cuerpo cubierto y enroscado sobre sí mismo, al lado de la rueda trasera de un automóvil aparcado. Los pequeños pies de Yolanda, descalzos y ensangrentados, sobresalían de debajo de la manta que la cubría.

No recuerdo el nombre del detective que me llevó a un lugar donde ya no podía verla. Le pregunté si habían cogido a los culpables. Mi voz era calmada. Dijo que no, que todavía no, pero que varias patrullas registraban la zona. Me preguntó sobre la llamada. Le dije que éramos amigos y que estaba hablando por teléfono con ella, que luego había escuchado gritos y la voz de dos hombres antes de que la línea se cortase. Y que cuando volví a llamar, ya no contestaba. Le dije que ella me había mencionado que se encontraba cerca de casa, así que llamé al 091 y di la dirección. Luego salí hacia el lugar. Y entonces, fue cuando me encontré preguntándole al detective qué demonios era lo que había pasado.

Dijo que no lo sabía con seguridad, que parecía un robo del vehículo a punta de pistola. Su Lexus invitaba a ello. El coche, junto con su bolso vacío, había sido encontrado a dos calles de distancia. También me dijo que lo más probable era que ella se hubiera resistido y que los delincuentes se hubieran puesto nerviosos. Todavía no habían localizado a ningún testigo, pero seguían sondeando las calles circundantes para averiguar dónde la habían atacado. Todo lo que podía decirme con seguridad era que le habían disparado en la cabeza y luego la habían tirado por la puerta.

Entonces cesó su explicación y me preguntó quién era ella. Yo se lo expliqué, y también que estaba a punto de divorciarse de su marido y que tenían problemas. Le indiqué que el inspector Fidalgo sabía los detalles de la situación. Le conté todo esto como un amigo de la fallecida, como un amigo en estado de shock, pero bajo control. Adormecido, aunque listo para explotar.

Todavía seguíamos hablando cuando se acercó hasta nosotros el inspector Fidalgo. Me miró durante mucho, mucho tiempo, y luego, sin decir ni una palabra, se llevó al detective a un lado.

Murmuraron durante un rato antes de que el inspector volviera a donde yo esperaba.

—¿Los has cogido, Antonio? —pregunté.

—Dime tú quiénes son, Acevedo.

—Encuentra a Varela. Sabes tan bien como yo que él es el responsable.

—¿Por qué te estaba llamando cuando sucedió?

—Solo estábamos hablando, como otras veces. Y de repente, empezó a gritar.

—Y luego tú has venido hasta aquí.

Asentí con la cabeza.

—Estaba en Mondariz. Llamé al 091 y arranqué. Acabo de llegar.

No sé si la mirada que me puso fue de incredulidad o de pena. Al final, dejó escapar un largo suspiro.

—Yolanda podría ser la mujer que ha tenido la peor suerte que recuerde —dijo—. Podría ser un simple robo al azar y que ese imbécil consiga su divorcio sin soltar la pasta. Parece solo un robo, Acevedo, pero encontraremos a Varela de todos modos y saldremos de dudas.

Alrededor de las nueve, abandoné la escena del crimen. La Policía siguió buscando e interrogando a mucha gente durante toda la noche y hasta bien entrada la mañana. Las televisiones, todas sin excepción, emitieron la noticia en titulares, por supuesto mencionando que no habían atrapado a los responsables, pero todo esto no lo descubrí hasta el día siguiente.

La vida cambia. La mía había sido hasta entonces una existencia abrupta. Había golpeado cabezas, segado vidas, esquivado sicarios, y pensé que estaba haciendo algo importante. Un día me levanté por la mañana y me di cuenta de que aquello ya no me ilusionaba y me arrastré a mi solitario escondite. Entonces, por casualidad, apareció ella. No fue el destino, sino el azar. Un tropezón con dos imbéciles como premio en una lotería para la que no había comprado boletos.

Hay muy pocas personas, muy, muy pocas personas, que hacen que este sombrío mundo brille. Para mí, Yolanda era una de ellas. No sé qué me hubiera deparado el futuro, pero ya nunca lo sabría.

Se la habían llevado. Maldiciendo, despotricando y mirándola con ojos malévolos, llenos de locura, convirtieron sus últimos minutos de vida en un infierno.

Y luego se la llevaron.

Mi trabajo era peligroso, pero nunca había cortejado a la muerte. Era solo un riesgo de mi ocupación. Pero en algún momento, una fría sombra se había apoderado de mí y me había dicho que, aunque yo no cortejara a la muerte, esta haría lo que quisiera conmigo. Actuaría en mi nombre, jugaría con mi realidad y cambiaría mi vida cuando quisiera. Así de simple. Así de terrible. Aunque en ese momento, ya no me importaba. Se la habían llevado y tendrían que responder por ello. Eso era todo.

Vagué por la ciudad como alma en pena durante todo el día siguiente y bebí toda la cerveza que mi cuerpo consiguió absorber. Oriné la mitad y lloré la otra mitad. Maldije en silencio y no tan en silencio. Ordené ideas que no estaban desordenadas y convertí en recuerdos lo que hasta hacía tan solo unas horas prometían ser vivencias.

A las nueve y media de la noche estaba de vuelta en el ático.

Ignoré mi vestidor sucio y abierto, con cables y dinamita, y también a un Edward que se asustó nada más verme y salió corriendo a refugiarse en el tejado. Me vestí con mis vaqueros más nuevos, porque también eran los más oscuros, y me puse una camiseta negra y una chaqueta azul marino. Luego tomé mi linterna y un poco de cinta aislante y la metí en el bolsillo de mi chaqueta. De una pequeña caja que guardaba en el trastero, saqué un estuche de cuero negro que contenía un juego de ganzúas y lo puse en el otro bolsillo. Por último, busqué debajo del fregadero de la cocina, saqué la veintinueve y la guardé en la funda de mi cinturón.

Muchos faros brillantes se cruzaron conmigo camino hacia Nigrán. Sentía una rabia palpitante que hervía en mis músculos, pero yo iba en modo automático. Tenía frío, pero no me importaba. A decir verdad, era como si alguien o algo hubiera desactivado mi sensibilidad.

Cuando llegué a Camos, notaba el cuello tenso y mis manos agarraban el volante como si temiera que se me fuera a escapar entre los dedos. Conduje por el camino oscuro hasta la casa de Alicia Suárez, donde los pinos a lo largo de la carretera se veían turbios y jorobados. Pensé en los de Eduardo Pondal, que mi abuelo me había explicado de niño que habían inspirado el himno gallego, porque nada había más propio en Galicia que el rumor de los árboles de noche. Como tampoco había nada más tenebroso, ni más premonitorio.

Eran más de las doce cuando llegué a mi destino. Me detuve en el mismo montículo desde el que había hecho mi espionaje hacía tan solo dos días. Apagué las luces del Toyota y salí con mi kit de ganzúas para volver a recorrer el bosque hacia la casa de Alicia. El cielo estaba cubierto y la luna se escondía a ratos detrás de nubes de película, volviéndola negra entre los árboles. Las hojas secas siseaban con la brisa, quizás cuestionando de esa manera mi presencia en aquel lugar. Sudaba y el aire húmedo me hacía sentir un frío helado en la frente. Mi aliento desordenado sonaba como si otra persona caminase a mi lado.

Apagué la linterna y miré hacia abajo. No había luces. Ni siquiera podía ver la forma de la casa. Encendí de nuevo el interruptor, apunté hacia el suelo y usé la cinta aislante para cubrir la pantalla, hasta que solo se veía un pequeño haz de luz en el centro. Me arrodillé para asegurarme de que continuaba solo y luego comencé a bajar la colina.

Al cabo de unos minutos, pude distinguir la casa de cerca. Resultaba oscura, voluminosa, discordante en aquel entorno. Ninguna luz se dejaba ver a través de alguna ventana o cortina. Tampoco ningún sonido me acompañaba, salvo el aire húmedo que empujaba las nubes y el quejido de las hojas de los árboles. Solos yo y ese pedazo silencioso de entidad negra.

El todocamino blanco seguía estacionado en la entrada, en el mismo ángulo descuidado en el que la novia de Marcos lo había dejado el lunes. Lo bordeé antes de detenerme para volver a mirar la casa. La pequeña luz de un botón de timbre, junto a la puerta principal, era lo único que sobresalía en aquella negrura y aquel silencio. Tan solo, desde algún lugar, muy lejos, se oyó el ladrido de un perro.

Me coloqué los guantes, apagué la linterna y trepé por el muro que rodeaba la casa. Una vez dentro, me acerqué agachado a la fachada, permanecí cerca de la pared y escuché. No oí nada, no se movió nada. Volví a encender el pequeño rayo y me dirigí a una de las ventanas delanteras. Allí me paré erguido para enfocar y mirar mejor más allá de la cortina. Después, mi linterna apuntó hacia abajo por seguridad, pero no se encendió ninguna luz en las habitaciones.

Me agaché de nuevo y me escabullí por la esquina delantera. Había dos ventanas más pequeñas con persianas en ese extremo de la casa. Repetí el mismo procedimiento en cada una y obtuve el mismo resultado: oscuridad, solo oscuridad y silencio, absoluto silencio.

Doblé la siguiente esquina, buscando la parte trasera de la casa. Cuatro ventanas más, cada una tan negra como las otras.

Me paré y me tomé un descanso. El perro que se escuchaba en la distancia volvió a ladrar, mientras la huidiza luna hacía intentos por asomarse desde detrás de una nube. Luego me dirigí al otro extremo con intención de comprobar el garaje, pero unos metros antes de llegar, mi estrecho rayo captó la caja de entrada de la línea telefónica.

Entonces mi estómago se encogió.

El cable que salía hacia abajo desde la caja había sido cortado en el punto medio y los dos extremos apuntaban hacia afuera. Avancé a la entrada de la casa y, con cuidado, giré la manilla. Para mi sorpresa, la puerta cedió a mi pequeño impulso. Enseguida vi las marcas reveladoras de una palanca. No hizo falta más para que entrase en alerta. Desabroché la funda y saqué la veintinueve. Empujé la puerta y sentí que las bisagras crujían con los decibelios de un trueno. Me puse en guardia en cuanto escuché un zumbido proveniente de dentro, pero enseguida lo reconocí como el ventilador de la caldera. Respiré para ralentizar mi pulso antes de entrar. Una vez dentro, lo primero que sentí fue el aire caliente que salía del lugar y, a continuación, percibí un olor fuerte y picante, una versión ampliada de los huevos cuando se han podrido. Un mal presentimiento se aferró a mi estómago.

La cocina quedaba a la derecha. Quité el seguro a la pistola y avancé hacia ella. De un vistazo pude comprobar que los armarios estaban a la izquierda. Al fondo, contra la pared trasera, se apoyaba una mesa rodeada de sillas de metal, con patas que parecían esqueletos de piernas al reflejo de mi tenue luz. Volví sobre mis pasos y vi un pasillo que llevaba al resto de la casa.

Avancé un par de metros y dirigí la linterna sobre el salón. Un par de sillas y un sofá estaban colocados frente a un televisor de pantalla grande colgado en la pared más lejana. La caldera continuaba tarareando su persistente canción a mi espalda y sentía mi camisa empapada. Deseaba que aquel trasto se apagara para poder escuchar con claridad, pero no quería arriesgarme a tocar nada.

Al lado del salón había una puerta manchada de extraño color oscuro. La empujé unos centímetros, rebordeé mi cara por la abertura y descubrí que el olor putrefacto era más fuerte detrás de ella. Dirigí mi pequeña linterna hacia el interior, pero aquello parecía un abismo sin fondo. Entonces bajé la luz al suelo y el haz descendió por unas empinadas escaleras. A poco más de un metro de altura, alineado en vertical con el primer escalón, encontré un interruptor en la pared. No había visto ninguna ventana a nivel del suelo en el exterior, así que lo accioné, porque no quise entrar en ese agujero sofocante solo con la linterna. Una luz iluminó el hueco de la escalera y otro par de ellas más adelante, consiguiendo que el lugar fuese más brillante de lo que había calculado. Sin embargo, no tuve sensación de poder ser descubierto.

Poco a poco, bajé los escalones y me acerqué al sótano. Vi paredes de ladrillo sin terminar y un piso arcilloso con hoyos. En la pared trasera había estantes descubiertos con cajas. Una viga principal amarraba otras secundarias que, a su vez, sostenían un uniforme techo de madera.

El cuerpo del doctor Varela estaba colgado por las manos de una cuerda atada a la viga principal, aunque sus pies apoyaban en el suelo. La cuerda se tensaba bajo el peso de su contorsionado cuerpo. Le habían quitado el yeso de la mano dañada y lo habían colgado por las dos muñecas. Era evidente que la escayola no había sido retirada con la delicadeza de un traumatólogo. Marcos estaba desnudo, cubierto por completo de contusiones de color morado oscuro. Parecía un saco en el gimnasio de una escuela de boxeo después de haber completado todo un entrenamiento intensivo con él. Las salpicaduras de sangre hablaban de dos asaltantes. Estudiándolas, resultaba fácil adivinar la mecánica del entrenamiento: lo habían perseguido con palos, haciéndolo huir de uno para ser golpeado por el otro y viceversa. Sin duda, les debió resultar cómica la forma en que el gracioso hombrecillo saltaba y gritaba. Y no menos gracioso que tirara tan fuerte de la cuerda hasta hacer sangrar sus muñecas.

Miré la cara ladeada sobre el hombro izquierdo. Un ojo taciturno y reventado parecía observarme con curiosidad. No podía dejar de mirar ese ojo y la piel morada que lo rodeaba recubierta de sangre seca.

Cuando logré apartar la vista de él, hice una rápida inspección ocular del lugar y no me costó deducir que uno de los palos usados en el linchamiento era un mango de azadón que reposaba contra la pared. Le habían sacado la hoja de la herramienta. No conseguí ver el otro y eso me inquietó.

Apagué las luces del sótano y cerré la puerta. Volví al salón y le eché un vistazo más de cerca. No vi nada fuera de lo común, solo un lugar cómodo para comer palomitas de maíz, beber Coca Cola y ver una película. Salí de la estancia y seguí por el pasillo trasero. La primera puerta a la derecha era una pequeña habitación vacía. Las paredes estaban pintadas de un azul claro que parecía irradiar calma. La puerta de enfrente escondía un baño. Corrí la cortina amarilla de la ducha y no había nada tras ella.

El calor me empezaba a afectar mucho, pero no iba a mover el termostato.

Había otra puerta abierta al final del pasillo. Tras ella se escondía un dormitorio con una cama de gran tamaño. Alicia estaba boca arriba, también desnuda, con los brazos y las piernas atados a las barras del somier. Incluso con la luz apagada, podía ver el pelo negro despeinado y los pechos redondeados que tensaban la camisa que vestía cuando la había visto viva.

Alicia Suárez, no había corrido mejor suerte que su novio. El procedimiento parecía semejante, pero con dos variantes. La primera, que ella no podía escapar de uno para recibir el golpe del otro, porque estaba atada y solo habían necesitado un palo para divertirse. La segunda, que todavía conservaba entre sus piernas el que a buen seguro era el segundo mango usado con Marcos. Por las heridas en esa área, era obvio que se habían tomado su tiempo para hacer una intensa violación sin esperma.

Regresé al pasillo peleando con la bilis que acudía a mi garganta.

Cuando por fin, pude abrir los ojos, estaba seguro de que los responsables de aquella matanza no volverían a aparecer por allí. Sin embargo, mientras atravesaba las sombras oscuras hacia la puerta de entrada del garaje, sentí un escalofrío deslizándose por mi espalda y la necesidad de apresurarme. Nunca he entendido el porqué.

Dejé todas las puertas como las había encontrado. Salir al aire húmedo de la noche fue como entrar en un congelador. Afuera, me agaché para asegurarme de que seguía solo, aunque lo único que se escuchaba era a ese perro triste y solitario.

Luego volví a adentrarme en el profundo y oscuro bosque. Mis pensamientos se tambaleaban contra las rígidas paredes del cráneo mientras me avanzaba casi a ciegas hasta donde había dejado el Toyota. Me fui de la casa de Alicia Suárez recién pasada la medianoche, en la hora más propicia para los aquelarres, entre rumores de árboles y una luna ennegrecida por las nubes. Pero no era miedo lo que sentía, sino asco y odio.

Durante el viaje de vuelta, mi cerebro se acomodó en un estribillo: tonto, tonto, tonto. Había pasado mi vida recorriendo un oscuro mundo de violencia y peligros y, si había sobrevivido, era solo por una razón. Creía en una cosa y no creía en otra. Lo que siempre me había obligado a creer, sin hacer caso del deseo interno de rendir culto a presentimientos ni intuiciones, era la lógica en su forma más pura y aplastante. Y en lo que nunca me permití confiar fue en las coincidencias y casualidades. Una personal dupla de dios y diablo vital que me había resguardado de la muerte y me había aferrado a la vida.

Y, sin embargo, en este caso había ignorado todos mis principios de la manera más absurda y evidente.

Tonto. Tonto. Tonto.

Lógica. Marcos Varela había hecho una escena espectacular en el juzgado, exigiendo a gritos que yo dejara de amenazarle. Parecía convincente y real, pero yo estaba tan cautivado por Yolanda y tan lleno de aversión hacia él, que pensé que era solo un intento para evitar sospechas. Estaba seguro de que él era el responsable de las llamadas, a pesar de que, pocos días antes, la propia Yolanda me hubiese dicho que él no habría podido realizarlas desde su casa a una amante porque era un actor terrible. Esas habían sido sus palabras exactas: «Marcos es un actor terrible», pero yo no las había procesado en mi cabeza.

Tonto. Tonto. Tonto.

Este hombre hambriento de dinero había renunciado a su trabajo y mancillado su prestigio en el hospital. Cierto, la mano rota no le permitía operar, pero sí ver pacientes y pasar visitas. La única razón para hacerlo tenía que ser, a la fuerza, que alguien lo estaba amenazando de verdad. Marcos Varela estaba muerto de miedo y había cometido el error de pensar que era yo el que iba tras él. Estaba tan aterrorizado que incluso presionó a Máximo Losada para que me atacara. Debido a mi ceguera por Yolanda, y tal vez también porque me había disparado, acepté su culpabilidad con respecto a las amenazas. Así que tampoco había matado a Yolanda, ni había encargado que la mataran. Además, por el estado de los cuerpos, era obvio que tanto él como su novia habían muerto antes del asesinato de Yolanda.

Calculé que lo más probable era que hubiesen sido asesinados el lunes por la noche, horas después de que yo pasase la mañana observándolos desde el bosque, porque el todoterreno seguía en la misma posición en la que Alicia lo había aparcado. Y eso lo cambiaba todo.

Tonto. Tonto. Tonto.

Alguien puso una bomba para mí el martes por la tarde y Yolanda fue raptada y asesinada el martes por la noche. Yo estaba recuperando las pautas de mi querida y salvadora lógica el miércoles de madrugada. Por lo tanto, al menos un par de enfermos mentales habían estado muy ocupados aquella semana y nada tenían que ver con Marcos Varela. Mi ceguera les había concedido rienda suelta.

¿Coincidencias? Nunca. Jamás. Ninguna.

Mariano Ramos, la última persona que Marcos operó, y su esposa, Isabel, habían sido asesinados el viernes, una semana después de mi encuentro en la carretera con Marcos, con la misma saña y brutalidad que a Marcos y a Alicia.

El lunes por la tarde, el prestamista de Marcos, Máximo Losada, y sus sicarios Bruno y Sergio, también fueron asesinados. Yo había aceptado estas muertes como una coincidencia, flotando sobre las nubes de mi comodidad, porque mantenía mi obstinada creencia en la culpabilidad de Marcos.

Tonto. Tonto. Tonto.

Me precipité por la carretera, ignorando la presión de los faros que se cruzaban en la otra dirección. Golpeé el volante con la mano, haciendo girar mis sombríos pensamientos una y otra vez.

Volví a abrazarme a la lógica.

Ocho muertos, ocho cadáveres sobre la mesa, ocho piezas de puzle.

Brutales, sádicos y desconocidos asesinos, salidos de la oscuridad, de las entrañas del mal, del corazón de la perversidad más pura, habían llegado para torturar, violar y asesinar de la manera más cruel. Pero la cuestión era: ¿Por qué? ¿Qué era lo que había destapado aquella desenfrenada caja de Pandora?

Los Ramos, Marcos y Alicia habían sido torturados hasta morir. Yolanda, también había sido asesinada, solo que la situación provocó que lo suyo fuese más rápido a cambio de retrasmitir el momento en directo para mí. Tortura psicológica en vez de tortura física.

La casa de Alicia Suárez no había sido registrada ni destrozada, lo que indicaba que no se habían llevado nada de valor. La casa de los Ramos tampoco, según había insinuado Antonio, y ellos sí eran gente muy rica. Tampoco ninguna de las mujeres había sufrido una agresión sexual que dejase evidencias forenses. Por lo tanto, las intenciones de los asesinos no estaban relacionadas ni con el robo ni con la motivación sexual.

¿Pero cómo explicar el asesinato de Máximo Losada y sus chicos? Fueron enviados al más allá en un abrir y cerrar de ojos, ambos enterrados con tres balas bien colocadas en el cerebro. No hubo odio ni retrasmisiones en su muerte. ¿Qué querían los asesinos? ¿Qué tenían que ver con Máximo? La mayoría de los negocios son información y cualquier prestamista sabe dos cosas sobre sus clientes: su número de teléfono y una dirección en el caso de que no conteste. Así que, si sabes que Marcos Varela le está pagando un préstamo a Máximo Losada y se ha escondido, entonces vas a verlo en busca de la información que necesitas. Elena Estévez había dicho que Alicia Suárez y Marcos Varela eran aficionados al juego. Marcos debía dinero y era más que probable que su novia también, poniendo en manos de Máximo Losada toda la información sobre ellos. Con una pistola en la cabeza, estaría dispuesto a renunciar a sus principios y ofrecer cualquier información sobre Alicia y Marcos a cambio de su vida. Otra sonrisa de comadreja para un trato tan importante como conservar su vida. Pero Losada no contaba con que esta gente no estaba dispuesta a dejar cabos sueltos. Sería algo así como: «Gracias, Máximo, por la información, y como muestra de nuestro agradecimiento, por favor, acepte este buen regalo: una eutanasia a medida. Rápida y sin agonías innecesarias. Y gracias, Sergio, por portarte bien, pero tú también estás incluido. Y, por supuesto, gracias, Bruno».

Por fin te estás poniendo manos a la obra, maldito imbécil, por fin, me dije.

Lógica, pura lógica. El viernes mataron y torturaron a los Ramos. Se pasaron el fin de semana buscando al médico y, al no encontrarlo, el lunes por la tarde se fueron a ver a Máximo Losada a su negocio en busca de la información que no tenían. Con la dirección de Nigrán en las manos, se dirigieron a dar rienda suelta a su sadismo con Marcos y Alicia. El martes por la tarde me tocó a mí con un cartucho de dinamita y, poco después, se encargaron de Yolanda.

Más lógica. ¿Qué fue lo que el hombre gritó en el teléfono de Yolanda antes de matarla? «¡Me las pagarás tú y todos!»

Eso significa odio. Ese era el porqué. ¿Venganza? Sí. ¿Crueldad excesiva? También. ¿Y qué es lo que provoca la crueldad desmedida en una venganza? Que se esté vengando a un ser querido. Esa era la única explicación posible de que los asesinos disfrutasen con la tarea, que quisieran herir, mutilar y prolongar la agonía de sus víctimas y que incluso me llamasen para retrasmitirme la muerte de Yolanda. Eso me decía la lógica.

Pero la cuestión pendiente era: ¿qué estaban vengando aquellos malnacidos?

Dado que yo estaba incluido en las víctimas, solo podía haber un comienzo para este caos: mi parada en la carretera para ayudar a Yolanda y la ruptura de la mano de Marcos Varela. ¿Y cuál fue el resultado final de esa mano rota? Que Marcos Varela no pudo operar. ¿Pero a quién le importaba tanto como para matar? Pues por fuerza, a alguien a quien no pudiera operar. Pero ¿quién?

Me faltaba el quién.

Y el quién, por fuerza, tenía que estar relacionado con Máximo, pues de lo contrario, no irían a él por la información, porque no sabrían quién le prestaba el dinero a Marcos, ni siquiera su afición al juego. «Uno de mis mejores clientes. Incluso le he enviado algunos pacientes», me había dicho Máximo. Eso era, alguien a quien Máximo le había enviado a Marcos a su consulta y que un día necesitó esa mano inútil en el hospital para que le realizara una operación.

Incluso me aventuraría a más. Yolanda me había dicho sobre la intervención de Mariano Ramos: «le había dado un infarto y el viernes le tuvo que realizar un cateterismo de urgencia». Y cuando alguien irrumpe en una lista por sorpresa, ¿no hay otro alguien que por fuerza tiene que esperar? O, dicho de otro modo, ¿un paciente enviado por Máximo a Marcos a su consulta iba a ser operado el viernes en el hospital, se suspendió su intervención por el cateterismo de Mariano y acabó falleciendo al posponerse otra vez su entrada en quirófano porque yo le rompí la mano a Marcos esa noche?

Dejé la autovía en una salida y me detuve. «Crees que eres alguien, ¿no? Alguien grande, importante», resonó en mi cabeza. Sí, alguien importante por haber salvado a Yolanda y un desgraciado por haber matado a un allegado de aquella voz.

Esa era la clave.

Era plena madrugada cuando llegué a Mondariz. Había parado en un área de servicio a hacerme con un café negro y el último periódico que tenían de aquel día. Dentro de mi ático, me duché y caminé con una nueva actitud. Me di cuenta de que la noche anterior había llorado todo lo que tenía que llorar y que, si fuese una persona religiosa, hubiese rezado todo lo que sería preceptivo rezar. Incluso había cometido la torpeza de ir a la casa de

Alicia Suárez sin tener ni idea de lo que haría cuando llegase allí. ¿Qué hubiera pasado si no los hubieran matado? ¿Y si los hubiera encontrado intercambiando feromonas como gatos en celo frente al televisor?

Siempre me había enorgullecido de ser un hombre estable bajo presión, pero existía la posibilidad de que, en ese momento, estuviese lo bastante enajenado como para hacer algo que firmaría el tonto más tonto del mundo.

Maldito tonto, me susurró mi yo más sensato. Maldito tonto.

Era hora de volver a ser el policía que siempre había sido, de regresar a mi modo frío y sin corazón, a mi modo más profesional. Necesitaba recuperar mis ojos analíticos, necesitaba renunciar a cualquier emoción, renunciar a cualquier sentimiento, y hacer lo que fuese necesario. Lo que fuese necesario, me repetí. Tenía que desempolvar a ese viejo hombre de hielo que todavía me resultaba familiar. Tenía que hacerlo, al menos, hasta que toda esa locura hubiera terminado.

Y para ello, sobre todo, necesitaba apartarme del recuerdo de la sonriente cara de Yolanda.

Me senté en la mesa de mi cocina con mi café y miré el periódico. Su muerte había sido noticia en primera plana de El Faro de Vigo. El informe hablaba del asesinato de una mujer rica en un intento por robarle el coche. Explicaba que la habían matado a tiros y arrojado del coche en marcha. El vehículo se había encontrado a pocos kilómetros de distancia del cuerpo sin vida. El artículo también señalaba la teoría de unos ladrones que habían entrado en pánico y hablaba de la falta de huellas dactilares o testigos para avanzar en la investigación. Parecía un caso de violencia sin sentido y, por lo tanto, lo más probable era que también sin solución. Incluso pedían colaboración ciudadana, que llamase cualquier persona que hubiera visto algo o tuviese alguna información. Es decir, lo que se hace cuando no se tiene nada. Nada en absoluto.

Yolanda me miró desde una granulosa fotografía que acompañaba al artículo. Salía sonriente en aquella foto en blanco y negro. Me pareció injusto que la gente no pudiera ver el verde de esos ojos preciosos que tenía. La noticia terminaba con la mención de los servicios funerarios que habían programado sus hermanas.

Un funeral al que yo no asistiría.

—Lo siento, Yolanda. Hay cosas que se me dan mejor que rezar.

La miré durante mucho tiempo. Tanto, que cuando volví a la realidad, se me había enfriado el café.

12

El jueves por la mañana me levanté cuando aún no había amanecido. Me había resultado difícil conciliar el sueño y la razón no era ni el café tardío ni haber pasado la noche en el sofá del salón con una veintinueve descansando sobre mi pecho, porque esa posición no era nueva para mí. Lo que de verdad me mantuvo en vela fue que mi mente estaba atestada de pensamientos que rebotaban al azar y ninguno iba en línea directa. Durante toda la noche, desde que había regresado de la macabra excursión a la casa de Alicia Suárez, las conversaciones en mi cabeza se repetían una y otra vez y las caras de los protagonistas se abalanzaban sobre mí como si quisieran tragarme. Cuando me acerqué a la cocina para hacer café y ponerle algo de comida a Edward, mi cuerpo se sentía como si hubiera empezado y resuelto varios casos a lo largo de la noche y ese no era un buen inicio para el ajetreado día que había planeado.

Salí de mi ático sobre las ocho de la mañana. Por la ventana de mi cocina, vi que las nubes de la noche anterior no se habían querido marchar y el viento seguía soplando tan frío como entonces. Incluso los árboles parecían estar más deprimidos que el resto de los días. Bebí un café sin saborearlo en el bar de la esquina y dirigí mi Toyota hacia el Hospital do Meixoeiro.

Al llegar, fui directo al quirófano de Cardiología donde ejercía Elena Estévez. El día que habíamos hablado con ella Yolanda y yo nos había facilitado ayuda sin mucha reticencia, pero la información que necesitaba esta vez era demasiado privada y mucho más peliaguda de conseguir. Confié en que la reciente muerte de Yolanda la animase a colaborar sin hacer demasiadas preguntas, pero, sobre todo, necesitaba encontrar la estrategia necesaria, para que no se plantease ella misma cosas que yo no quería que se plantease.

La esperé a la salida del quirófano, mezclado entre los familiares de los pacientes, y tardó más de una hora en aparecer. En cuanto lo hizo, me abalancé hacia ella.

—Elena, necesito hablar con usted —dije sin rodeos—. Estoy seguro de que sabe lo que le pasó a Yolanda.

—¿Lucas? ¡Sí, qué horror! Es terrible, apenas puedo trabajar, no me lo saco de la cabeza.

Luego se puso rígida.

—¿Cómo pudiste permitir que pasara? ¿No estabas investigando el caso?

—Sí, pero esto es una locura. Ni la Policía ni yo tenemos idea de qué ha pasado. Estaba con ella —mentí—, fue un momento a su casa a coger algo de ropa y, cuando regresaba, alguien la secuestró y la mató. Fue como si nos estuvieran vigilando a la espera de su momento.

—¿Estás aquí porque crees que ha podido ser el doctor Varela?

Gran dilema. La primera trampa en forma de reproche la había solventado con soltura. La segunda requería un «sí» o un «no» del que podía depender el éxito o el fracaso de mi viaje. Sabía que necesitaba basar mi solicitud de ayuda en lo que ella creía y aposté al «no» sin dudarlo.

—Si le soy sincero, me cuesta mucho creerlo —dije, con una gran pesadumbre en mi tono—. En cualquier caso, no aparece y eso no le ayuda. Pero no, estoy seguro de que él no es el responsable de la muerte de Yolanda. Me niego a creerlo. Por eso, estoy comprobando todas las posibilidades, para ver si consigo dar con alguna pista. Y por eso, necesito su ayuda.

Me fijé en su rigidez.

—¿Qué es lo que necesitas?

—Sé que lo que le voy a pedir va contra las normas, pero me gustaría ver el listado de pacientes del doctor Varela los días anteriores a su desaparición.

—Eso no puedo facilitártelo.

—Es vital comprobar sus últimos movimientos para poder descartar su culpabilidad —dije, de un tirón, como algo rutinario.

Luego me puse aún más serio de lo que había estado hasta entonces.

—Elena, la Policía no tiene nada y aún no lo ha hecho. Me duele decir esto, porque yo formo parte de ella y le pediría que mi comentario quedase entre nosotros, pero mucho me temo que, si lo encuentran antes de tener alguna pista, tal como están las cosas, su prioridad será cargarle el asesinato de Yolanda sin más. Por eso quiero comprobarlo yo, porque a mí sí me interesa saber de verdad quién la mató. No quiero un culpable, quiero al culpable. No le pido una copia, solo que me deje ver ese listado para saber a qué horas estuvo aquí el doctor Varela esos días y a cuáles en su consulta privada. No tengo otra manera de seguir sus pasos.

Elena se quedó pensando un rato. Luego dijo, sin más explicación.

—¿Nos vemos como el otro día? ¿A las doce en la cafetería?

—Por mí, perfecto.

Cinco minutos antes de las doce, Elena cruzó la cafetería hasta mi mesa con un portafolio en la mano.

—Entiende que me estoy jugando el puesto y solo te facilito esta información porque eres policía. Espero que sepas hacer buen uso de ella y, sobre todo, que seas muy discreto.

—No tema, solo quiero ver sus movimientos. Si en algún momento alguien me pregunta cómo los he conseguido, nunca la nombraré a usted.

Ella dudó un momento antes de pasarme el portafolio y yo no quise presionarla. Al cabo de un par de segundos, me lo puso delante con disimulo. En él se veían todas las intervenciones quirúrgicas programadas para Marcos en el mes de octubre, con su hora y nombre del paciente. A sus ojos, yo me interesé por todas, pero en realidad, me centré solo en las del último día, el fatídico viernes doce de octubre.

Ese día constaban programadas dos operaciones: Alejandro Quintas García, un bypass. Y Josefa Castro Conde, otro bypass. Memoricé los nombres.

Luego señalé otro lugar, en el que se repetía un mismo nombre un día y al siguiente.

—¿Por qué este nombre aparece en dos días? —pregunté—. ¿Eso significa que Marcos no vino a trabajar el primer día?

—No, eso es porque hubo una urgencia, no había ningún quirófano libre, porque estaría ocupado, y se tuvo que retrasar hasta el siguiente la operación que tenía programada. Hasta cierto punto, es algo habitual.

Me fijé también en sus operaciones fijadas para el sábado y que era evidente que no había podido afrontar: Alejandro Quintas García y Antonio Franco Pérez. Pensé que, si estaba en lo cierto en mis deducciones de la noche anterior, el señor Alejandro Quintas era mi hombre.

Cerré el portafolio delante de mí y, cruzando las manos sobre él, llevé la conversación hacia los recortes que estaba sufriendo la sanidad pública. Necesitaba desviar la atención hacia un tema que a ella le interesara e, incluso, la cabreara lo suficiente como para que no pensase en nada más. Al cabo de unos minutos, cuando intuí que su tiempo para desayunar estaba próximo a acabarse y que no tardaría en despedirse de mí, volví a lo que me interesaba.

—Dígame una última cosa —dije—, solo por curiosidad, ¿en un hospital quién decide que se pospone la operación de un paciente para realizar la de otro por ser urgente? Siempre me ha resultado una incógnita.

—El equipo médico.

—¿El equipo? ¿Un médico por sí mismo no se puede negar a intervenir a un paciente? —pregunté, poniendo un tono de sorpresa—. Porque no le parece lo bastante urgente el estado del paciente, por ejemplo. O, al contrario, afrontar otra, porque bajo su criterio sí se lo parece.

La cara de Elena adoptó un rictus de seriedad como nunca había visto hasta entonces.

—Eso es imposible. Todas las decisiones en cualquier hospital del Sergas se tienen que ajustar a los protocolos de actuación y se toman en equipo. Si nos envían a un paciente desde Urgencias, lo recibimos en el quirófano y lo tratamos según el protocolo. Pero cualquier decisión se toma siempre entre varias personas. Y mucho más si, como dices, es una urgencia, porque entonces tiene que pasar por varios servicios.

Le devolví de manera disimulada el portafolio a Elena.

—Muchas gracias, Elena, le agradezco mucho su ayuda.

—No te preocupes, Yolanda se merece que encuentren a su asesino.

Se quedó callada un momento, y luego añadió:

—Antes no quise culparte de la muerte de Yolanda —se arrancó luego—. Supongo que no eras su escolta. Lo que ocurre es que me ha dolido mucho su muerte. Y como tú, no me entra en la cabeza que el doctor Varela pueda ser el responsable.

—No se preocupe, todos estamos muy afectados —dije.

Salí de allí y me dirigí de regreso al ático. Antes de subir, me paré en el bar de la esquina y pedí un café y los ejemplares de El Faro de Vigo atrasados. Necesitaba asegurarme de que estaba en lo cierto y no hay mejor manera de contrastar una investigación que llegar a la misma conclusión por dos caminos diferentes. Con los periódicos de las últimas semanas en la mano, me senté en una de las mesas y busqué los ejemplares de los días trece y catorce de octubre, sábado y domingo. Los dos días que siguieron a la rotura de la mano de Marcos Varela.

Revisé el del sábado, pero no encontré lo que buscaba. Luego fui al del domingo. Había más esquelas que el sábado y, al final de la página, hallé la confirmación que esperaba: el obituario de Alejandro Quintas García, de cincuenta y nueve años de edad. Decía que había fallecido en el Hospital do Meixoeiro en la madrugada del sábado trece de octubre. También que el entierro estaba programado para el lunes siguiente y que el cuerpo se velaría en el tanatorio del hospital.

Me quedé mirando aquella esquela y pedí un Jack Daniels con mucho hielo.

Ya tenía el nombre del difunto, pero el asesinato no es un entretenimiento de los muertos, sino de los vivos, y a estos aún debía encontrarlos.

La señora que estaba detrás de la barra me cargó la copa como pocas veces había visto hacer en un bar y más parecía un bourbon doble que uno sencillo. Quizá la expresión de mi cara hablaba con más claridad que mis palabras sobre la necesidad de una segunda copa. En todo caso, le dediqué una sonrisa de agradecimiento y tomé un trago generoso. Sentí como el bourbon bajaba por mi esófago centímetro a centímetro, hasta asentarse en mi estómago. Después me dispuse a dejar que el hielo se derritiera.

Durante un momento, recordé los ojos verdes y el cabello rojizo de Yolanda, y ese cuerpo precioso enrollado sobre sí mismo al lado de un coche aparcado. También pensé en cadáveres colgados, y en otros atados a las camas, y en un hombrecillo con cara de comadreja que sabía lidiar con los problemas como nadie hasta que se encontró con alguien que no respetaba ni los tratos ni la vida humana.

Entonces mi mente embarrada se dirigió hacia otros muertos de mis tiempos más turbulentos, algunos de los cuales yo mismo había enviado a su viaje eterno. Sus caras flotaban frente a mí como salidas de una película en blanco y negro de Humphrey Bogart. Todos tenían una expresión desconcertada, como si quisieran encontrar su sitio en este caso y no lo encontraran. Como si fueran fantasmas pugnando por entrar en el presente para cobrarme sus deudas.

No estaba dejando que el hielo se derritiera. Ordené otro bourbon y me juré que iría más despacio en el segundo asalto. También que sería el último. Necesitaba estar despejado aquella tarde, así que maté aún más tiempo leyendo periódicos viejos. Es increíble lo mucho que las noticias no cambian. Parece que el mundo sea un carrusel que no hace más que girar y girar pasando en cada vuelta por la misma posición. Podemos pensar que el mundo se ha vuelto loco, como decía Yolanda, pero no es más que la misma historia que ya vivimos no hace mucho y que nos provocó la misma sensación. Quizá la razón sea porque la locura que reina en el mundo sea innata al ser humano.

Estás amargado, Lucas, me dije, quizá te sobren los motivos para ello, pero ahora mismo no es un lujo que puedas permitirte. Olvídate de tus sentimientos, olvídate de tus emociones y olvídate de tus recuerdos. Olvídalos, como mínimo, hasta que toda esta locura termine.

En cuanto acabé el segundo Jack Daniels, subí a mi ático y, después de ducharme y vestirme, saqué un gorro polar y me cubrí la cabeza para salir al exterior. También cogí del trastero una luz ámbar intermitente que hacía mucho que no había usado, pero que más de una vez me había servido de camuflaje. Ese día la volvería a necesitar.

Salí a la entrada y me encontré con mi vecino del ático de al lado. Asentimos con la cabeza y su expresión de curiosidad me indicó que mi aspecto exterior reflejaba con exactitud la imagen que yo quería dar. Iba vestido con vaqueros azules y llevaba una camisa de manga larga de color gris, a juego con la gorra, junto con unas botas de montaña del mismo color que eran lo más parecido a unas botas de trabajo. De camino, me detuve en una librería en Ponteareas y compré un portafolio y un par de bolígrafos para poner en el bolsillo de mi camisa. Parecía un presentador de un programa de bricolaje barato de una televisión local.

Poco después, encontré un lugar de alquiler de furgonetas a la entrada de Vigo, casi enfrente del propio Meixoeiro. Miré los vehículos que tenían antes de entrar y elegí una Partner blanca. La alquilé y estacioné el maltratado Toyota en el lugar que me indicaron. Parecían preocupados porque sintiera tentaciones de abandonar allí al pobre, hasta que les aseguré con firmeza un par de veces que volvería seguro a recogerlo. O quizá lo que temían de verdad y no se atrevían a confesar era que devolviera la Partner en esas mismas condiciones.

Un poco más adelante, descubrí una gasolinera que tenía una guía telefónica local y encontré la dirección de tres «Quintas García» en Vigo, pero solo uno cuyo nombre de pila fuese una «A». Estaba domiciliado en A Riouxa, una zona de casas unifamiliares mezcladas con edificios de poca altura. Me dispuse a buscar la dirección.

La localicé casi al final del barrio, donde ya no había edificios y lo que se entremezclaban entre las casas individuales eran auténticas chabolas y campos de hierba sin atender. La mayoría de las casas tenían la pintura descascarada y algunas de las que habían sido blancas parecían grises. Como es el caso en estas partes deprimidas de las ciudades, solo unas pocas de las viviendas individuales se veían en buen estado y con el mantenimiento adecuado.

La casa de los Quintas era una de las más desaliñadas. Había un coche sin ruedas en el patio lateral, una puerta mosquitera rota antes de la principal y en el balcón se veían un refrigerador abierto y algunas sillas de playa rotas. Me sorprendió que, en cambio, tuviera una rampa para discapacitados que ocupaba la mitad de la anchura de los escalones del porche.

Aparqué en el lado opuesto de la carretera y me quedé sentado unos minutos en mi Partner de alquiler. No había forma de saber si había alguien en aquella casa, porque todas las ventanas tenían persianas y estaban bajadas. Necesitaba mirar más de cerca, así que coloqué mi luz ámbar encima del auto, justo en el medio del techo, pero no la encendí. Era la porción de aspecto oficial que quería imprimir al vehículo para que pasase sin problema por uno de una compañía de servicios públicos o del propio ayuntamiento.

Me bajé la gorra gris de la frente, salí y paseé por la acera con el portafolio en mis manos, sin perder de vista la casa Quintas. Cuando estaba al otro lado de la calle, me volví hacia ella y fingí inspeccionar el poste de electricidad que estaba en la esquina delantera del patio. No se apreció movimiento alguno en la casa, solo el ladrido de un perro dentro.

Estaba dudando si mi sombrero me disfrazaba lo suficiente, cuando me di cuenta de que en una casa próxima se movía una cortina en la ventana principal. Tras ella, se adivinaba una pequeña cara rodeada de pelo blanco. Esa era la única persiana de esa casa que no estaba bajada por completo. Cuando la pequeña cara se dio cuenta de que la había descubierto, se fue.

Paseé unos minutos más por la acera. De nuevo, el rostro redondo apareció bajo el amarillo sol otoñal. Aquella cara era el único signo de vida humana allí, así que crucé la calle, subí por la entrada principal y llamé a su puerta. Escuché pasos dentro, luego la cortina de la entrada retrocedió y la cara apareció tras ella. Era una mujer enclenque de unos setenta y muchos años, por lo menos. Tenía la cara arrugada y sus manos estaban cubiertas de manchas de las que cuesta muchos años conseguir. Sus ojos agudos eran de un gris pálido y se veían mucho más jóvenes que ella. Su aspecto era entrañable.

Le llevó un tiempo abrir la puerta.

—¿Sí?

Le ofrecí la mejor de mis sonrisas y sostuve mi portafolio de aspecto oficial.

—Hola, me llamo Raúl Salgado y trabajo para Endesa. Estoy haciendo algunas comprobaciones para estudiar una mejora en los servicios eléctricos de la zona, y necesitaba hablar con los... —estudié un papel del portafolio— Quintas. Pero no hay nadie en casa. ¿No sabe si están?

—No has llamado a su puerta.

—¿Eh? Sí, sí lo hice.

—No, no has llamado a su puerta.

— Bueno, no, pero es obvio que no hay nadie.

—¿Por qué estás tan seguro de que no hay nadie en casa?

—Porque está todo cerrado.

—Puede que no les guste la luz del sol.

—Bueno, verá, es que hay un perro ahí abajo, señora, y...

—No te morderá, está atado. Es un perro, pero está atado y es inofensivo. Es un perro de caza. Debería estar buscando rastros de conejos, pero nadie en ese lugar lo saca a pasear.

—No sabía eso.

—Eso es porque no llamaste.

Ya no me parecía entrañable. Quería retorcerle el cuello.

—Sí, verá, me gustaría preguntarle...

—Milagros.

—¿Disculpe?

—Soy la señora Milagros. ¿No es lo que me ibas a preguntar?

—No, no quería... Bueno, sí, pero...

—Es lo triste. Al pobre perro lo sacaba a pasear Alejandro, pero murió y ahora ya no lo saca nadie. Tendría que hacerlo el Loren, pero no se molesta. Eso sería demasiado trabajo para él, porque es tan vago como grande.

—¿El Loren?

—Sí. Ve a hablar con ellos. Te gustará conocerlo.

—Señora Milagros...

—Ve a hablar con ellos —dijo ella, pero no como manera de deshacerse de mí, sino exponiendo un hecho—. Intenta llamar a la puerta.

Tenía la sensación de que no había nada en esa calle que no fuera asunto suyo y también de que estaba a un segundo de cerrarme. Así que tuve que centrarme en sus resentimientos por ese tal Loren e intentar jugar con ellos.

—Señora Milagros, voy a ser honesto con usted, no trabajo para la compañía eléctrica.

Miré hacia arriba y hacia abajo de la calle, luego busqué en mi bolsillo, saqué mi placa y se la enseñé casi a escondidas. Antes de que ella pudiera echarle un vistazo detenido, la guardé.

—Soy policía.

—Me lo había imaginado —dijo, con una naturalidad pasmosa.

—¿Puedo pasar?

Abrió la puerta de un golpe.

—Me lo imaginé desde el principio —dijo de nuevo.

Me guio a través de un largo pasillo hasta la cocina. Tenía una pequeña mesa, quizá de los años sesenta, con una tapa verde moteada y patas cromadas. Me senté en una silla con un cojín del mismo color que el tablero de la mesa. Ella se sentó frente a mí. A través de una ventana, podía ver el patio delantero de los Quintas, más allá de un terreno cubierto de hierba.

Milagros me estudió durante un rato antes de doblar las manos sobre la mesa.

—Siento haber sido tan poco amable —dijo ella—. No me gusta ser demasiado confiada con los extraños.

—Tiene toda la razón, señora Milagros. La entiendo.

—Tal vez no debería hablar de los demás —dijo—. Soy una mujer muy creyente, lo he sido toda mi vida, aunque cada vez me es más difícil ir a misa. Mi hijo me quitó mi Citröen, porque dice que ya no puedo conducir. Ojalá alguien le quitara el suyo. Mi otra hija viene y me lleva los domingos a la iglesia, pero yo no quiero molestarla. He conducido desde que mi marido murió y ahora mi hijo dice que no puedo hacerlo. De todos modos, tal vez no deba hablar sobre los Quintas. Siempre han sido muy amables conmigo, incluso el Loren.

—¿El Loren?

—Sí, Lorenzo Quintas. Aunque todo el mundo en el barrio le llama el Loren.

Me quité la gorra y me rasqué la parte de atrás de la cabeza.

—Señora Milagros...

—Mila.

—Mila. No quiero que se preocupe por nada de lo que me diga, todo quedará entre nosotros. Y no son los Quintas lo que me preocupa, al menos por ahora. Estamos siguiendo a algunos de los amigos del Loren y, aunque no creemos que él esté metido en el caso que estamos investigando, tenemos que comprobarlo de todos modos. Es un algo rutinario.

—¿Ese caso tiene que ver con drogas?

—Bueno... Sí.

—Vi en tu placa que eres de un cuerpo especial.

Asentí con una media sonrisa.

—Odio las drogas —dijo—. Hacen mala a la gente.

—Sí, señora. ¿Qué puede decirme de los Quintas? ¿Me dijo que Alejandro murió? ¿Quién era?

—Alejandro era el padre, el marido de Aurora. Hace algo más de una semana falleció cuando estaba en el hospital. Iban a operarlo, pero antes de que lo hicieran, murió mientras dormía. No pude ir al tanatorio a verlo, pero fue mi hija y me dijo que estaban todos muy afectados, porque no se lo esperaban. Había tenido otro infarto hacía poco, pero se había recuperado bien. Al parecer esta vez fue más fuerte y le dio mientras dormía. No se enteró nadie hasta por la mañana, que las enfermeras lo encontraron cadáver. Lo siento mucho por Aurora, que lleva bastantes años en silla de ruedas y necesita que alguien la cuide todo el tiempo. No es que Alejandro fuese un marido ideal, pero como no trabajaba, a veces se encargaba de ella. Aunque la verdad es que Alejandro era un borracho y un jugador. Heredó mucho dinero, pero se lo gastó enseguida.

—¿Herencia?

—Sí, su difunto padre era dueño de unas tierras que acabaron siendo una urbanización. Llegó un contratista, se las compró y le dio bastante dinero, según dicen. Entonces dejó de trabajar para cuidar a Aurora, pero todo lo que hizo fue emborracharse y jugar. Perdió el dinero en poco tiempo y luego ya no quiso volver a buscar empleo. Bueno, él decía que sí y que no lo encontraba, pero yo creo que si quisiera trabajar, seguro que sí hubiera encontrado.

Pensar en ello le hizo mover la cabeza.

—¿Y ahora quién cuida de ella? —le pregunté.

—El hijo más joven, Daniel. Es el único que siempre se ha preocupado por ella, pero trabaja como obrero para una de esas empresas que hacen el AVE y tiene que contratar a una mujer para que se quede con su madre durante el día. El Loren no le ayuda en nada, porque siempre está en la calle. El pobre Daniel ni siquiera tiene tiempo de encontrar una buena chica con la que casarse.

—¿No tienen más hermanos?

—No, solo esos dos y son como el día y la noche.

—¿Y dice que el Loren no hace nada?

—Qué va. Todo lo que hace es hablar y hablar y andar por ahí con un montón de gente que es igual o peor que él. ¿Dices que estás investigando a unos amigos suyos? Bueno, pues en mi opinión, cualquiera de ellos podría estar drogado o traficando con drogas. A veces, el Loren o uno de los otros consiguen un trabajo el tiempo suficiente para recibir asistencia social y luego lo dejan. Supongo que estaba esperando el dinero de su padre, pero creo que ya ha descubierto que solo ha dejado deudas.

Se inclinó hacia delante y bajó la voz como si me estuviese pasando un secreto.

—Me dijo mi hija que en la funeraria le contaba a todo el mundo que su padre estaba arruinado y que murió por un descuido en el hospital. Decía que operaban a la gente antes que a Alejandro solo porque no eran ricos y que lo dejaron morir. En fin, un montón de tonterías. El Loren siempre le está echando la culpa a los demás de todo lo que le pasa. Tiene excusa para todo.

Ella agitó su cabeza.

—No soporto a la gente que no quiere trabajar —continuó—. Como siempre digo, hay personas que llevan mucho trabajo para conseguir vivir sin trabajar y Lorenzo Quintas es una de ellas.

Grande y vago como su padre. Es que no hay más que verlo, con el pelo largo y sucio, camisetas viejas y tatuajes horribles en sus brazos. Tiene a una mujer desnuda y otro de una serpiente con los ojos ardiendo. No entiendo cómo alguien tiene algo así en su cuerpo.

Sentí que me daba un vuelco el corazón.

Grande, con el pelo largo y esos tatuajes, una mujer desnuda y una serpiente con los ojos en llamas. Lo había visto en la sala de espera del hospital, en el grupo que estaba de luto al otro lado de la habitación de la solitaria anciana. Y ahora sabía que su grupo estaba de luto por el querido padre, que se había ido sin dejar dinero por culpa de un médico que se dejó sobornar y luego se rompió la mano. Me pregunté si sus lágrimas aquel día serían por el padre o por la herencia que se había gastado.

Mila todavía seguía hablando.

—Supongo que el Loren se quedará con su novia, que es como él. Más de una vez, Alejandro tuvo que sacarlo de la cárcel cuando aún tenía dinero. Ahora supongo que le tocará la cruz a Daniel. No está bien que lo diga, pero entiendo que la Policía los esté investigando.

—Mila, dígame una cosa. ¿Cree que el Loren y sus amigos son una especie de pandilla? ¿Como los *skinhead*?

—¿*Skinhead*? ¿Te refieres a esos tontos que van con la cabeza pelada? No, no. Él y sus amigos no dan para tanto, son unos *aparvados*, sin más. ¡Eso es lo que son! Unos *aparvados*.

Y entonces conocí de verdad a la señora Milagros. Era como mi abuela. Una buena persona con un corazón preocupado, que siempre piensa que los demás tienen la obligación de ser decentes. En su mundo inocente, les cuesta encontrar palabras para describir a alguien que es malo y, uno de los términos más duros que pueden usar, es el que ella acababa de decir: *aparvados*. Ser un *aparvado* es el calificativo más duro que le pueden aplicar a una persona. Eso fue lo que la abuela me llamó cuando estaba pensando en hacer tonterías de las que me podía arrepentir más adelante, fruto de mi juventud.

«¡Lucas, eres un *aparvado*!», me dijo. Y, puesto en su boca, me hizo reconsiderar más que la bofetada que sabía que nunca me iba a dar. Para ella, ser un *aparvado* era ser, al mismo tiempo, malo por lo que hacías y tonto por las consecuencias negativas que te iban a reportar tus actos.

—¿Quieres beber algo? —estaba diciendo Mila—. Que no te he ofrecido nada.

—No, gracias.

—Te llamabas Raúl, ¿no?

—Sí, Raúl. Raúl Salgado.

Entonces, nuestra atención se desvió hacia la casa de los Quintas. Dos personas salían por la puerta principal. Había visto a las dos en el hospital. Eran el hombre bajo, con coleta y la cara puntiaguda y la señora mayor en la silla de ruedas. Él vestía una camisa de franela y vaqueros. Ella llevaba de nuevo un vestido floreado, igual que la última vez. El chico la empujó con cuidado por la rampa y luego se la llevó por la acera paralela a la carretera, inclinándose de vez en cuando para comentarle algo.

—Esos son Daniel y Aurora —dijo Mila—. Supongo que hoy no ha ido a trabajar. Siempre la lleva de paseo cuando está en casa. Es triste verla así. Siempre fue una mujer tan sana, siempre yendo de un lado a otro y apurada porque no le daba tiempo a hacer todo lo que quería hacer. Y ahora...

Los vi pasear por la acera. Se detenían de vez en cuando para inspeccionar un árbol con sus hojas caídas. A lo lejos, se detuvieron a hablar con unos niños que jugaban en medio de un patio de chatarra y casi sin querer se perdieron de vista.

Miré a Mila y empecé a temer que tal vez la había puesto en riesgo. No creía que alguien me hubiera reconocido, pero no podía estar seguro al cien por cien.

—Mila —le dije—, tengo que irme. Por lo que me ha dicho, no creo que nadie de los Quintas esté involucrado en las actividades que estamos investigando. Lorenzo no parece el mejor ejemplo de buen chico, pero nada nos hace pensar que esté metido en algo ilegal. Mi única intención hoy era hablar con ellos, pero me basta lo que me ha dicho usted. Eso sí, tiene que mantener en secreto todo lo que hemos hablado. Cualquier filtración podría poner en peligro nuestra operación, porque, aunque no esté involucrado, puede irse de la lengua y llegar hasta oídos de otra gente.

—Sí, es un *bocachancla* como su padre.

—Por eso se lo digo. No deje que nada llegue a oídos de los Quintas ni de nadie. Eso es importante. ¿Tengo su palabra?

—Suena como si pensaras que soy una vieja chismosa.

—En absoluto. Creo que es usted una buena persona.

Se acomodó en la silla y sonrió satisfecha.

—Prometo no decir nada a nadie, tienes mi palabra —dijo.

—Eso es suficiente para mí, Mila.

Arranqué una hoja de papel del portafolio, me levanté y escribí mi número de móvil en ella, dado que ya tenía decidido desempolvarlo del cajón esa misma noche.

—Este es mi número —le dije—. Guárdelo donde nadie lo vea. Puede llamarme a cualquier hora del día o de la noche. Sobre todo, si alguien le está molestando, aunque no parezca importante. Lo que sea, ¿entendido?

Ella asintió.

Me dirigí hacia la puerta, sin darle la oportunidad de volver a hablar. Quería llegar a la Partner y salir de allí antes de que Aurora y su hijo regresasen. Le hice un saludo rápido de despedida a Mila y luego me apresuré a subirme a la furgoneta alquilada.

Sentía que me hervía el cerebro. Las deducciones de la noche anterior ya tenían el dato que les faltaba. A mi regreso, dejé la Partner en la empresa de alquiler y recuperé mi viejo Toyota. La sonrisa de la dependienta al verme de nuevo con su vehículo intacto me resultó clarificadora.

Cuando llegué a mi ático, comprobé la moqueta, que había aspirado antes de salir, y todavía estaba con el pelo de punta, salvo por las pequeñas pisadas de Edward. Así que fui a la mesa de la cocina con un bolígrafo, papel y la veintiséis. Coloqué uno al lado del otro y me puse a escribir los nombres de las personas que aquella locura se había llevado por delante, como esquema básico de los detalles de un caso que ya estaba completo.

MARIANO RAMOS y su mujer ISABEL. Asesinados en cuanto Mariano recibió el alta, por un tal Lorenzo Quintas, alias «el Loren», un desecho humano que culpaba a los demás de todos sus problemas. Lorenzo sabría cuándo estaba previsto que su padre entrase en quirófano por primera vez y no le habría resultado difícil averiguar quién ocupó su lugar, porque los nombres de los pacientes están en las camas. A la familia de Alejandro, sin duda, le habían dicho que había surgido una urgencia y hasta es posible que hubiera sido el propio Marcos Varela quien se lo comunicó. El dinero de los Ramos no hizo sino reafirmar el victimismo del Loren para pensar que fue un soborno. Así que, cuando el querido papá murió, su descendiente culpó a ese rico hijo de puta. «Se creen mejores que nosotros solo porque tienen dinero», me lo imaginaba gruñendo. Las dos primeras víctimas de su venganza.

MARCOS VARELA. El médico sobornado. En la cabeza del Loren, la operación quirúrgica de Alejandro se pospuso un día por un soborno. Por si fuera poco, luego Varela salió esa noche y se rompió la mano y tampoco pudo operarlo al día siguiente. Resultado final: mientras esperaba a que le asignasen a otro cirujano, Alejandro sufrió un nuevo infarto y murió. El Loren comenzó haciendo llamadas amenazantes al móvil de Marcos, porque su padre tenía el número en la agenda al ser paciente de su consulta privada. O más bien mensajes, porque las llamadas no las contestaría. Como estaba escondido, consiguió de Máximo la dirección de la casa de Alicia y decidió continuar con su particular cruzada del diablo.

ALICIA SUÁREZ. También cliente de Máximo, presentada por el doctor Varela, su nuevo novio. Máximo pasó la dirección de Alicia con intención de satisfacer al Loren. El delito de Alicia fue esconder al médico, el punto de partida de todos sus problemas. Eso la hizo acreedora del mismo trato que a su novio por parte del Loren. O, en todo caso, era una chica bonita y, puestos a divertirse, ella ampliaba horizontes.

MÁXIMO LOSADA y sus sicarios BRUNO y SERGIO. Alejandro Quintas ya se había gastado la herencia y era un buen cliente. Cuando tuvo problemas cardíacos, Máximo lo envió al doctor Varela. Luego sufrió un infarto y fue el mismo doctor el que le iba a realizar un bypass en el hospital. Por lógica, el Loren sabría quién era el prestamista del viejo. Así que cuando Marcos desapareció y la sed de sangre del Loren tomó el control, fue a visitar a Máximo en busca de la información que necesitaba.

Máximo murió por ser un cabo suelto que el Loren no quería dejar. Zipi y Zape solo acompañaban a la persona equivocada, o quizá sirvieron como medio de presión adecuada para hacer hablar a Máximo.

YOLANDA SIERRA. Era la más difícil de relacionar. En la cabeza del Loren, si ella no hubiera enfadado a su marido, su mano no se habría dañado y Marcos podría haber operado a su querido padre. La llevaron al mismo hospital que Alejandro y, siendo el nido de rumores que describió Elena Estévez, no sería difícil captar los susurros sobre quién era, por qué estaba allí y por qué el doctor se había roto la mano. O quizá, lo único que sabían era cómo se rompió la mano Marcos y se encontraron con ella cuando, en un primer momento, fueron a llamar a Varela a su casa.

LUCAS ACEVEDO. El buen samaritano entrometido y, por el momento, el único que sobrevivía. Pobre, estúpido y patético. Salvó a la mujer para que después la arrojaran de un coche en movimiento con un tiro en la cabeza. ¿Para eso le rompió la mano al médico? Dado que la dinamita en mi piso fue puesta el martes, lo más probable era que mi dirección se la diera Máximo. Marcos la habría averiguado en el hospital, por mi ficha de ingreso, y se la facilitó a Máximo cuando le pidió que me fuesen a dar una paliza.

Miré con tristeza los nombres que había escrito, en mayúsculas y con un interlineado perfecto. Una lista macabra, porque cada nombre indicaba un alma segada por un primitivo verdugo llamado Lorenzo Quintas. Me imaginé una muesca por cada vida cobrada debajo de la mujer que llevaba tatuada, o quizá de la serpiente. De ser así, faltaba la última: la mía. Lo había intentado con métodos más contundentes, aunque menos cruentos, pero aguanté el envite.

En cualquier caso, resultaba obvio que conmigo no habían querido divertirse, sino cumplir el expediente sin más. No sabía si sentirme halagado u ofendido, pero en todo caso tenía claro que lo volverían a intentar. Alguien que tiene un odio tan profundo y ciego no se siente saciado en su sed de sangre y venganza hasta que completa el trabajo. Una vez que una persona como el Loren deja salir al monstruo por la puerta es imposible que lo arrastre de nuevo adentro. No hace falta más que ver la limpieza étnica en la antigua Yugoslavia, los enfrentamientos entre hutus y tutsis en Ruanda o los antiguos campos de concentración nazis. Segar vidas humanas se convierte en la peor droga. Además, en esta mierda de mundo, matar a una persona te convierte en un asesino, matar a dos o tres, en un loco, pero cuando te cargas a muchas, adquieres la categoría de celebridad.

Al final, me di cuenta que me había resultado mucho más fácil de lo que pensaba encontrar a Lorenzo Quintas y compañía, porque no dejaban de ser meros idiotas por muchas armas que manejasen. Mi ceguera por Yolanda y mi odio hacia Marcos les había concedido una suerte de la que no eran merecedores. Ya solo me restaba anticiparme a ellos para conservar mi vida.

Y eso era algo que haría con gusto.

13

El viernes veintiséis de octubre me levanté temprano y con ganas de hacer mi equipaje. No tardé mucho en acabar, porque todo lo que necesitaba era ropa, dinero, algunas herramientas y la caja de seguridad que guardaba debajo de mi cama. Dentro de esa caja había un pequeño estuche de cuero lleno de utensilios para abrir cerraduras y un poco de C-4, un explosivo plástico similar a la arcilla que puede moldearse a gusto y detonar mediante un mecanismo electrónico.

Conseguí el C-4 de un traficante y olvidé entregarlo por un imperdonable descuido. No lo necesitábamos como prueba y se veía limpio, tan limpio que parecía que podía incluso eliminar la suciedad que tuviese alrededor. Y por aquella época, el milagro de cada día consistía en mantenerme a flote en el océano de mierda que era mi vida. Pensé que lo necesitaría en algún momento. Al final, conseguí llegar a la orilla por mis propios medios y lo guardé a la espera de un futuro chapuzón en alguna otra fosa séptica vital. Era evidente que había llegado el momento de rescatarlo.

Por último, le llené el comedero a Edward y añadí más pienso en una olla al lado, porque la realidad era que no sabía cuándo volvería, ni siquiera si lo haría. Cuando acabé de preparar todo, volví a aspirar la alfombra y coloqué la aspiradora en mi maleta, junto a las herramientas. Temía que alguien me hubiera tomado la medida de mi secreto.

Salí de Mondariz y me dirigí hacia el centro de Vigo para hacer una visita al bufete de Tomás. Era la una de la tarde de ese viernes. Clara me ofreció una sonrisa nerviosa y, sin consultarlo con él, me dijo que entrara. Mi amigo se quedó inmóvil detrás de su escritorio cuando me vio. Su cara denotaba preocupación.

—Lucas, siento lo de Yolanda —dijo—. Ha sido terrible. Parecía tan viva y buena persona. Si hay algo que pueda hacer...

—Como te dije en alguna ocasión, Tomás, ella era solo una amiga. Nada más. Y doy fe de que te tenía en alta estima.

—¿Qué te ha dicho la Policía?

—Nada. Estuve en la escena con ellos, pero no confiaban mucho en mí. Después no me han llamado. Desde un principio se inclinaron por un robo y no fui capaz de conseguir que cambiaran de opinión.

—¿Y Varela?

—Todavía no lo han encontrado, lo que resulta curioso. Se mueren de ganas por hablar con él, pero no tienen ninguna prueba que lo relacione.

—El cónyuge es siempre el primer sospechoso y no debería haber duda con este.

—Lo están mirando.

—Maldita sea... ¡qué mes! Mariano Ramos y su esposa, buenos amigos míos. Y ahora, Yolanda. Esta ciudad se está yendo al infierno casi sin que tengamos tiempo para asimilarlo.

Asentí con la cabeza. Él me hizo un gesto para que me sentara.

—Desde que me enteré, he estado tratando de llamarte —dijo.

—Me resulta difícil estar en el ático, se me cae encima. Eso sí, he rescatado mi teléfono móvil, aunque la verdad es que no me apetece mucho hablar con nadie.

Me miró durante un largo rato.

—Tú y yo sabemos que tuvo que ser Varela —dijo—. O alguien a quien contrató.

—Sigo pensando eso, pero me da la sensación de que es demasiado obvio. No lo sé, Tomás, quizá solo sea una maldita coincidencia.

—Tal vez. Pero...

—Tengo que pedirte un favor —le dije.

—Claro.

—Necesito alejarme por un tiempo. Quiero un poco de silencio. Entre lo que dejé atrás en Madrid y esto, estoy agotado. Necesito tiempo para ordenar ideas y poner cada cosa en su sitio dentro de mi cabeza. Por eso, quería preguntarte si me permites quedarme en tu cabaña unos días.

La cabaña, un término apropiado para una pequeña casa de no más de cien metros cuadrados, planta única y situada en las profundidades de la península de Hío, rodeada de bosque y con el mar ofreciendo una pequeña cala privada a la que solo se accedía descendiendo por un estrecho sendero. El terreno era lo bastante elevado como para evitar los temporales y por toda la finca había robles y encinas que rodeaban la casa hasta casi engullirla. El vecino más cercano vivía a más de un kilómetro atravesando colinas y árboles.

La cabaña había sido construida por el anterior propietario y, cuando Tomás la adquirió, se encontraba en muy mal estado. El techo se había caído en el centro y el piso del porche estaba podrido. Con sus propias manos suaves de abogado, pasó los fines de semana clavando madera nueva para techos y saneando las paredes. Solo contrató a alguien para poner las tejas. Él mismo lijó y enceró el piso y reconstruyó el porche a su gusto.

Justo antes de partir para mi último caso en Madrid, me llevó a una barbacoa en la finca. Acababa de empezar las reformas. La barbacoa solo fue una excusa para echarnos unas risas, como siempre, pero también para mostrar con mucho orgullo su destreza en carpintería. Me ofrecí voluntario para ayudarle un fin de semana, pero dijo que no, que aquello era algo personal para él.

La cabaña y la finca eran la única extravagancia en su existencia estructurada, de planeada jubilación a los cincuenta años, y no dudo que cuando dejase el bufete aquel sería uno de sus lugares de descanso preferidos. Apostaba a que el día después de bajar la persiana y dejar a todos los sinvergüenzas de la ciudad abandonados a su suerte, él y su mujer venderían el piso en Vigo y alternarían su residencia entre la cabaña, los meses de verano, y un ático en Cádiz con vistas a La Caleta durante el invierno.

Después de mi pregunta, metió la mano en su bolsillo y sacó dos llaves de su llavero.

—Para la cerradura de entrada a la finca —dijo, poniendo la más pequeña en su escritorio.

Luego me miró durante un segundo y puso la segunda al lado.

—Para las puertas de la cabaña —continuó—. La puerta delantera y la trasera abren con la misma llave.

Nunca sacó la mano por completo del escritorio y, cuando asentí y fui a cogerlas, puso su dedo índice encima de ellas. Yo me detuve a mitad de camino.

—Te quiero como a un hermano —dijo con sus ojos fijos en los míos—, pero tengo que preguntarte: ¿Descansar y ordenar ideas, Lucas? ¿Eso es todo?

Sostuve su mirada.

—Sí, eso es todo.

Me midió durante varios segundos, luego levantó el dedo y se inclinó hacia atrás en su silla.

—Cuídate —dijo.

Hice una última parada en una tienda de seguridad antes de abandonar la ciudad. Adquirí una alarma con su caja de teclados y pantalla digital y pagué un extra para que la programaran con un retardo de cinco minutos cuando se abriera cualquier puerta o ventana del lugar. Ellos mismos ofrecían la instalación y el mantenimiento de los equipos que vendían, pero los convencí de que yo tenía los conocimientos técnicos necesarios para instalar lo que había comprado y que renunciaba a la garantía.

Después llamé a Antonio Fidalgo. Su voz seguía sonando malhumorada. Le expliqué que me iba de la ciudad unos días, pero que no estaría lejos, y le di mi número de móvil.

—¿Crees que necesitaré hablar contigo, Acevedo? —preguntó.

—Conozco las reglas, Antonio, eso es todo.

—No me has contestado.

Lo dejé pasar.

—¿Alguna noticia del asesinato de Yolanda? —le pregunté.

—Daremos a conocer esa información en su momento —dijo.

No respondí y se hicieron unos segundos de silencio entre nosotros.

—Bah, a la mierda —dijo tras ellos—. No, Lucas, no tenemos nada y todavía no hemos encontrado a Varela. Interrogué a su familia y amigos, y nada. Creo que ellos tampoco tienen ni puta idea de dónde está. Su manera de actuar no le ayuda, Acevedo, pero tampoco tenemos algo que lo convierta en culpable, porque no hay testigos en el lugar. Te juro que nada tiene sentido en este caso. Al menos, desde mi punto de vista no se lo encuentro. Esto es un desastre, la ciudad se ha cubierto de sangre, los de arriba están de los nervios y nosotros no tenemos ni culpables, ni pistas, ni lógica alguna para lo que está pasando. Un desastre, Acevedo, esto es un desastre. Todo dicho entre tú y yo, por supuesto.
—Entiendo.
—¿Tienes sitio para dos en tu viaje?
—En el fondo, no quieres irte, Antonio. Ya te conozco un poco y no eres de los que abandona el barco por fuerte que arrecie la tormenta.
—Supongo que tienes razón.
Me despedí deseándole suerte en su investigación y él quedó en avisarme si había alguna novedad.
Salí de Vigo, crucé el puente de Rande y tomé la autovía que cruza la península de O Morrazo de punta a punta. Cuando se acabó, tomé la nacional y más tarde un vericueto de carreteras comarcales hasta que encontré el empedrado camino que acababa en la finca de Tomás. Usé la llave pequeña que me dio para abrir la puerta metálica de la entrada y entré sin problemas.
Luego fui tragado por el bosque durante poco menos de un kilómetro y sentí que los robles y las encinas se arremolinaban sobre mí como si quisieran intimidarme a mi llegada. Aparqué el Toyota al lado de la cabaña y seguí a pie hasta el inicio del camino que bajaba a la playa. Era una pequeña cala rodeada de rocas, lo que suponía que la finca y el mar constituían las únicas vías de acceso a ella. Desde allí pude ver el mar, resplandeciente y de un intenso color azulado, agitado con mesura por la brisa y que invitaba a sentarse a su lado y olvidarse del resto del mundo. Quizá por eso no quise acabar de descender hasta la orilla para ir a saludarlo de cerca y me di la vuelta. Cuando regresaba a la cabaña, me fijé que la delgada hilera de grava que se deslizaba desde la

entrada de la finca hacia el porche principal y la playa se asemejaba a una serpiente gris que parecía que iba a despertarse en cualquier momento. Las hojas de colores cubrían todo el suelo y revoloteaban alrededor de la casa, empujadas por el aire fresco.

Dentro, el salón tenía al fondo un televisor de veintiuna pulgadas, con un viejo sofá y una silla de alas a juego enfrente y una mesa de té al lado. La habitación se notaba húmeda y fría. Encendí el termostato del climatizador en el salón y me dirigí a inspeccionar el resto de la cabaña.

La cocina quedaba frente de la puerta de entrada, cerrada por una puerta corredera y con una pequeña ventana que se situaba sobre el fregadero. La puerta trasera estaba enfrente de la abertura del salón, a solo un escalón de la tierra, y el baño por un pasillo corto a la izquierda de la cocina.

Por último, inspeccioné el dormitorio y me encontré que tenía una cama de matrimonio y una mesilla lateral con un radio despertador. La ventana daba al mar. El radiador quedaba debajo de la ventana y se notaba que ya había empezado a tomar calor.

Hogar dulce hogar. Aunque quizá no tan dulce, porque de nuevo tuve la sensación de que no era bienvenido, como si todo dentro del lugar supiera que mi visita allí no obedecía a una estancia de vacaciones.

Eran las seis y media cuando descargué el Toyota y tomé rumbo a Cangas. Necesitaba realizar algunas compras y no tenía la certeza de que el sábado abriesen todos los comercios. No conocía la villa, pero me di cuenta de que era lo bastante grande como para tener todos los servicios.

Primero fui a una ferretería. En el primer pasillo encontré paños de plástico, una lona de alta resistencia, un poco de alambre con sus útiles para colocar y tensar y unos alicates de engaste. En el segundo, encontré una caja de clavos y cinta adhesiva. Al fondo, conseguí una pala, un azadón, un rastrillo para hojas y cuatro rollos de cien metros de manguera de jardín.

Luego me dirigí a una tienda de iluminación y cogí una lámpara de techo que colgaba de una cadena decorativa. Tenía un gran globo de vidrio opaco. También miré los relojes, pero me llevó un tiempo encontrar lo que necesitaba. Quería tres que funcionasen a pilas, con esferas de un metro y números grandes y negros. Y con segundero.

Después busqué una droguería para comprar yeso y artículos de limpieza para el hogar y los cargué.

Por último, entré en el primer supermercado que encontré y compré comestibles variados. Eso incluía comidas congeladas, manzanas, bebidas alcohólicas, pan, refrescos, comidas precocinadas, algunas bebidas alcohólicas, leche, cereales, naranjas y también bebidas alcohólicas, junto con bandejas de cubitos de hielo para acompañar a las bebidas.

Pagué en los cuatro sitios en efectivo y comprobé que seguía conservando el suficiente para afrontar cualquier imprevisto que me surgiese en los próximos días. Imprevistos como, por ejemplo, comprar más alcohol.

Cuando llegué de regreso a la cabaña, descargué las cosas y agarré un paquete de seis cervezas de las que había comprado. Tiré de una de ellas y me senté en el porche, sosteniendo el resto dentro del delgado plástico que las ataba en su cabecera. Sin embargo, no duré mucho allí, puesto que el mar, la brisa y los imponentes árboles no parecían más amigables que antes de empezar a beber.

Volví a la cabaña y me senté en el sofá. Dejé la veintiséis atada a mi pierna y puse la veintinueve sobre la mesa de té, para no olvidarme de colocarla debajo de una de las almohadas del dormitorio. Cuando acabé todo el paquete de cervezas, la noche cayó sobre mí. Las ventanas se veían oscuras, vacías y sin alma y fuera, las hojas secas correteaban a su antojo por la finca, como enviadas adrede por los árboles para dar un aire tenebroso al lugar.

Me sorprendió lo bien que dormí esa noche. Supongo que mi cerebro se había agotado hasta que no le quedó más opción que callarse. También es probable que la cerveza ayudase.

El despertador de radio indicaba que eran las siete y media cuando volví al mundo. Me senté en el borde de la cama y me despereté. Me dolía la cabeza. Fui al estrecho baño y me di una ducha rápida, golpeándome los codos y las rodillas contra las angostas paredes. Pero cuando salí, noté que mi cabeza se sentía mejor y eso era lo importante. Estaba en el dormitorio empezando a vestirme cuando sonó mi teléfono móvil.

Me había sorprendido la noche anterior ver que tenía cobertura, incluso allí, en tierra de nadie. Pulsé descolgar y saludé a Tomás.

—¿Estás en la cabaña? —dijo.
—Claro, ¿acaso lo dudabas?
—¿Todo está bien?
—Bien, Tomás. Es un lugar precioso. Gracias de nuevo.
—Te emborrachaste anoche, ¿no?
—No.
—Beber solo no es bueno, amigo.
—Yo no...
—Sabes, estaba pensando. Necesitas hacer algo más que sentarte al borde de la playa y ahogar las penas con Jack Daniels. ¿Sigues bebiendo Jack Daniels? Por eso, digo yo, ¿por qué no vas a Cangas esta noche, entras en el bar más cutre y aprovechas la borrachera para tirar la caña a ver si un bonito y cariñoso ser femenino se engancha al anzuelo?
—Se te dan bien las palabras.
—Desmelénate, Lucas.
—Lo haré, descuida.
—¡Mentiroso! Pero, escucha, hay todo tipo de mujeres alimentadas con marisco en esa zona. Mujeres sanas en lo necesario y malvadas en lo conveniente. Elige una, investiga las finanzas de su familia y regálale un ramo de rosas para convertirla en permanente. Hazlo por mí. Piensa que así, al menos, Clara me dejará en paz contigo.
—Dile a Clara que se busque otro entretenimiento.
—Hablo en serio. No te escondas ahí, amigo. No eres el solitario que te has convencido de que eres.
—No te preocupes, estaré bien.

Y esa era la verdad. Me quedaba tarea por delante y, una cerveza y quince minutos después de despedirnos, me puse a trabajar. Pasé el resto de la mañana de ese sábado preparando las cosas en la cabaña.

La abertura cubierta de acceso al falso techo estaba en la cocina y me di cuenta de que al subirme a la mesa de madera de la cocina podía levantar los brazos lo suficiente como para agarrar los travesaños del techo y manipularlos.

Usé la linterna para orientarme y un destornillador para hacer un agujero sobre las puertas delantera y trasera. Pasé los cables a través de un pequeño orificio, haciendo un bucle de una puerta a la siguiente, antes de llevar el último cable a la parte superior del baño, donde había planeado colocar el teclado. Pasé un segundo cable por el mismo agujero y llevé el otro extremo a la caja de conexiones que sostenía la lámpara de techo en el dormitorio.

Me arrastré desde las vigas, estiré la espalda y conseguí otra cerveza. Después de beberla, atornillé los interruptores de la puerta, una mitad en la jamba en la parte superior y la otra mitad en la puerta misma, y luego enganché todos los cables a ellos. Luego, coloqué el módulo de control con el teclado digital en el pequeño lavabo del baño, justo al lado de la tubería del desagüe y pasé los cables desde el área del techo hasta él. Conecté la pantalla en el baño, la encendí y verifiqué que todos los ajustes programados en la tienda seguían intactos. La activé y me dispuse a comprobar su funcionamiento. Para ello, abrí la puerta principal y fui al dormitorio con un medidor de electricidad puesto en voltaje DC. Tal como había previsto, en cinco minutos, en el cable de la caja de conexiones apareció una lectura de doce voltios que, en circunstancias normales, hubiese provocado una fuerte alarma. Reajusté la caja de control a la función normal y luego me dispuse a rematar la faena.

En el dormitorio, reemplacé la vieja lámpara de techo con mi nuevo globo colgante y pasé hacia abajo el cable que había llevado hasta la caja de conexiones. Entonces llegó el momento de la decisión más importante: decidir qué cantidad de C-4 necesitaría para mi plan. Hice el cálculo aproximado, lo puse en la instalación y lo rodeé con los clavos. Por último, empujé el detonador en el C-4 y lo conecté al cable. Al final, la nueva lámpara resultó más pesada de lo que había calculado y la cadena la sostuvo a duras penas, pero acabó aguantando sin caerse.

La idea última de esa instalación era conseguir que, cuando la alarma no se desactivase dentro de los cinco minutos siguientes a la apertura de cualquiera de las dos puertas de entrada, una lluvia de clavos se adueñase a traición del habitáculo, pero sin que llegase a derribar ninguna pared.

A primera hora de la tarde, ya había terminado de montar todo, excepto por los tres relojes. Ajusté el primero por el mío y luego sincronicé los otros dos, incluyendo las manecillas de los segundos. Colgué uno en la pared del salón encima del televisor, otro en el dormitorio frente a la cama y otro en la cocina al lado de la mesita.

Cuando acabé, comí algo y me senté en el porche a observar el mar. Con la tercera cerveza en la mano, me puse a meditar cuándo debía poner mi plan en marcha. Después de valorar pros y contras, me incliné por hacerlo al día siguiente, el domingo por la noche, puesto que intuí que ese sería el mejor momento para localizar a Lorenzo Quintas en su casa.

Pasé el resto del sábado ejerciendo de vago aburrido. El día estaba soleado, así que a media tarde caminé por el bosque que rodeaba la cabaña, pisando las hojas que habían caído los días anteriores. Después de una hora de paseo, me senté al pie de un roble y traté de disfrutar inhalando el aire fresco y lleno de oxígeno. Una ardilla salió de la copa, enseñándome con descaro sus partes íntimas antes de saltar a otro árbol cercano para detenerse y echarme una bronca de ardilla. Caminé hasta donde la había visto esconder una nuez, la saqué de su agujero y la arrojé al mar. Me estaba empezando a cansar de la poca hospitalidad que me brindaban los integrantes de aquel lugar.

Volví a la cabaña y encendí el televisor del salón por primera vez desde que había llegado, pero lo cierto es que no conseguí sintonizar ningún canal que captara mi atención. En algún momento, también consideré desplazarme hasta Cangas, para medir los bares de la villa, pero me daba pereza gastar el esfuerzo que ello requería. Así que acabé por prepararme una suculenta comida precocinada, acompañada de una cerveza, como si de la más patética última cena de un preso a punto de ajusticiar se tratase. Una vez que acabé de comer, me pasé sin remordimientos al bourbon, para cambiar la inyección letal por la cómoda cama de Tomás. Aquella noche quería dormir.

El domingo por la mañana me levanté tarde. Pese a ello, desayuné con calma antes de coger el Toyota para regresar a Vigo.

Había fijado el punto de activación de mi plan para mucho después, pero no quería matar las horas previas bebiendo. Llegué a la ciudad sobre las once y pasé el resto de la mañana y buena parte de la tarde paseando por un centro comercial, observando a la gente como si fueran peones de ajedrez movidos por hilos dirigidos desde despachos invisibles. Cuando me cansé de mirar a la gente, encontré un local de comida rápida y compré una hamburguesa, junto con un helado de chocolate. El par de cervezas con las que acompañé la comida fueron un lujo momentáneo que tendría continuación por la noche. Alguna vez he oído que estás en problemas cuando pierdes la cuenta de las que bebes en un día, pero era evidente que yo, por aquel entonces, estaba en problemas.

Como no quería beber más, hice sesión doble en un cine, eligiendo al azar las dos películas y paseé por las calles del centro de la ciudad entre una y otra. Cuando salí de la última, cogí el coche y viajé hasta La Herrería. Llegué allí poco después de las once. Pasé por delante del negocio de Máximo y me fijé que la cinta de la Policía todavía cruzaba la puerta de entrada, aunque ya con una tensión tan exigua que varios lazos ondeaban haciéndole el juego al viento de octubre.

Aparqué a varias calles de distancia. Después de un golpecito tranquilizador a la veintiséis que llevaba bajo mi chaqueta, salí del coche y me deslicé de manera discreta por la parte más oscura de la acera. Cuando llegué a la altura del antiguo negocio de Máximo Losada, di un paso al costado bajo la cinta, mirando a ambos lados. Saqué mi juego de ganzúas, cogí las adecuadas y conseguí abrir la cerradura de la puerta sin mucho esfuerzo. Entré en el local agachado y con la pistola en la mano. Sin perder tiempo, cerré la puerta tras de mí y saqué mi pequeña linterna para comprobar el perímetro de la puerta. Ni el día que había estado allí ni en ese momento vi nada que me hiciera pensar en la existencia de un sistema de alarma, pero no podía estar seguro por completo. Parecía evidente que a Máximo solo le importaba su teléfono y su memoria, pero, aun así, esperé al lado de la entrada unos minutos por si aparecía alguien de una empresa de seguridad.

Cuando me convencí de que no iba a llegar nadie, me escabullí hacia el mostrador. Detrás de este, había una gran mancha de sangre, justo donde Máximo se sentaba en su desgastado taburete. Levanté el teléfono, me acomodé en el suelo evitando tocar la sangre y tomé una gran bocanada de aire. Estábamos solos yo, el polvo flotando entre restos fantasmales de fluidos corporales y ese teléfono negro y antiguo.

Saqué un papel del bolsillo de mi camisa con el número de la casa del Loren y marqué. Cuatro tonos y escuché como el teléfono del otro extremo fue descolgado, dejado caer y recogido de nuevo. Solo había hablado con él una vez, la noche que asesinó a Yolanda, y dudaba que pudiera recordar mi voz debido a la tensión del momento. Pese a todo, decidí variarla hacia un tono más grave.

Él habló primero. Su voz se notó espesa, congestionada, insegura y temerosa. Quizá porque, viendo el número desde el que se le estaba contactando, barajaba la posibilidad de que le estuviese llamando un fantasma.

—¿Qué, qué demonios? ¿Quién es?
—Tu peor pesadilla —le dije.
—¿Qué?
—Estoy aquí para hablar de negocios, genio.
—¿Qué coño? ¿Quién eres tú?
—Lo primero, genio, cuando te dirijas a mí, trátame de usted. Tengo tendencia a eliminar basura como tú todos los días y no es aconsejable que tientes a la suerte. Lo segundo, ¿quieres saber quién soy? Pues te lo diré, soy un buen amigo de Máximo Losada.

El Loren hizo una larga, muy larga pausa antes de responder.
—¿Quién es usted?

Dejé escapar una sonrisa. Ese «usted» era sinónimo de que el plan iba por buen camino.
—Ya te lo he dicho, soy un buen amigo de Máximo Losada.
—No sé quién es ese Máximo.
—La ignorancia es una grave enfermedad, genio. Como terapia, te recomiendo que te sientes antes de continuar hablando, para que la sangre pueda fluir hacia tu cerebro. Te lo aconsejo muy en serio, porque te va la vida en ello.
—¿A qué coño está jugando? No sé si quiero seguir hablando con usted.

—Pues entonces, no lo hagas. Pero te garantizo que tengo gente trabajando para mí con la que seguro que sí querrás hablar llegado el momento y sabrán convencerte de lo contrario. Y no lo dudes ni un instante, cualquiera de ellos es mucho más eficiente de lo que tú conseguirás ser en toda tu patética y deprimente vida.

Nada teme más un intimidador que ser intimidado.

—No sé nada de Losada —dijo.

—Respuesta equivocada, genio. Máximo tenía una cámara en su negocio. La verdad es que no era más grande que un paquete de tabaco, pero el día que fuisteis a verlo grabó todo tal cual sucedió. Alguien que trabaja para mí te reconoció, Lorenzo. Dijo que eras el idiota y engreído Lorenzo Quintas. El Loren, para los que son tan idiotas como tú. En definitiva, todo un genio que se cree un dios cuando ni siquiera es capaz de ver que tiene una cámara encima de su cogote.

—¡Pedazo hijo de puta! ¿Quién coño eres tú?

—Genio, te aconsejo que no pierdas los modales —dije con una tranquilidad y una seguridad abrumadora.

Se hizo un silencio reflexivo entre los dos.

—¿Quién coño es usted?

—Ah, el bueno de Máximo. Todos estos años solos él y su teléfono, y sin protección alguna. El tío era más apretado que el culo de un cerdo a punto de salir volando. Pero cuando unimos nuestras fuerzas, hace casi un año, le sugerí que colgase una cámara en su tienda. Por protección, ¿me entiendes? Pensé que era una buena idea, porque si pasa algo, yo necesito saberlo. No estoy dispuesto a que pase algo en mi negocio sin que yo lo sepa. Ese es el secreto del éxito, genio, la información.

Podía oír su respiración entrecortada, pero como no había colgado, seguí adelante.

—Como te digo, al final no hemos sido compañeros ni un año. A Máximo no le gustaba mucho tenerme como socio, pero con el tiempo le hice comprender que si quería hacer negocios en mi territorio tenía que pagarme un alquiler. Así que como él quería hacer nuevos clientes en mi zona y yo conseguir algunos ingresos más, al final, llegamos a un acuerdo. Pero tú no estás interesado en todo eso, ¿verdad?

—¿Cámara?

Creo que hacía rato que no me estaba atendiendo.

—Sí, genio, eso he dicho. Cámara. Esa es la palabra clave. Veo que te has quedado con ella.

—¿Por qué me llama? ¿Qué es lo que quiere?

—Sin prisas, genio, ya llegaremos a eso.

—No sé de qué me está hablando.

Su nueva y repentina evasiva me hizo entender que aquello no me iba a llevar a ningún lado, así que decidí que era hora de dejar de dar vueltas e imprimirle un poco de adrenalina a la conversación.

—¡No juegues conmigo, ignorante hijo de puta! —le dije—. Puedo aplastarte con la punta de un dedo cuando quiera, imbécil.

—Yo...

—Cierra la puta boca. No tienes que decirme por qué mataste al pobre Máximo y a sus sicarios inútiles. Yo ya sé por qué lo hiciste. Me dijo que habías amenazado al doctor Varela después de que tu padre se fuera al infierno por un problema en el corazón. No me pareció preocupante en ese momento, siendo tú el bocazas estúpido que eres. Pero un día, mientras visitaba a Máximo, entró un tipo llamado Acevedo. Lucas Acevedo. Este Acevedo es policía, ¿lo sabías? Empezó a mostrar su placa y a armar escándalo diciendo que conocía muy bien a la esposa de Varela y que sabía que nos la habíamos cargado. Que o le dábamos cincuenta mil euros o nos lo pondría difícil. Dime, ¿conoces a este Acevedo, genio?

—Yo...

—Cállate y no me interrumpas, idiota. Da igual, no tiene importancia. Lo que importa es que tengo una preciosa película gore en la que tú y tu amigo jugáis a ser tíos duros en la guarida de Losada. Lo que importa es que leí en el periódico que a la esposa de Varela se le hizo la autopsia y tienen restos de ADN a los que les están buscando pareja. Lo que importa es que después de ver tu película descubro que entre los clientes de Losada aparecen el médico y su novia. Así que envié a unos chicos a su casa, donde las ardillas se follan a las ardillas. Nadie abrió la puerta. Pero como las cosas no olían bien, mis chicos miraron por la ventana y vieron a esa puta de tetas operadas atada y hecha polvo y, como hace tiempo que no se sabe nada del doctor, creo que también está allí dentro, hecho mierda. Así que a ver si te enteras de una puta vez, idiota, soy más inteligente que tú de aquí a mañana, y lo que veo es que has sido un chico demasiado ocupado los últimos días.

—Escucha. Yo...

—Interrúmpeme una vez más, te cuelgo el teléfono y estás muerto, ¿lo entiendes? Lo que le hiciste a Varela y a su novia no se parecerá en nada a lo que te haré yo a ti.

Silencio.

—Bien —dije—. Así que déjame hacer algunas conjeturas. Sabías que Varela hacía negocios con Máximo porque tu padre también los hacía y has usado a Máximo para llegar hasta Varela. Máximo y yo éramos socios. He visto sus libros. ¿Estoy cerca? No me vengas con bravatas de niño mimado, solo di sí o no.

No hubo respuesta.

—No intentes joderme, genio —continué, más enfadado si cabe—, porque abro la boca y te trago. ¿Quieres pruebas de que trabajé con Máximo? ¿Quieres pruebas de quién soy? ¿Tienes una guía telefónica? ¿Sabes lo que te interesa? Pues busca la tienda de antigüedades Losada. Tienes cinco minutos para llamar. Tengo un trato que ofrecerte, pero también sé hacer las cosas de otra manera si lo prefieres. ¿Quieres que lo arreglemos viendo quién dispara las balas más grandes en esta ciudad?

Golpeé el receptor contra el soporte, luego me recosté contra la mesa y dejé el teléfono en el suelo. Tardó tres minutos y ocho segundos en volver a llamar.

—Vaya, genio, veo que sabes distinguir tus intereses. Qué sorpresa, no hubiese apostado un euro por ello.

—¿Habló usted de un trato?

Su voz sonaba mucho mejor, quizá había empleado esos tres minutos en reflexionar.

—Sí, pero creo que antes necesitas encender tu cerebro. Así que activa esa única neurona intermitente que tienes dentro de tu cabeza y reza para que coincida encendida cuando te explique las cosas. ¿De acuerdo?

—Sí.

—Bien. Pues este es el trato. Varela y su novia eran una buena fuente de ingresos para mí y tú eres el idiota que me secó el grifo. El problema es que Acevedo piensa que los maté yo intentando cobrarles y me está chantajeando. Podría ir por ti, pero al final, supongo que para él conseguir dinero es más importante que clavarte el culo. Dice que o le doy cincuenta mil euros o me carga los muertos. Tus muertos, genio. Y como yo no estoy involucrado en ninguna de tus estupideces, tampoco voy a consentir que me afecten. Por lo tanto, Acevedo es un problema y tú eres otro problema. Y un problema más un problema solo suman dos problemas si no consigues que se anulen entre ellos, porque entonces lo que suman es cero problemas. Así que, o te deshaces de él, o le doy la cinta gore, le explico la pista de tu querido papaíto y le entrego tu cabeza en bandeja.

Silencio al otro lado del teléfono.

—Si lo piensas, es un buen trato para ti. Deberías darme las gracias. Acevedo le rompió la mano al doctor, ¿no? Así que tu viejo no pudo ser operado y murió y eso te enfureció, ¿verdad?

Nada.

—Esta vez quiero una respuesta, genio.

Llegó, aunque con bastante dificultad.

—Sí.

—Sabes, pequeño Loren, para ser un hijo de puta tan estúpido, al final vas a ser un capullo con suerte. Uno de mis hombres encontró a Máximo y a los chicos. Me llamó. Le pedí que trajera la cámara, el equipo de vídeo y todo el cableado, por eso la Policía todavía no ha llamado a tu puerta. Y lo hice porque prefiero encargarme yo del tema. Y eso es lo que estoy haciendo. No es que esté molesto porque le metieras un balazo a Máximo. El viejo vivía en el pasado y lo que hiciste se puede considerar como una simple eutanasia compasiva. Un retiro dorado en el más allá, en otras palabras. Pero, cuando alguien está en mi posición, no puede dejar que unos malditos aprendices de matones le compliquen la vida. Resultaría un mal ejemplo. El plan inicial era deshacerme de ti. Pero antes de que lo llevase a la práctica, apareció el cabrón de Acevedo y lo lio todo. Así que pensé en matar dos pájaros de un tiro. ¿Me sigues?

Se aclaró la garganta para encontrar su voz.

—¿Qué es lo que quiere?

—¿Pero tú eres tonto o pretendes reírte de mí, pedazo de idiota?

—No, no, dígame ¿Qué quiere que haga?

—¡Quiero a Acevedo muerto! ¿O es que aún no te has enterado? Y como supongo que tú también lo quieres fuera de circulación, es un favor que te estoy haciendo, ¿verdad? Eso es lo que te estoy diciendo, inútil, que te ofrezco dos cosas a cambio de una. Olvidarme del marrón en que me has metido y decirte dónde está Acevedo a cambio de que tú me traigas su cabeza. Así, clarito, para mentes cortas como la tuya.

—¿Solo quiere que lo mate? ¡Eso no es nada para mí!

—¡Deja las bravuconadas a un lado, genio! No necesito hacer nada de esto. Podría hacer tratos con Acevedo y me daría exactamente igual. Si te llamo a ti, solo es porque no me gustan los policías.

—Vale, vale. Acepto.

No había ningún atisbo de duda en su respuesta.

—Vale, ahora escucha. Como te dije, Acevedo quiere cincuenta mil euros para el viernes. Le dije a mi hombre que concertara la entrega con Acevedo, donde él quisiera. Él elegía el sitio y yo ponía la fecha. Pues bien, como dio una dirección de Cangas para la entrega, envié a mis hombres para preguntar por allí en algunos bares. Acevedo es policía, pero no es que sea mucho más listo que tú. El tío está encerrado él solo en una cabaña al lado del mar, pero sale a los bares por la noche y con el alcohol se le suelta la lengua. Coge un lápiz, para que pueda darte la dirección.

—Claro, claro.

Le di la dirección de la cabaña. No fue fácil conseguir que la situara. Le pedí que me repitiera el itinerario al menos dos veces seguidas sin dudar. Le costó varios intentos, pero cuando lo hizo bien, seguí adelante.

—Ya sabes qué hacer.

—Sí, claro. Me encargaré de ello.

—Te repito, esto es un favor que te hago.

—Gracias.

—Tienes de plazo hasta el viernes. Ese es el día para hacer la entrega. Si voy y él acude, te entrego en bandeja.

—De acuerdo, lo entiendo.

—Y una última cosa. Necesito pruebas. No pretenderás que confíe en un hijo de puta como tú.

—Sí, claro. Traeré su maldita cabeza si es necesario. Pero, ¿cómo me pongo en contacto con usted?

—Seré yo el que llegue hasta ti, genio.

—Claro. De acuerdo.

—Otra cosa. Si esto sale mal y te atrapan, será mejor que cumplas la condena como un niño bueno. Calladito y tranquilito, porque puedo llegar hasta ti tanto si estás fuera como si estás dentro de la cárcel.

No dijo nada.

—Bueno, genio, ahora da la vuelta y vuelve a follarte a tu querida princesa —le dije—. Y de paso, dale dos hostias, que seguro que así le gusta más.

Quería sacarle una respuesta para estar seguro de que no se lo había pensado mejor. Sin embargo, no dijo nada. Y yo quería oír su tono por última vez.

—Adiós —dije.

—Adiós —contestó con mansedumbre, como si lo dijera en serio.

Colgué.

La historia que le había contado tenía suficientes agujeros como para hundir de nuevo el Titanic, pero había resultado. Como me imaginaba, el Loren no destacaba por su inteligencia, así que la lógica no podía imponerse dentro de su cabeza a las anteojeras de miedo y odio.

Después de colgar y aunque había usado guantes de látex, limpié el teléfono con un pañuelo y también el pomo de la puerta. Luego me paré en la entrada, comprobé que el camino estaba despejado y me asomé a la oscuridad de la medianoche. Era una noche en la que Edgar Allan Poe se sentiría cómodo situando sus historias. No había nadie en la calle, ni siquiera un cuervo arrogante para jugar entre los coches estacionados.

Me escabullí hacia el Toyota, lo puse en marcha y salí en busca de la península de O Morrazo, hacia mi particular mazmorra en la selva. Ahora todo lo que tenía que hacer era esperar.

Me sentía cansado, aunque no somnoliento, pero pensé que debía dormir de todos modos. Me tomé un Jack Daniels con mucho hielo, me aseguré de que el sistema de alarma quedase conectado y me metí debajo de las mantas.

Antes de que diera la primera vuelta en cama, me sumergí en un sueño sin sueños.

14

Me desperté cuando el sol entró por la ventana sin pedir permiso. Eran poco más de las nueve. La noche anterior no me había acordado de bajar las persianas y pensé que aquel era un error que no debía repetir los días siguientes. Durante un buen rato, le eché mi peor mal de ojo a los brillantes rayos que se posaban inquisitivos a mi lado del mismo modo que lo haría una mujer guapa con la que solo acabas de cumplir a medias. Sin embargo, no tardé en mover mi cansado cuerpo y dirigirme al baño. Allí, me miré al espejo. Los párpados hinchados destacaban por encima de un incipiente crecimiento de barba y el pelo sobresalía de una manera extraordinaria en una cabeza que se estaba recuperando del primer encuentro con el despojo humano de Lorenzo Quintas. Mis ojos no se habían decidido a abrirse al mundo por completo.

Me asusté a mí mismo. Aquel bulto que se mostraba frente al espejo no estaba preparado para el segundo enfrentamiento. No podía esperarlo en esas condiciones, porque resultaría una presa demasiado fácil. Me atacarían y me destriparían sin mayor esfuerzo. El Loren y quien trajera consigo.

Decidí que, a partir de ese momento, tenía que ser más cuidadoso, pero, sobre todo, debía acallar el recuerdo de Yolanda, que más a menudo de lo que sería conveniente, pugnaba por acaparar mi cabeza en contra de mi voluntad. Sabía que, para vencer al monstruo de A Riouxa, no podía abandonarme a los sentimientos y, en todo momento, ser frío y profesional.

Desactivé el sistema de seguridad, hice un café, cogí un par de magdalenas y me senté en el porche. El sol se reflejaba a lo lejos en el mar y la brisa se había marchado a lugares más propicios. Intuía que el amigo Lorenzo se tomaría un tiempo en digerir la conversación de la noche anterior, pero no podía estar seguro. Así que, aunque en un principio pensé en salir a pasear, al final decidí no hacerlo por precaución. Había muchos árboles allí fuera, y los árboles tienen troncos, y los troncos pueden esconder grandes secretos detrás. Y ni me gustan los secretos ni me fío de ellos.

Volví a entrar y me maldije por no haber comprado al menos una revista. A las diez y media, ya tenía en mis manos la primera cerveza. Tirado sobre la cama, pensé en los hombres, en las mujeres, en los hombres y las mujeres, en el precio de los chipirones, en la legalidad de la eutanasia para los animales que mueren entre grandes sufrimientos, en la ilegalidad de la eutanasia para los humanos que viven sufriendo tanto o más y en cualquier otra cosa que no tuviera ni un atisbo de sentido.

Cuando mi imaginación comenzó a secarse, era casi mediodía. Comí un poco y volví a forzar mi mente a seguir divagando, porque en cuanto le daba un respiro, la imagen de Yolanda, con sus preciosos ojos verdes mirándome con dulzura, volvía a ondular por la habitación con una terquedad encomiable.

Así estuve dos días, hasta el anochecer del martes, treinta de octubre, en que por fin me quedé dormido. Fue otra noche oscura como el carbón, otra noche vacía de sueños, tan desesperanzadora y asfixiante como las anteriores.

Me desperté alrededor de las tres de la madrugada, la hora más común para que la gente enferma muera. Lo leí un día y me quedé con la idea, quizá porque a mí me hacía ilusión morir a esa hora y no a las tres de la tarde atravesado por una bala. Permanecí entre las mantas preguntándome si había alguna razón por la que hubiera despertado. Deslicé la mano debajo de la almohada para recuperar la veintinueve y sentí que pesaba una tonelada. Con las luces apagadas, escuché los ruidos de la noche. Oí el viento entre los árboles semidesnudos, las hojas secas correteando libres por la finca y el gruñido agudo de un animal. Tal vez una ardilla insomne o un zorro, o una lechuza que acababa de descubrir a una presa y se disponía a lanzarse sobre ella. A ninguno se le había perdido nada dentro de la casa.

Tan profundo era el sueño en el que me había sumergido hasta entonces, que miré al techo oscuro y me pregunté si sería capaz de despertarme en caso de que el Loren y compañía viniesen por la noche o me quedaría allí, roncando, como una ofrenda humana a los dioses malvados de A Riouxa.

Hasta entonces, había dado por hecho que aparecerían a la luz del día y yo podría manejar la situación. Pero caí en la cuenta de que, si me pillaban desprevenido por la noche, lo más probable era que los clavos voladores se los llevasen por delante mientras celebraban su asalto. El problema era que, si me ataban en el dormitorio, entonces los clavos también se ocuparían de mí.

Entonces me senté en la cama y me pregunté por qué no estaba sudando, aterrorizado por lo que podría pasar. La respuesta era fácil. Lucas Acevedo estaba desconectado. El interruptor de mi cabeza había sido apagado, me sentía drogado, aunque por algo muy diferente al alcohol. La realidad era que los clavos de la lámpara o los mangos asesinos de la banda de A Riouxa, en el fondo, los veía como algo ajeno y no como algo real e inmediato. Por eso, no me importaban.

Me levanté de la cama y caminé a través de la oscuridad al salón. Me senté en el sofá, mirando por la ventana hacia una noche de sombras y con mi pistola descansando sobre mi muslo desnudo, con el metal tan frío como el corazón de Hitler. Me quedé allí hasta las primeras horas del día. A las diez de la mañana, ya había bebido todo lo que podía soportar. Con troncos de árboles o sin ellos, desconecté la alarma y salí al porche. El aire frío aportaba una incómoda sensación de humedad.

Pensé si no habría confiado demasiado en la valentía de Lorenzo Quintas. Tal vez solo era un cobarde de mierda que, en cuanto recibió mi llamada, había hecho la maleta a toda prisa para huir del mafioso que lo había amenazado por teléfono. En todo caso, confiaba en que no quisiera dejar cabos sueltos, ni tampoco abandonar el trabajo que había empezado antes de acabarlo. Dos razones de peso, que se reforzaban una a otra. Yo era el último objetivo, la última muesca debajo de alguno de aquellos horrendos tatuajes. Le había dado de plazo hasta el viernes. Ese día era miércoles. Si el Loren se decidía a venir a buscarme, se estaba acercando. Eso, si al final lo hacía.

Por segunda vez desde mi llegada, sonó el teléfono móvil en mi bolsillo. Fue sobre las doce y casi me arranca de mi piel.

—Hola.

—¿Lucas?

Tomás otra vez.

—Oye, ¿estás bien? —dijo—. Has contestado con una voz graciosa.

Estiré el cuello de un lado a otro para ver si esa era la razón por la que mi voz funcionaba a medias.

—Claro, estoy bien. Será que no hablo mucho aquí.

—¿Has ido a algún sitio?

—Un par de veces.

—¿Has encontrado a alguna mujer dispuesta?

—Sí, a unas cuantas.

—Me refiero a alguien que te quiera a ti en concreto.

—Entonces, no.

—Eso no es bueno, Lucas.

—Eso es lo normal en mi vida.

—¿Has estado leyendo los periódicos?

—No.

—Pues siento decirte que no hay novedades sobre el asesinato de Yolanda, ni en los de los Ramos. O al menos, no hay nada que la Policía quiera hacer público de momento. ¿Has hablado con tu amigo Antonio?

—No, no lo he hecho. Y no pasa de simple conocido, todavía no hemos tomado café juntos.

—Solo preguntaba. Escúchame por una vez. Sal y haz algo. Esta noche. No te quedes solo en ese lugar. Coño, que podría llegar un fantasma, tener interés en adoptarte como mascota y dudo mucho que estuvieras en condiciones de resistirte.

Estaba tan inconsciente que me pregunté qué querría decir con eso. ¿De qué clase de fantasma estaba hablando? ¿De los que aparecían tapados con una sábana o de los que dejaban su esqueleto al descubierto?

—Lucas —dijo al ver que yo no respondía—. Es Halloween.

Sentí como mi cara adoptaba una mueca estúpida. ¡Halloween! Vaya, el día de todas las almas. ¡Estupendo!

Dijo algunas cosas más, no recuerdo qué, quizá insistió en el efecto terapéutico que según él tendría el sexo para mí en esos momentos. Luego colgamos.

Varias horas más tarde, y muchas cervezas después, me mantenía en la oscuridad del salón mirando hacia afuera. Sentía como si detrás de la piel de mi frente habitaran unas cuantas hormigas en plena faena de construir su hogar dentro del hueso del cráneo.

Se había hecho de noche y de nuevo me encontraba frente la ventana con mi veintiséis sobre el muslo desnudo. Como había dicho Tomás, era noche de Halloween.

La luna creciente, con un aspecto tan tenebroso y real que parecía observarme burlona, apenas iluminaba el exterior. Busqué brujas a la deriva delante de ella, con un bourbon con hielo en la mano.

Si estuviera más al norte, en San Andrés de Teixido, esperaría ver pasar a la Santa Compaña por delante de la casa, pero sospechaba que, a doscientos kilómetros de distancia, en la punta de la península de Hío, la finca de mi amigo no entraba dentro de su itinerario de trabajo.

Me arriesgué a cantar algo de Dionne Warwick.

—*If you see me walking down the street / And I start to cry each time we meet / Walk on by, walk on by Make believe* —canté a pleno pulmón—. *That you don't see the tears / Just let me grieve / In private 'cause each time I see you / I break down and cry / And walk on by (don't stop) / And walk on by (don't stop) / And walk on by.*

Después de un rato, dejé la canción y pensé que, si fuese un niño, mis abuelos me llevarían a la ciudad para que pudiese ir con mis amigos a hacer truco o trato. Aquella sería una noche de ilusión y caramelos, un cariñoso recuerdo para cuando la vida me convirtiese en adulto. De ser así, no tendría miedo de los fantasmas, porque estaría acompañado de mis amigos. Y los fantasmas solo acuden cuando estás solo.

Pero en ese momento estaba solo y quería que los fantasmas vinieran. Recé para verlos fuera de la ventana. Podrían ser feos. Podrían ser espantosos. Podrían ser macabros y siniestros. Podrían ser dos, o varios, y estar armados hasta los dientes. Podrían ser una mujer desnuda enroscada en una barra y una serpiente con cabeza de cráneo y ojos de fuego, como si en medio de una versión cutre del *Abierto hasta el amanecer* de Clooney y Tarantino me encontrase. No me importaba. Solo quería que vinieran. Que surgieran en medio de las tinieblas que tenía delante. Que se me aparecieran como al señor Scrugge en la brillante mente de Charles Dickens. Que vinieran para buscarme. Que llegaran como fuese. Pero, sobre todo, que aquello acabara de una maldita vez.

Me rendí antes de que se cumpliera la medianoche y me fui a la cama pensando que, después de pedirlo tanto y con tanta amabilidad, al menos se dignarían a presentarse mientras dormía en forma de pesadilla, para compensar el vacío del exterior. Pero, de nuevo, no soñé.

Aquella noche, los fantasmas, supongo, solo iban tras los niños.

Al día siguiente, jueves, el primer día de noviembre, decidí que Tomás tenía razón, que debía ir a algún lado. Así que, poco después de las ocho, conecté el sistema de alarma, salí por la puerta en el tiempo asignado y cerré con llave detrás de mí. Eché una ojeada de seguridad al bosque antes de abandonar el porche.

Mi pequeño Toyota se veía tan bonito y listo para moverse que podría haberlo besado. Comprobé si había algo inusual debajo de la carrocería, o dentro del capó, y luego lo puse en marcha y me dirigí a Cangas. Allí, entré en el primer supermercado que vi y caminé sin rumbo por los pasillos durante largo rato. Pasé por la pescadería y por la charcutería. El olor que emanaba de la comida era como un elixir para mi nariz y mi cabeza. Algunas jovencitas guapas se ocupaban de las cajas registradoras y compré comida para peces solo para tener una razón para compartir unos minutos con ellas. Al salir, fui a comprar un helado. Me encantó, sabía a premio para un niño. Empecé a sentirme vivo de nuevo, aunque ya no fuera un niño, ni quisieran visitarme los fantasmas.

Después me dirigí al centro y paseé por las calles principales, recorriendo calles preñadas de viejas casas con las balconadas preciosas. Era un bonito día con un cielo despejado, con un sol radiante que daba una cordial bienvenida a noviembre.

A última hora de la tarde decidí que ya era hora de volver a la cabaña. Aunque no puedo decir que lo desease, la idea no me molestó tanto como esperaba. Me sentía como si me hubieran hecho una transfusión de sangre cargada de oxígeno. Las cajeras bonitas, la comida basura y las casas pintorescas se habían inoculado por mis venas.

Me deslicé por las carreteras comarcales y tomé el camino hacia la finca. Había dejado algunos eslabones del extremo suelto de la cadena colocados de cierta manera y los encontré en la misma posición. La volví a cerrar y me dirigí hacia la casa. Luego detuve el coche a cierta distancia y observé todo durante mucho tiempo. La cabaña y el mar parecían tranquilos. Me di cuenta de que sentía una especie de nostalgia por ellos, como si por alguna razón mi inconsciente empezase a considerar aquello como mi hogar.

Cuando el tiempo de comprobación me pareció suficiente, avancé y coloqué el coche al lado de la casa. Nada parecía fuera de lugar, ni ningún ángel susurrante hizo sonar mi mecanismo de alarma interior, así que apagué el Toyota y salí al exterior. Pero en cuanto mi cabeza se descubrió del coche, vi algo fuera de su lugar. Solo un destello, un pequeño reflejo de luz entre cortezas y hojas.

De manera instintiva, me tiré al suelo, como si una guadaña me hubiese segado los tobillos, y una décima de segundo más tarde la grava explotó detrás de mí, levantando una nube de polvo y lanzando pedazos calientes de roca al aire. Medio segundo después escuché el resonante estruendo de un rifle de alta potencia.

Aún tenía las llaves del coche en mi mano derecha. Abrí la puerta y coloqué la parte superior de mi cuerpo sobre el asiento delantero para poder arrancarlo. Mientras lo hacía, la ventanilla del acompañante explotó en pequeños pedazos y oí el silbido de una bala cortando el aire sobre mí. Luego otra nube de polvo detrás, acompañada de más metralla caliente. Inserté la llave y accioné el encendido. Puse la palanca de cambios en punto muerto y bajé el freno de mano. El Toyota avanzó con la puerta abierta, llevándome con la mano derecha en la palanca de cambios, la izquierda en la parte inferior del volante y las piernas arrastrando sobre la grava.

Al chocar contra una madera del porche, las ruedas delanteras se detuvieron. Me arrastré rodando del coche hacia la entrada, mientras un fuerte ruido seco explotaba en la parte trasera del lado del acompañante. Golpeé con un hombro la puerta principal, pero esta no cedió. En el siguiente intento, cambié mi hombro por una bala y la puerta se abrió al instante. Me tiré en el salón y caí de espaldas en la esquina debajo de la ventana.

En ese momento, miré el reloj que había colgado sobre el televisor: eran las veintiuna horas, doce minutos y doce segundos.

Pensé que aquel pistolero lanzaría un par de disparos más. El arma era lo bastante potente y no perdía nada por intentarlo unas cuantas veces. Así que esperé para arrastrarme a la cocina tras el primer disparo, para poner más muros entre nosotros. Pero después de cuatro o cinco segundos de silencio, me di cuenta de que no iba a probar ningún disparo.

Y lo malo era que solo podía haber una razón para ello.

En ese instante, un ruido de cristales surgió de detrás de la puerta del dormitorio, abierto a centímetros de mis pies. Un cañón de pistola emergió del otro lado. Al mismo tiempo, una figura salió corriendo de la abertura de la cocina y terminó resultando ser otro tío con una escopeta. Me fijé que este tenía un gorro de playa en la cabeza.

El cañón de la pistola detrás de la puerta del dormitorio estaba asomando con una mano sobre la culata justo cuando el tipo que venía por la cocina me vio y trató de detenerse. Pateé la puerta de la habitación tan fuerte como pude y escuché al hombre que estaba detrás de ella gruñir, luego moví la veintiséis hacia el tipo del dormitorio. Apunté y disparé, pero el tipo se cubrió tras la pared que nos separaba.

Entonces la puerta de la cocina se abrió de nuevo y Lorenzo Quintas apareció por ella, con su escopeta apuntando hacia mí y con un dedo enguantado en el gatillo. Vi a la dama desnuda adherida a la barra sobre el antebrazo. Yo estaba en una posición inclinada, incómoda sobre mi espalda, tratando de dirigir la veintiséis hacia él, hasta que me convencí de que no lo lograría, ya que mi recorrido era más largo que el suyo. Como último recurso, agarré con la mano izquierda el extremo del cañón de la escopeta y lo empujé hacia arriba. Se disparó y el metal se calentó en mi mano al paso de los perdigones.

Él me agarró la muñeca en la que tenía la pistola. Trató de apartar la escopeta de mí y el movimiento me puso de pie. Eso nos hizo tropezar varias veces, rebotando en las paredes y los muebles, cada uno intentando liberar nuestra propia mano mientras nos aferramos a la vida agarrando la del otro. No me llevó mucho tiempo empezar a perder la batalla. El tipo era demasiado grande y, además, el tamaño de la escopeta le daba ventaja. Usó el cañón de su arma como un garrote, me golpeó contra la pared y luego me lanzó de vuelta en la otra dirección. Yo conseguí darle una fuerte patada justo debajo de la barriga, pero todo lo que conseguí fue sacarle un gemido y algunas maldiciones. Con mi mano todavía en el cañón, él seguía fingiendo que iba en la misma dirección y luego empujaba hacia la contraria. Al final, se me escapó de las manos, la inercia me tiró al suelo y traté de rodar sobre mi espalda. En ese momento, me golpeó en la sien derecha con la culata y un ejército de flashes se encendió detrás de mis ojos, hundiéndome en un negro aceitoso que empapaba toda la luz.

Más convencido de lo que he estado nunca, entoné mi último lamento, reclamando un segundo, solo un segundo más de vida. Sin embargo, no se produjo ningún cambio brusco de gravedad, ni transité por ningún túnel con una luz al fondo. Lo único que sucedió fue que el negro de mi vista se fue reduciendo para ser reemplazado por una cascada que corría de oreja a oreja. En el momento en que la cascada se convirtió en un leve goteo, el piso del salón también se empezó a enfocar.

Cuando recuperé la visión por completo, el Loren estaba a mi lado y tenía su escopeta apuntando a mi cara, mientras guardaba mi automática bajo su cinturón. Después se echó hacia atrás y me dio una patada en el muslo izquierdo con su gorda bota negra. Grité y por unos segundos me olvidé de la cabeza.

—¡Ya eres mío! —gritó—. ¿A que no te sientes tan grande ahora?

No vi razón para responder.

Intenté olvidarme del dolor y miré el reloj que aún se mantenía en la pared: las veintiuna horas, doce minutos y cincuenta y ocho segundos.

Una voz llegó desde el exterior del porche.

—¡Loren! ¡Loren! ¿Estás ahí?

—¡Sí, y tengo al hijo de puta!

Oí pasos en el porche. Alguien entró por la puerta principal. Incliné la cabeza hacia atrás y vi a otro tío algo más pequeño, aunque igual de grueso que el Loren. Iba vestido con guantes y gorro de natación y llevaba una pistola en la mano. El tipo caminó hacia nosotros y, sin decir palabra, me pateó en la misma pierna que su amigo había hecho antes. Grité a todo pulmón.

—¡Me has disparado, capullo! ¡Te voy a matar!

El Loren se interpuso en el camino.

—¡Lo quiero vivo! Quiero divertirme un poco con él.

Luego añadió:

—Mira a tu alrededor, a ver qué encuentras.

El tipo de la pistola se fue mientras yo jadeaba tratando de respirar y de superar el dolor en mis piernas y cabeza.

El Loren se alejó de mí unos pasos.

—Levántate, grandote —dijo.

Rodé sobre mi lado derecho y me las arreglé para sentarme.

El reloj marcaba las veintiuna horas, trece minutos y treinta y ocho segundos.

—No pensaste que podríamos hacerlo, ¿verdad, imbécil? —preguntó—. Pensaste que éramos unos idiotas, ¿no? Te creías que éramos demasiado estúpidos para hacer algo, pero te encontramos y te atrapamos, ¿no? Al final, resulta que somos más listos y más fuertes que todos vosotros. ¡Que todos vosotros!

A estas alturas, ya se había alejado lo suficiente como para que yo no pudiera llegar a él. La escopeta apuntaba a mi pecho y el agujero del cañón parecía grande, muy grande. Me fijé que el tipo con la pistola estaba metiendo la cabeza en el dormitorio. Encendió el interruptor de la luz y, por supuesto, la lámpara no funcionó.

—Mierda —dijo—. El capullo este ni siquiera puede permitirse comprar una bombilla.

—No necesito ninguna maldita luz para lo que voy a hacer —dijo el Loren, llevando su mano izquierda a una vaina en su cinturón.

Sacó un cuchillo de caza, de al menos veinte centímetros de largo y casi tanto de grueso, con una curva bien definida. La hoja brillaba frente a él, incluso en esa habitación sin luz, y el mango parecía de madera tallada. Lo movió de un lado a otro para que yo lo viera bien.

—Vamos a divertirnos un poco, capullo —dijo—. Te clavaré afuera y luego empujaré despacio hacia el centro. ¿Hacemos un trato? Yo te animo con el cuchillo y tú gritas como un cerdo en el matadero, ¿de acuerdo? Ha sido todo un detalle por tu parte esconderte en un lugar tan alejado, porque nadie podrá oírnos. ¿A que no te sientes tan fuerte ahora?

Entonces me reí y me levanté con tanta dificultad que casi me vuelvo a caer. En cuanto estuve en pie, el Loren dio un paso atrás.

—Puede que sepa más de lo que crees, estúpido bocazas —le dije—. ¿Quieres divertirte? ¿Y no crees que ya sois lo bastante divertidos tú y tu amigo con esos gorros puestos? Parece que vayáis a una piscina de maricones.

Lorenzo se sonrojó. Alzó el cuchillo un poco más, apuntando hacia mí.

—Ya nos reiremos dentro de un rato, fortachón. Comprueba todo, Meiji, y luego ven hasta aquí para que podamos atar a este hijo de puta. ¡Ya veremos entonces quién es el que se ríe y quién el que se mea en los pantalones como un niño!

Seguí como si no lo hubiera oído, mientras el otro se detenía en la puerta del dormitorio.

—Vaya, sí —dije—, ya veo que vosotros sois unos tíos con cerebro.

Me volví hacia el Loren y entoné mi voz para que coincidiera con la que usaba al teléfono en la casa de Máximo.

—¿Verdad, genio? —le pregunté.

Su boca se abrió. Luego parpadeó con cara de incredulidad.

—Sí, yo te traje aquí, genio —dije con mi voz normal—. ¿Sorprendido? Bueno, a ver cómo encajas esto. Y tú también, Meiji, o como sea ese ridículo nombre que te han puesto. Sé que mataste a Mariano Ramos y a su esposa. Sé que mataste a Yolanda. Sé que mataste a Varela y a su novia. ¿Acaso sabías su nombre? Yo sí, Alicia Suárez. Incluso sé que los mataste en una casa cerca de Nigrán. Mataste a Máximo Losada y a sus sicarios Sergio y Bruno después de decirte dónde estaban. Varela está atado a una viga central en el sótano, desnudo como lo parió su madre. Su novia está arriba en el dormitorio. Apuesto a que la forma en que se usó el mango con ella fue idea tuya, Loren. Propio de una mente enferma de un idiota como tú. Seguro que eres un maldito acomplejado porque ninguna tía como ella quiso estar contigo nunca y se lo hiciste pagar de esa manera.

El Meiji se congeló en la puerta del dormitorio. El Loren estaba un metro y medio delante de mí. Ninguno estaba preparado para hablar. Tampoco para actuar.

Me acerqué hacia la gran butaca que estaba al lado del sofá. Su acolchado respaldo y el refuerzo escondido detrás de él miraban hacia la puerta del dormitorio.

—Piénsalo, genio —continué—. Si yo sé todo esto, ¿quién más lo sabe? ¿De verdad crees que usar gorros de playa te salvará de la cárcel?

Eché un vistazo a la cocina. La ventana sobre el fregadero estaba rota y empujada hacia arriba. Sin embargo, el reloj de la cocina seguía en su sitio y marcaba las veintiuna horas, quince minutos y diez segundos.

Es difícil pensar cuando a tus piernas se le han dormido los tendones y tu cabeza no pertenece a nadie que conozcas, pero tenía claro que pasaban casi tres minutos desde que había abierto la puerta y puesto en marcha el cronómetro.

Mi último comentario hizo que el cerebro del Meiji se activara un poco.

—Mierda, Loren, ¿quién más lo puede saber?

—¡Es un truco, hombre! —dijo el Loren—. Si se lo hubiera dicho a alguien, no estaría aquí solo.

—Te quería para mí, genio —le dije—. No necesito ayuda para acabar contigo.

—¡Apúrate, Meiji, para que podamos atar a este hijo de puta!

—Mátalo y vámonos —respondió el Meiji con cierto nerviosismo, sin moverse de la puerta del dormitorio.

Pero lo importante era que necesitaba revolver un poco más sus materias grises para mantenerlos allí parados.

—Incluso sé por qué lo hiciste, Loren. Por tu padre, ¿verdad? El maldito médico engañaba a su esposa. Ella lo descubrió y le pidió el divorcio. Cuando le empezó a dar una paliza, salí en su ayuda y le rompí la mano. Eso hizo que no pudiera operar a tu papi y papi murió el sábado. Pero si no lo hubiese comprado ese rico hijo de puta de Ramos y la cirugía de tu padre no se hubiera pospuesto, seguiría con vida, ¿verdad?

La cara del Loren se puso roja.

—¡Exacto! —gritó—. ¡Ese rico de mierda compró al médico para que lo operara primero! ¿Me lo vas a negar? Esta gente funciona así. Luego llegaste tú y le rompiste la mano. ¿Por qué no dejaste que golpease a la puta de su mujer? ¿Qué coño te importaba a ti? ¿Acaso eras su amante?

—Matarla fue tu mayor error, Lorenzo —dije en un frío tono—. Nunca, nunca debiste hacer eso.

El Meiji estaba arrastrando los pies.

—¡Mierda, Loren! ¡Mátalo y salgamos de aquí!

—¡Dije que lo ataras!

El reloj marcaba las veintiuna horas, quince minutos y cincuenta y cinco segundos.

Faltaba solo un minuto y cuarto, pero a mí me parecía una eternidad. Podía ver el globo de la lámpara en el dormitorio más allá del hombro del Meiji. Me senté en el sillón, empujando mi pierna izquierda hacia adelante y dejándome escurrir hacia abajo, de modo que mi cabeza quedase más baja que la parte superior del respaldo.

—No podía estar seguro de cómo ibais a entrar —les dije—. Me preocupaba que vinieseis de repente por la noche, como debisteis hacer cuando fuisteis por Marcos y Alicia. Si no me despertaba lo bastante rápido, podríais entrar en el dormitorio y saltarme encima antes de que me diera cuenta. Por eso tenía cables de seguridad y detectores para las puertas.

El Loren sonrió por primera vez, fue una sonrisa de satisfacción.

—Estábamos en el bosque, pensando en cómo lo íbamos a hacer —dijo—, cuando fuiste tan estúpido como para irte de fiesta. Eso nos dio tiempo para estudiar el terreno y ver el cableado de las puertas a través de las ventanas. Supuse que eran para una alarma. Así que entramos por la ventana de la cocina y de la habitación, porque allí no había ningún cableado. Lo siento, pero no eres tan listo como crees.

—Tienes razón, Lorenzo. Eres un genio, no pude engañarte con mi lamentable sistema de alarma. Pero, verás, la verdad es que lo que estaba pensando era que necesitaba algo para saludarte de manera adecuada si me atacabas en el dormitorio, no una mierda de alarma que no iba a oír nadie estando donde estamos.

Si me había fijado bien en el reloj cuando abrí la puerta principal, me quedaban unos treinta segundos. Así que debía continuar hablando.

—La cuestión es que una alarma salta después de que el tiempo de retardo transcurra y eso era todo lo que necesitaba. El único problema consistía en ajustar la hora. ¿Cuánto tiempo te llevaría llegar a mí, tenerme bajo control y luego reunirte con tus amigos a mi alrededor para celebrarlo? Lo pensé mucho y, al final, decidí que serían cinco minutos. No hagas que te lo vuelva a explicar, solo quédate con eso, se precisan cinco minutos desde que se abre la puerta de la entrada para que empiece la fiesta de verdad. Así que decidí que serían cinco minutos para que se activase el C-4 que había robado de un alijo en el trabajo. No se lo digas a nadie, por favor, porque podría meterme en problemas...

—¡Que te jodan! —gritó el Loren, lanzándose hacia mí con el cuchillo.

La gente piensa que, en medio de una explosión, se oye un gran ruido, pero es mentira. Antes de que el Loren llegara hasta mí con el cuchillo, escuché durante una décima de segundo algo ruidoso y luego no sentí ni oí nada. Mi cuerpo se hinchó con aire viciado y tuve una sensación de desapego, como si ya no me perteneciera. Fui consciente de que algo me golpeaba como un mazo por detrás, luego de un dolor seco en la espalda y de moverme por la habitación ajeno a mi voluntad. Me llevé por delante algo duro y perdí el poco aire que tenía en mis pulmones.

Por último, me estrellé contra otra cosa que no supe identificar y entonces mi realidad se apagó.

15

No sé cuánto tiempo pasó, quizá fueran solo unos segundos. Cuando me desperté, estaba boca abajo en el suelo y la madera encerada me parecía muy bonita. Alejé y acerqué mi cara a esa madera varias veces y noté cómo mis oídos zumbaban del mismo modo que lo harían si se hubiese metido una abeja dentro de cada uno.

Me giré para situarme de espaldas y agité la cabeza para deshacerme de las abejas, pero se mantuvieron firmes. Vi que tenía la pared del salón casi a mi lado, así que me arrastré hacia ella. Supongo que fue lo que golpeé antes de caer al suelo. Cuando llegué a su altura, me di la vuelta para apoyarme, pero antes de hacerlo, sentí un dolor agudo en el hombro izquierdo. Era el mismo en el que me había disparado el maldito doctor Varela. Llevé una mano hasta él y noté que tenía algo de sangre, pero nada que fuera preocupante en exceso.

La habitación tenía restos de humo y había un fuerte olor a pólvora. Después de algún tiempo, hice un análisis de la situación. El sofá se había volcado a un lado y la silla había rodado hacia el lugar donde yo desperté. El bueno del Meiji estaba tirado a mi derecha sobre su estómago, con la cabeza ladeada en un ángulo extraño contra la pared. Tenía la piel de la espalda y las piernas hecha jirones, y se podía ver buena parte de la carne. Supuse que había sido lo que me había golpeado en el respaldo de la silla.

Parado como estaba en la entrada del dormitorio, el Meiji me protegió y se llevó la peor parte de la onda expansiva, sin mencionar que recibió el aluvión de clavos que se filtraron por la puerta. Algunos sobresalían de su espalda rota como lo harían en un viejo muñeco de trapo con el que alguien se hubiera divertido haciendo vudú. No vi la necesidad de revisar si todavía seguía con vida.

A su espalda yacía Lorenzo Quintas, alias el Loren. Su sangre se extendía por el suelo alrededor de la cabeza y la parte superior del pecho. Tenía la cara y el cuello desgarrados y un llamativo clavo sobresalía de su cuello, como si un carpintero tan inútil como él lo hubiera dejado a medio clavar. Su altura y la posición en la que le sorprendió la explosión le hicieron atrapar cualquier metralla que volara por encima del Meiji y de mi silla, alcanzándolo en el cuello y la cabeza.

Traté de concentrarme, a pesar del zumbido de mis oídos, la visión atrofiada y el humo, para estudiar el pecho del Loren. Tras unos segundos, me di cuenta de que todavía se movía arriba y abajo, aunque con más dificultad de lo que requeriría cualquier mínima posibilidad de supervivencia.

—Vaya par de subnormales —me dije.

Entonces el Loren emitió un sonido lastimoso y comenzó a toser, con el clavo moviéndose a la par en su cuello. Era una tos espesa y líquida. Dejé escapar un suspiro y lo volví a mirar. Me arrastré hacia él y, a medida que me acercaba, pude ver cómo perdía abundante sangre por la herida que el clavo había hecho en su cuello.

Me detuve a su lado y bajé al piso, apoyándome en mi brazo derecho e intentando evitar el charco de sangre.

—¿Qué quieres, Loren? —dije en voz alta.

Me imaginé que sus oídos también habían adoptado a un buen número de abejas.

Él intentó abrir los ojos, pero no lo consiguió. Tosió de nuevo y luego salió su miserable voz.

—¿Meiji? ¿Meiji? ¿Eres tú?

—Lamento decepcionarte, pero tu amigo Meiji está muerto. Ya no podrás llevarlo a jugar en medio de la noche. Ya no habrá más hombres colgados, ni más mujeres empaladas. Lo triste, querido

Lorenzo, es que Mariano Ramos no compró a ningún médico. Hay demasiados controles en el hospital como para que eso pueda suceder. El doctor Varela solo hizo lo que tenía que hacer, se ajustó al protocolo de actuación para esos casos. Lo he comprobado y sucedió así. El tiempo de tu querido papá se había acabado, Lorenzo, y tú has matado a toda esa gente por nada. Lo bueno, es que tú también te vas a ir al infierno por nada.

Se quedó pensando durante un buen rato. Después emitió su más sabia conclusión.

—Vete a la mierda —dijo.

Idiota hasta el final, pensé. Ese adictivo estado personal que, por alguna extraña razón, quien lo adopta nunca está dispuesto a abandonar, ni siquiera en su lecho de muerte. El idiota que vive equivocado, muere equivocado. Esto no se lo dije y preferí cultivar una vena más irónica.

—Eres un hombre de pocas palabras, Loren. Sin duda alguna.

Después sufrió una especie de convulsión y emitió lo que pretendía ser un grito, pero acabó sonando como un simple susurro ahogado.

—¡Maldita sea! ¿Por qué no me matas? ¿No era eso lo que querías hacer?

—No va a ser necesario, Lorenzo, te estás desangrando. Prefiero ver cómo te vas poco a poco.

Sus destrozados labios se retorcieron en un gruñido.

—No voy a suplicarte, cabrón —dijo.

Me incliné hacia adelante y le hablé al oído.

—No te serviría de nada, aunque lo hicieras.

Entonces, su cara se congeló y una risa líquida brotó de lo más profundo de su pecho durante unos segundos, hasta que se ahogó con ella y volvió a toser. Cuando superó el apuro, su voz volvió a escucharse, aunque más débil todavía:

—Al diablo contigo, al diablo con todos. Piensas que eres mejor que los demás y solo eres un maldito cabrón de mierda. Podéis iros todos al infierno. Podéis...

En ese momento, sus palabras se ahogaron. Su pecho se levantó dos veces, con fuerza, y después cayó hacia atrás y se hundió sobre sí mismo, a la vez que emitía el cavernoso ronquido final. Tras eso, se quedó callado, inmóvil y sin respirar.

Yo me sentía agotado, como si los golpes, el esfuerzo y, sobre todo, la tensión de los últimos días reclamasen su protagonismo. Me estiré en el suelo y me dejé vencer por el cansancio. Cerré los ojos y mi mundo se fue a las sombras profundas. Podría ser durante una hora, o varias, no lo sabía y tampoco me importaba.

Desperté a la mañana siguiente a pesar de que me sentía muy bien de encontrarme dondequiera que me encontrase. En un primer momento, pensé en dormir un poco más, pero pronto decidí que era mejor no hacerlo. En un destello de lucidez decepcionante, volví a la realidad y recordé todo lo que me quedaba por delante. Hay una gran diferencia entre matar a dos asesinos en defensa propia y planear al detalle la muerte de dos asesinos. Esa diferencia es una palmada en la espalda en la primera opción y un buen puñado de años entre rejas en la segunda. Así que, no podía permitirme más que un breve descanso. Tuve que establecer prioridades.

Antes de nada, tenía que hacer algo con la sangre sobre el piso encerado de Tomás. Todavía no había alcanzado la alfombra y no tenía intención de permitir que lo hiciese. Cojeé un poco hasta la puerta principal y me dirigí con una pierna rígida hacia el Toyota. Tenía vidrios rotos en la ventana del acompañante y varios agujeros de bala en el lateral de ese lado. Le prometí que se lo compensaría.

No sin esfuerzo, lo llevé al otro lado del patio delantero, luego abrí el maletero y cogí los plásticos y la cinta adhesiva. Volví a la cabaña y abordé al Loren, ya que era el que más sangre estaba derramando. Extendí uno de los plásticos a su lado. Después de revisar los bolsillos de sus pantalones y encontrar un juego de llaves, lo enrollé en el plástico, puse su escopeta al lado y lo até una y otra vez con la cinta adhesiva. Era grande y creo que hasta el diablo me echó una mano para compensar mis mermadas fuerzas. Cuando terminé, parecía una momia trabajada por un embalsamador del antiguo Egipto en plena borrachera.

Con el Meiji fue algo más fácil, porque pesaba algo menos. Repetí el proceso, revisé sus bolsillos, cogí las llaves, lo estiré en el plástico y puse la pistola a lo largo. Antes de envolverlo, saqué un montón de toallas del baño y absorbí tanta sangre en el suelo como pude. Luego las coloqué en el plástico y cerré bien con cinta adhesiva.

Cuando acabé, entré en el baño para ver mis heridas. Una protuberancia azul de tamaño generoso había surgido en mi cabeza por encima de la sien derecha, donde la escopeta me había golpeado, y mi ojo derecho estaba casi cerrado por completo. El muslo derecho tenía un moratón tan grande como una naranja y el izquierdo estaba hinchado desde la rodilla hasta la nalga y con una buena paleta de colores debido a las patadas que me habían dado. Lo apreté con un dedo y emití un alarido.

Después planté mi pie izquierdo en el suelo y giré la pierna de un lado a otro. Volví a gritar y el dolor casi me hizo perder la consciencia, pero la buena noticia fue que no era un dolor por el rechinar de los huesos, sino por los músculos magullados. Fui a la cocina y le quité el tapón a la botella de Jack Daniels y bebí hasta que no pude respirar. Dejé descansar la botella un par de segundos y luego le di otro buen trago. Esperé un par de minutos. El dolor seguía ahí, pero ya me importaba menos.

Saqué los dos juegos de llaves de mi bolsillo. No me apetecía caminar, pero no tenía elección. Así que me peiné, acomodé mi ropa lo mejor que pude, escondiendo la pistola en la funda del cinturón bajo la chaqueta, y salí de la cabaña.

El día era soleado, pero todavía hacía fresco. El aire rebotó en los árboles medio desnudos y se arremolinó alrededor de mi nariz como si tratara de librarme del olor a pólvora y muerte. Mientras caminaba, mis piernas se aflojaban a cada paso. La noche anterior había llegado a la finca por la derecha de la carretera y no había visto ningún vehículo, así que decidí ir hacia la izquierda. Paseé por el borde del asfalto durante un buen rato. Solo me sobrepasó un vehículo. Era un camión de reparto de yogures y no se fijó en mi estado, o si lo hizo, no se molestó en parar.

Después de casi medio kilómetro, vi un estrecho camino de tierra que se adentraba en el bosque en el que había huellas frescas de rodaduras. Lo tomé y, a unos cien metros de la entrada, descubrí un Nissan Patrol gris de casi treinta años. Los neumáticos se veían desgastados, tenía tubos redondos de metal oxidados reforzando los parachoques y el parabrisas estaba agrietado con visibles líneas.

Lo abrió la llave del Loren. Me puse los guantes, me subí y lo encendí. Había tanta suciedad y polvo en el tablero que era difícil saber cuál había sido su color original. El cenicero estaba atestado de colillas, en número suficiente para provocar cáncer de pulmón a una ciudad entera. Olía mal por dentro y por fuera. Lo bajé por la pendiente y esperé unos metros dentro del bosque hasta estar seguro de que no había nadie. Después salí a la carretera y me metí por el camino que conducía a la puerta de la finca. No se me aflojó el estómago hasta que tuve la cadena cerrada detrás de mí y aquel trasto estacionado junto al Toyota.

Luego me dispuse a trabajar. La línea de árboles más cercana estaba detrás de la casa, a unos cuarenta metros de la puerta de la cocina. Como el Meiji estaba más cerca, lo trasladé primero. Me detuve a unos cinco metros del borde del bosque, justo donde las hojas caídas empezaban a cubrir el suelo. Volví a la cabaña por el Loren y lo puse al lado de su compañero. Era un hombre grande y el cansancio y mi pierna magullada provocaron que tuviera que hacer un par de descansos antes de conseguir mi objetivo. Con los dos estirados sobre la hierba, me tomé unos segundos para fijarme con atención en ellos. A pesar de la diferencia de altura, hubiese jurado que usaban la misma talla de pantalón.

Solo fue un momento porque, todavía jadeando por el esfuerzo anterior, volví por la lona, el rastrillo, la pala y el azadón. Luego rastrillé las hojas de la hierba justo fuera de la línea de árboles, esparcí la lona y saqué los trozos de hierba con cuidado. La mayoría de los asesinos que intentan ocultar a sus víctimas son estúpidos. En su apuro por quitarse el problema de encima, por lo general arrojan el cuerpo a la zanja más cercana o cavan un hoyo poco profundo. No tiene sentido poner un letrero pintado a mano al lado del fiambre que diga «me han matado y me han dejado aquí, descúbreme». Es mejor tomarse un poco más de tiempo y hacerlo bien. Pese a mi estado, yo no quería que estos cadáveres viniesen a atormentarme algún día solo por mi dejadez.

Cavé en la tierra a un ritmo ridículo, con mi respiración pesada, mis extremidades doloridas, mis pensamientos espesos y la pandilla de A Riouxa, que parecía animarme a cada palada que daba. No me detuve hasta que el hoyo alcanzó la profundidad de mi cintura.

Hice rodar los dos cuerpos hacia el fondo y luego fui a por la manguera del jardín. Los cubrí con una capa de tierra, la pisoteé y rocié todo con un fino chorro de agua. Puse la siguiente capa, volví a asentar la tierra con mis pies y regarla después, y repetí el proceso varias veces. Tras la última capa de tierra, remplacé las piezas de césped y les di un buen riego también. Luego doblé la lona y cubrí todo con hojas.

Me retiré un par de metros y admiré mi trabajo. Habría poco o nada de asentamiento a medida que pasara el tiempo y llegaran las lluvias, de tal modo que, si alguien husmeara por la zona la semana siguiente, sería obvio que allí había pasado algo y podría tener problemas. Pero, en cuanto un mes y un par de tormentas hicieran una visita a la zona, nadie que no fuera a buscarlos de manera expresa podría encontrarlos.

Quería sentirme orgulloso de lo bien que había pensado mi plan, pero ese sentimiento nunca llegó a cuajar en mi cabeza. Tan solo el de asco.

Esa noche, en mi fría y destrozada cama, al fin soñé. Las criaturas me perseguían. Eran pequeños seres extraños con brazos largos y dientes afilados. En realidad, no podía distinguirlos, pero estaba seguro de que tenían ese aspecto. No podía verlos porque me encontraba en la cabaña a oscuras y ninguna de las luces funcionaba. Sentía como los pequeños y espeluznantes *gremlins* se movían a mi alrededor y yo me ponía en guardia para enfrentarme a ellos, pero cada interruptor que encontraba a tientas en la pared no prendía luz alguna. Corría de una habitación a otra, de una pared a otra, sintiéndolos rebotar, reír a un palmo de mí, pero nunca se encendía la luz.

Parecían muy reales, hasta sus enormes orejas puntiagudas y su macabra risa.

Al día siguiente, me desperté pensando en el trabajo que tenía por delante, sin importar lo dolorido que me sintiera ni las ganas que tuviera de permanecer debajo de las mantas. No era difícil averiguar que la mañana se presentaba fresca y soleada, ya que la ventana destrozada de mi dormitorio hacía que el aire exterior entrase libre en la casa. Me dirigí al baño, con mis piernas azules y mi ojo a juego, para mirarme en el espejo. Me puse los vaqueros, la camisa y los zapatos como pude y, en la cocina, desayuné café negro en cantidad generosa y un buen trozo de tarta helada. El contraste de temperaturas me ayudó a acabar de desperezarme.

En primer lugar, examiné los daños en el dormitorio. Las cuatro paredes estaban marcadas por los clavos. Eché un vistazo por las ventanas, miré la parte exterior y comprobé que ninguno había traspasado el revestimiento. También empujé esas paredes para detectar cualquier ángulo fuera de lugar. Todo parecía correcto, lo que significaba que había calculado bien la cantidad de C-4 que debía de utilizar y no se había producido ningún daño estructural.

Saqué el líquido de limpieza y las toallas que había comprado y limpié la sangre del piso y las paredes del salón, fregando hasta que no quedaran rastros visuales. Con Luminol aún se detectaría, pero no había nada que pudiera hacer al respecto, excepto quemar el lugar y eso no lo iba a hacer.

Saqué más paños de plástico y usé cinta adhesiva para cubrir las tres ventanas rotas. Fue mientras estaba afuera dando golpecitos cuando noté que mis oídos ya no zumbaban tan fuerte.

A primera hora de la tarde, me duché, me puse unos tejanos limpios y una camisa, y abrí mi primera cerveza. Me senté en el porche y vi cómo se consumía el día, pensando cada punto de lo que me quedaba por hacer los siguientes días.

Justo cuando estaba oscureciendo, me até la veintiséis a la pierna, metí en un bolsillo las llaves que les había quitado a los dos idiotas y me puse la chaqueta y los guantes. Encendí el maltrecho todoterreno y me dirigí a Vigo. Poco antes de llegar a la ciudad, tomé la A-9 y, al llegar a la altura de O Porriño, entré en el estacionamiento del club nocturno que quedaba a la derecha, llamado Vitiza. Aparqué fuera de cualquier posible cámara de seguridad y salí del vehículo cuando no había nadie alrededor. Cerré la furgoneta, guardé los guantes y las llaves en los bolsillos de mi chaqueta y me apresuré a entrar en el local.

Era un viernes por la noche y estaba lleno. Saludé a un tipo grande y hosco en la puerta principal y luego me senté en la barra. Le pedí una cerveza a la camarera que me atendió. Había poca luz y eso disimulaba en cierta medida el tono azul de mi ojo, pero en cuanto alguna chica se acercaba a ofrecerme sus servicios, a menudo se marchaba nada más verme de cerca. A las pocas que no huyeron en ese primer momento, las espanté a base de peticiones de servicios demasiado especiales.

Mientras la camarera me servía la cerveza, dos hombres se sentaron a mi lado y se pusieron a observar a las chicas con una copa en la mano. Eran jóvenes, iban bien vestidos y tenían ojos curiosos. Arrimé mi taburete hacia su posición. Ellos me miraron y parpadearon una o dos veces.

—¿Tienes novia? —le dije a uno, con mi mejor sonrisa—. Nunca la enfades cuando estés borracho.

Ellos me devolvieron la sonrisa.

—No sé —respondió el más cercano.

Como saludo, le ofrecí mi mano.

—Tomás —dije.

Ellos eran Álex y Santi.

Justo cuando una chica rubia y otra pelirroja vinieron con intención de convencerlos para pasar un rato en una de las habitaciones superiores, pedí una botella de cava para todos. Santi y Álex sonrieron sorprendidos y me dedicaron un gesto de agradecimiento. Se notaban radiantes y tenían los ojos saltones.

Poco después, cuando las dos chicas se fueron, los tres éramos amigos de toda la vida. Me contaron que estudiaban en la universidad y que habían aprovechado para pasar una noche animada a la espera de que empezaran los exámenes. Yo me convertí en un mecánico aficionado a las peleas, al que su novia echó del coche en el aparcamiento. La razón era que ella había aceptado ir a tomar algo allí, pero en el último momento, se había arrepentido. En plena pelea conyugal, yo había zanjado el tema diciéndole que pensaba entrar tanto si ella me acompañaba como si no y me había dado media vuelta. Los chicos estaban asombrados de mi machismo y de la idea de que una mujer pudiera seguir a mi lado en aquellas condiciones. Yo también estaba asombrado con la historia que me había acabado de inventar.

A medianoche, y después de que hubiesen visitado las habitaciones superiores, se dispusieron a salir y me preguntaron si necesitaba que me acercaran a Vigo. Claro, dije, tal vez podríais dejarme en la estación de autobuses. Por el camino, les expliqué que yo era de un pueblo a medio camino de Pontevedra y que había un autobús que salía a las dos de la madrugada y que ya lo había cogido otras veces. Media hora más tarde, me despedí de ellos y de nuestra ocasional amistad en la estación. Entré y comprobé los horarios. El siguiente autobús que salía en dirección a Cangas no partía hasta las diez de la mañana, así que me senté en un banco lleno de cicatrices y traté de dormir un poco.

A la noche siguiente, sábado, repetí la misma historia en un destartalado bar de Cangas. Mi novia se había enfadado conmigo y me había dejado allí tirado para irse a Vigo para vivir en casa de mamá y papá. Habíamos ido a pasar el fin de semana en la cabaña de un amigo al lado del mar, pero estaba claro que regresaríamos por separado.

¿Mi nuevo amigo, un marinero recién divorciado, conocería el lugar? Claro, siempre había vivido en la zona. ¿Me llevaría en su coche? Por supuesto que lo haría. Todo lo que necesitaba para conseguirlo era pagar la cerveza que bebiera y escuchar una y otra vez cómo aquel hombre se sentía estafado por su exmujer y la suerte que había tenido yo de que mi novia me hubiese dejado antes de hacer algo tan estúpido como casarme con ella. Malditos abogados, malditas mujeres y maldito destino, la vida es una sucesión de desengaños y fracasos hasta que llega un día en que, sin saber muy bien por qué, te mueres.

Bajé a la cabaña desde el inicio del sendero. Le había dicho a mi amigo marinero que necesitaba respirar un poco de aire fresco, porque no quería que se invitara a tomar la última copa en mi refugio. Por suerte, no puso muchas objeciones y llegué a la finca de Tomás casi treinta horas después de irme. Solo y con la misión cumplida. Lo malo era que estaba cansado, tenía resaca y me sentía deprimido. Antes de entrar en la casa, bajé por el sendero a la pequeña cala, me metí en la bajamar hasta que el agua me cubrió el pecho y tiré con todas mis fuerzas las llaves del Loren y el Meiji al medio del océano. Allí nadie las encontraría.

Ya en la cabaña, me di una ducha, comí algo, me serví un gran Jack Daniels con hielo y comencé a reparar los destrozos de manera obsesiva, como un hombre poseído, en medio de la madrugada, ya que de todos modos no iba a conseguir dormir. Empecé en las paredes, quitando cualquier clavo que sobresaliera. Cuando acabé, usé el compuesto de yeso para reparar los muchos agujeros que habían dejado. Trabajé en ello hasta casi el amanecer. Todo lo que hice fue trabajar y beber bourbon, beber bourbon y trabajar, y podría decirse que me convertí en una máquina imparable de parcheo.

Con las primeras luces del alba, caí rendido en la cama, pero apenas pude dormir. Apenas un par de horas después, me levanté y continué con las reparaciones. Primero, retiré todos los componentes del sistema de alarma y volví a conectar la lámpara original en el dormitorio. Después le tocó el turno a las ventanas que tenían cristales rotos. Saqué los restos que estaban en los marcos y medí el tamaño de cada una. Por último, lijé todos los puntos astillados en el piso de madera y los retoqué con masilla.

A lo largo de ese día, varias veces me sentí inclinado a mirar desde la ventana de la cocina hacia el lugar donde mis amigos descansaban bajo tierra y no sería capaz de definir la sensación que sentí. Era extraña y de las que invitan a profundizar en ella, pero tenía claro que no podía permitirme ese lujo.

A la mañana siguiente, volví a Cangas y compré pintura, barniz, rodillos y pinceles. También conseguí cristales a medida en una cristalería. Luego regresé a la cabaña y arreglé las ventanas, pinté las paredes y barnicé el piso del salón y el dormitorio.

Estaba obsesionado con hacer un trabajo perfecto.

A las cuatro de la mañana del martes, me caí en la cocina sobre el destartalado colchón en un sueño profundo, con el olor a pintura pegado a la nariz.

Pasado el mediodía, me levanté, comí algo y me duché. Confieso que me sentí mucho mejor después de hacerlo. Mientras me secaba, me miré en el espejo y descubrí que el ojo dañado seguía descolorido, pero la hinchazón había empezado a bajar y lo mismo pasaba con mis piernas. Por el contrario, mi cara se veía peor, estaba flácida y pálida, a juego con mi cerebro. Lucas Acevedo, el sombrío vengador de la suerte de los idiotas. Lorenzo Quintas y su amigo, el Meiji, la habían disfrutado gracias a mi embobamiento con Yolanda y tan solo conseguí reaccionar a tiempo para salvar mi vida. El pragmatismo siempre vence a la suerte, la cruda realidad a los idiotas sin méritos, pero estaba seguro de que aquella victoria me había desgastado por dentro como pocas cosas en mi vida. Supuse que, en cuanto acabara todo, volvería a mi ático para ordenar ideas en compañía de Edward. El problema radicaba en que la mochila a acomodar en mi espalda vital después de eso, iba a resultar mucho más pesada que la que había traído de Madrid a mi llegada a Mondariz.

Mi inestable estado emocional alimentó la necesidad de seguir moviéndome, para no pensar más de lo que quería permitirme. En el fondo, los pensamientos en movimiento siempre alcanzan menos intensidad de la que tendrían estirado en un sofá con una cerveza en la mano.

Así que cerré la cabaña y me dirigí al Toyota. Antes de ponerlo en marcha, pegué plástico sobre la ventana rota del acompañante, puse un poco de masilla sobre los agujeros de bala que tenía y la cubrí con pintura de retoque en spray. Era un trabajo de chapistería pobre y triste, que podría firmar cualquier niño de primaria en su clase de plástica y dudo que le sirviera para aprobar, pero de momento, tendría que bastar.

Conduje mi pobre coche hasta Vigo para alquilar una furgoneta de mudanzas y cambiar a lo largo de esa noche los viejos muebles destartalados por unos nuevos lo más parecidos a los originales. Tomás, por supuesto, notaría el nuevo mobiliario, el nuevo televisor, las paredes recién pintadas y el piso pulido y barnizado. Había sido reacio a darme las llaves de la cabaña, pero en el caso de que hiciera algún comentario cuando la viese, yo le diría que todo era fruto de mi agradecimiento. Como buen abogado y mejor conocedor de mi persona, él lo aceptaría y me dedicaría una mirada que me calificaría como un maldito mentiroso, pero se daría por conforme. En privado, se preguntaría qué oscuro suceso había ocurrido, incluso se pasaría varios fines de semana jugando a hacer de detective para comprobar cada elemento que no estuviese como él lo había dejado. Sin embargo, no haría más preguntas, porque él mejor que nadie sabía que si los problemas llamaban a su puerta, yo daría un paso al frente y asumiría todo lo que hubiera que asumir.

Devolví la furgoneta el miércoles por la tarde, recuperé el Toyota y regresé a la cabaña para recoger mis cosas. Antes de irme, di un último paseo por la finca y juraría que las ardillas habían organizado una fiesta para celebrar mi partida.

Era siete de noviembre. Ese día llegué de regreso a mi ático a media mañana. Tenía el olor apagado de un lugar que había estado vacío durante mucho tiempo, aunque apenas habían pasado diez días. Edward me esperaba sentado en el sofá y pegó un salto, acompañado de un gran maullido de bienvenida, en cuanto escuchó abrir la puerta. Quizá él, más que yo mismo, estaba convencido de mi regreso.

Hacia mediodía, y después de haber descargado mis escasas pertenencias, me senté en la mesa de la cocina con el teléfono móvil en la mano. Tenía que tomar una decisión y no quería hacerlo. Alguien podría pensar que esa duda era provocada porque acababa de enviar a dos hombres al infierno, pero se habría equivocado. Matar al Loren y al Meiji no significó gran cosa para mí. Eran basura humana, idiotas con armas, y si a un idiota le colocas un arma en las manos, lo más probable es que sus idioteces dejen de tener gracia para pasar a costar vidas. Desde el primer momento, tuve claro que el mundo sería un lugar mucho mejor sin ellos, porque nunca vas a conseguir que un idiota abandone su condición o regrese sobre sus pasos en el tortuoso sendero de la violencia gratuita una vez que la han saboreado. Quizá cuando acabase todo tuviera que recolocarlo en mi cabeza, pero hasta entonces, no era algo que condicionara mis acciones.

No, mi problema era muy diferente. Las fichas de dominó de la muerte y la destrucción, derivadas de mi rotura de la mano del doctor Varela, no habían caído todas. A partir de ese momento clave en la carretera, habían empezado a chocar entre ellas, una contra la siguiente, y así de manera sucesiva, pero la última todavía se mantenía en pie al final de la fila. Podría decirse que quedaba demasiado lejos para que la penúltima ficha la arrastrase en su caída.

Mi duda era: ¿quería derribarla yo o echar el cierre y dejar las cosas como estaban en ese momento? Más en concreto: ¿quería que fuésemos dos los supervivientes de aquella historia o uno solo?

Eché un vistazo alrededor y vi un ejemplar de El Faro de Vigo sobre la mesa. Era la edición del día después del asesinato de Yolanda, que incluía en portada su foto en blanco y negro. Aquella en la que no se distinguía el verde de sus ojos. Ese verde que ya nadie podría volver a apreciarlo en la realidad.

Le eché una larga mirada, dejé escapar un gran suspiro y levanté el teléfono. Sabía el número que tenía que marcar de memoria, aunque solo lo había buscado una vez en la agenda. Cuatro tonos sin respuesta y luego el contestador automático. Colgué y volví a llamar. En esta ocasión, en el último segundo, me contestó una señora con una voz débil y quebrada.

—Hola.
—Buenos días. ¿Está Daniel?
—Sí. Hoy no trabaja. ¿Llama usted por Lorenzo?
—No, señora, lo siento. Solo necesito hablar con Daniel.
—Está bien, espere que lo llamo.
—Gracias.

Dejó el teléfono sobre una superficie dura y, tras unos segundos, escuché pasos que se acercaban.

—Hola.

Era una voz bastante agradable, aunque un poco aguda.

—¿Daniel Quintas?
—Sí.
—Soy Lucas Acevedo.

Silencio. Un largo silencio. Demasiado largo.

—Lo siento, ¿quién?
—Ya sabes quién.
—No, me temo que no...
—Déjate de tonterías, Daniel. ¿Quieres que vaya a tu casa y tengamos una conversación delante de tu madre?

Otro silencio. Pero, en esta ocasión, no permití que fuese tan largo como el anterior.

—Necesito hablar contigo —continué.

—Yo...

—En un lugar público. ¿Has estado en Samil?

Se aclaró la garganta.

—Claro —dijo al final.

—Hacia el final de la playa, está la cafetería del camping. ¿La conoces?

—Sí.

—Nos vemos allí hoy a las siete de la tarde. Si no estás, iré a la Policía mañana. No insultes a mi inteligencia actuando como si no supieras de qué va todo esto.

Una larga pausa seguida de un largo suspiro.

—De acuerdo.

—A las siete, entonces —repetí.

Colgué y me quedé mirando el teléfono, durante mucho tiempo.

Durante mucho, mucho tiempo.

16

Samil es la zona donde se encuentra la mayor playa de Vigo. Situada en un entorno de gran belleza, con las Islas Cíes vigilando desde el fondo, cuenta con algo más de un kilómetro de hoteles, museos y cafeterías. Era un lugar muy concurrido los meses de verano, pero noviembre ya no era época de playa en Galicia.

Aquel día, el cielo estaba nublado, aunque no llovía. Llegué a las siete menos cuarto. El aire era espeso, frío y húmedo y empezaba a oscurecer. Aparqué y me senté en una de las mesas de la terraza exterior. Me fijé que estaba medio llena. O tal vez estuviese medio vacía.

Una camarera se acercó unos minutos después de que llegase y me preguntó qué quería tomar. Le pedí que me trajera dos claras con más gaseosa que cerveza.

—O mejor —dije—, una jarra con dos vasos.

Daniel Quintas llegó a las siete y cinco. Lucía tan flaco como cuando lo vi a través de la ventana de la señora Milagros. Parecía algo más alto, con la coleta un poco más tirante y la misma cara larga y triste. Llevaba vaqueros y una camisa de trabajo descolorida y no noté ninguna protuberancia sospechosa debajo de su ropa. Le llevó un tiempo averiguar quién era yo y, al final, tuve que ayudarle con una seña. Se dirigió hacia mi posición con la cabeza bajada y sin mirarme, como si quisiera evitar aquel encuentro unos segundos más. Cuando llegó a mi mesa, le señalé el asiento de enfrente. Él miró a su alrededor, se humedeció los labios y luego se sentó.

—Ya he pedido por los dos —dije.

Daniel arrugó la frente.

—¿Eh?

—Un segundo.

Me levanté y fui a buscar la comanda, porque todavía no nos la habían servido. Salí con la jarra de un litro de clara y los dos vasos y me senté frente a él.

Sus ojos estaban perdidos en la mesa de al lado.

—Ha sido un buen trato, ¿verdad, Daniel? —le dije.

Apenas me miró.

—No sé de qué estás hablando, no sé por qué me has llamado y no sé de qué va esto.

—Vaya si sabes de lo que estoy hablando. Si no, no habrías venido.

Al final, me miró fijamente. Noté bolsas oscuras bajo sus ojos, como si no hubiera dormido mucho los últimos días. Por su parte, él se centró en mi ojo izquierdo de color amarillo negruzco.

—He tenido unos días duros últimamente —dije—. El infierno que ves en mi cara, en realidad, era un infierno diseñado para todo mi cuerpo.

—Escucha...

—Mis días de escuchar tonterías han terminado —lo corté—. Dime, ¿sabes dónde está tu hermano Lorenzo?

—No tengo ni idea.

—¿Lleva fuera unos días?

Asintió con la cabeza.

—A veces hace eso —dijo después—. No es algo extraño.

Pensé en cómo debía manejar aquella situación. Daniel no tenía nada que perder si me evadía, así que decidí ir directo y sin miramientos. En el fondo, yo tampoco tenía nada que perder.

—Yo sé dónde está Lorenzo.

Ahora sí centró la atención en algo más que mi ojo amoratado.

—Yo lo maté —dije—. Los maté a él y a su amigo el Meiji y los enterré en una fosa donde nadie los encontrará jamás. Lo mismo que se hace con un animal enfermo. No había gran diferencia entre ellos y dos perros rabiosos.

Su cara se congeló unos segundos hasta que asumió el significado de lo que estaba escuchando. Luego sus ojos se agrandaron y su labio inferior empezó a temblar. Al final, un buen número de lágrimas se derramaron en silencio por su cara.

La camarera salió a servir a una mesa cercana. Al pasar, miró a Daniel de reojo. Este se cubrió la cara con las manos. Otras personas también nos miraron, pero por poco tiempo. Solo los niños trataron de fijarse sin disimulo más allá de la primera imagen, pero sus padres los distrajeron hacia otras cosas. A los adultos les resulta incómodo ver llorar a un hombre en público y, por ello, siempre evitan que sus hijos lo hagan.

Siguió así durante un minuto más o menos.

Yo serví dos vasos de cerveza.

—Bebe un poco —dije—. Te hará bien.

Después de tomar un trago, Daniel apartó las manos de su cara y me miró. Sus ojos seguían rojos y húmedos. Con la voz cortada por la emoción, empezó a hablar a duras penas.

—¿Me estás diciendo la verdad?

—Sería una broma demasiado pesada, ¿no crees?

—¿Dónde está?

—¿Para qué quieres saberlo? No estará menos muerto porque tú lo sepas. Su furgoneta está en el aparcamiento del Vitiza.

—Lo sé, la encontré ayer. Pensé que se habría ido de fiesta y que volvería dentro de unos días.

—Pues no, no estaba de fiesta. Salió de casa con la intención de matarme y se llevó consigo al Meiji, porque en el fondo era demasiado cobarde para hacerlo él solo. Pero, esta vez, no fueron a la caza de una mujer desvalida, ni de un anciano, ni de un médico desprevenido. Era yo quien los esperaba y, cuando llegaron, los maté sin más. Los saqué de la circulación. Esa era la idea y lo hice en legítima defensa. Ellos me buscaban y yo les dije dónde estaba, nada más. Eso era lo que querían y, cuando llegaron armados hasta los dientes, les di la respuesta adecuada. Solo necesito un buen abogado para quedar impune y tengo al mejor de Vigo.

Su cuerpo temblaba con la mirada perdida en la mesa.

—Dios mío —tartamudeó.

Sentí que mi ira iba aumentando y seguí hablando para calmarla.

—Tú sabes de qué va esto, pero, ¿qué te parece si haces como que no sabes nada y yo te lo explico todo? Tu patético hermano culpó a mucha gente por cosas que no habían hecho. Lo hizo solo porque estaba dolido por la muerte de tu padre y necesitaba culpar a alguien. Primero, él y su amigo mataron a Mariano Ramos y a su esposa.

—Yo no tuve que ver en eso, ¡lo juro! El Loren dijo que los mataría, pero no me lo tomé en serio. Pensé que se estaba desahogando, como hace siempre. No supe que hablaba en serio hasta que ya los había matado y me lo dijo.

—Se jactaba de ello, ¿verdad?

—El Loren siempre hablaba de más. Unas cosas eran ciertas y otras no.

—Cuando te niegas a hacer algo de provecho con tu vida, pasa eso. Después de los Ramos, Lorenzo quería al doctor Varela, pero estaba escondido. Así que se fue a buscar a Máximo Losada para que le dijese dónde encontrarlo y, cuando lo hizo, también lo mató para no dejar testigos que lo relacionaran con las demás muertes. Máximo era el prestamista de Marcos Varela y el de tu padre, ¿no? Máximo fue quien mandó a tu padre a la consulta del doctor Varela por su corazón, ¿verdad?

No respondió, pero su expresión lo decía todo.

—Así que —continué—, después de matar a Máximo y a los dos sicarios que tenía con él, Lorenzo se encargó del doctor Varela y de su novia. Luego le tocó a Yolanda. Ese fue su gran error, lo que me puso sobre su pista. De todos modos, reconozco que todavía me llevó un tiempo darme cuenta de lo que estaba pasando, porque a veces soy un poco lento con estas cosas. Tu hermano estaba loco y quería que la gente sufriera. Los Ramos, el doctor, su novia y Yolanda. Losada y sus perritos falderos no sufrieron porque eran efectos colaterales, murieron simplemente porque no quería dejar testigos, o quizá porque así se ahorraba que en un futuro le reclamase la deuda de tu padre, que también puede ser. Pero la cuestión es que hay algo que no me encaja en esta historia. A mí me guardaba rencor y, sin embargo, atentó contra mi vida con una bomba, y no hay tortura alguna en una bomba. Explota, mueres y se acabó. No hay sufrimiento, no hay diversión, no hay venganza. Lorenzo sabía dónde vivía yo y podría haber intentado sorprenderme del mismo modo que hizo con los otros y torturarme como a ellos. En cambio, intentó volarme por los aires. Algo limpio, ordenado, que se coloca en una habitación con una sola puerta. Explotará cuando esa puerta se abra. Una ejecución. E incluso diría más, me parece un plan demasiado complejo para su reducida mente.

Daniel siguió callado, pero su labio inferior temblaba cada vez con más intensidad.

—Pero hay otra cosa que todavía me encaja menos —continué—. Y es que cuando descubrí la bomba y quise desactivarla, tuve que romper el cristal para llegar hasta ella, porque no cabía por la abertura de la claraboya. Y sabía que el Loren era más o menos de mi tamaño. Al principio, no le di mayor importancia, porque pensé que quien iba con él sería más pequeño. Pero no, esta semana descubrí que con él solo iba el Meiji y era casi de su tamaño. Sin embargo, creo que tú sí cabrías por ella, ¿verdad?

Daniel permaneció con la cabeza bajada y sin responder. Yo me quedé unos segundos mirando para aquella especie de estatua silenciosa que tenía delante.

—Necesito una respuesta —dije después.

Los ojos de Daniel todavía estaban húmedos cuando levantó la cabeza, pero su expresión había girado hacia un lugar indescifrable. Respiró hondo un par de veces y, cuando respondió, su voz sonaba como si estuviera en trance.

—Si sabes todo eso, ¿por qué no has ido a la Policía? ¿Por qué quieres hablar conmigo?

—Porque te estoy dando la oportunidad de aclarar las cosas, Daniel. Quiero escuchar tu versión. No sé qué sucederá después, porque todavía no he tomado una decisión. Espero que tú me ayudes a tomarla.

Respiró como si sus pulmones no procesaran el oxígeno que les entraba. Se tomó un minuto largo para pensar, con la cabeza otra vez gacha. Quizá ordenando ideas, estudiando cómo no equivocarse o preparándose para mi reacción posterior.

—Yo no supe de lo de Ramos y su esposa hasta que todo terminó —dijo al final—. El Loren vino a decirme cómo lo habían hecho él y el Meiji. Creo que pensó que le daría la enhorabuena o algo así, pero cuando lo oí, no podía creerlo. Tenía ganas de vomitar. Supongo que la forma en que reaccioné lo enfadó más todavía. Dijo que no había terminado, que iba a ir a buscarte a ti, al doctor, a su esposa y a quienquiera que tuviera algo que ver con la muerte de papá y que le importaba una mierda lo que yo pensara. Y que lo haría con mi ayuda o sin ella. Dijo que erais todos culpables. Yo no podía entenderlo. Quiero decir, él y papá se peleaban todo el tiempo, incluso a veces a puñetazos. El Loren nunca fue un hijo perfecto. Tampoco para mamá, nunca se preocupó por ella, ni por su cuidado, ni por nada.

Se detuvo para limpiarse los ojos.

—¿Por qué paras? —le pregunté.

—Yo...

—Sigue.

—Yo no podía entenderlo —repitió—. Estaba asesinando a gente porque creía que habían matado a papá. Traté de razonar con él, traté de decirle que no tenía sentido, pero él no quería escucharme. Dijo que papá se merecía que lo vengaran, que nosotros éramos quienes teníamos que hacerlo y que, si yo no quería participar, lo haría él solo. Que viviría con mi cobardía el resto de mis días y que él dejaría de considerarme su hermano. Y sabía que lo decía en serio. Estaba loco. Fue a hablar con Losada, algo que yo tampoco supe en aquel momento. Después de hacerlo, vino a mí como si estuviera orgulloso de sí mismo, como si quisiera restregarme en la cara que estaba haciendo lo que tenía que hacerse y que yo no me atrevía. Me dijo que sabía dónde estaban todos, el médico y también dónde vivías tú. Dijo que había oído mencionar tu nombre en el hospital la noche que ingresaste allí. Losada le había advertido que eras policía, pero eso no lo asustó. Según él, tenías que morir, fueses policía o no.

Su voz empezó a titubear y tomó un trago antes de continuar.

—Lo que estaba diciendo me asustó mucho. Si mamá se enterase, se moriría. Le dije que, si eras policía, no sería fácil llegar hasta ti y mucho menos matarte. Pero él se rio y me mandó a la mierda. ¡Estaba loco, te lo juro, como nunca lo había visto antes! El Loren siempre ha sido un animal y se metía en peleas, pero esto era diferente. Tal vez porque papá murió después de gastarse todo su dinero y tener que pedir más. Supongo que él esperaba tener una herencia que le permitiese seguir vagueando un montón de años y cuando se encontró con que no había nada que heredar, se llenó de rabia y se volvió loco. Cuando miré a los ojos del Loren, supe que iba a hacerlo sin importarle las dificultades ni lo que yo dijera y sabía que el Meiji estaría dispuesto a ayudarlo. Intenté hablar con él de todos modos, por el bien de mamá, pero no conseguí que me escuchase.

Apartó los ojos, como si estuviera avergonzado. Luego siguió adelante.

—Dijo que iba a matarte a ti primero porque tenía tiempo de sobra para ir a buscar al doctor. Intenté explicarle de nuevo que no sería tan fácil, que eras policía. Tuve que asumir que había matado al rico y a su esposa, y a Losada y a sus chicos, y decirle que lo ayudaría a atraparte, pero que, a cambio, tenía que prometerme que pararía. Le dije que habías sido tú quien le rompió la mano al médico y que por eso tú eras el único culpable de todo.

—Marcos y Alicia ya estaban muertos cuando viniste por mí.

—¡Pero yo entonces no lo sabía, te juro que no lo sabía! No me lo dijo. Al contrario, me dijo que tenía tiempo para ir por él y di por hecho que tardaría en hacerlo. Así que cuando me prometió que se daría por satisfecho después de que acabara contigo, le dije que creía que podría conseguir dinamita en el trabajo y que nadie sabría quién lo había hecho. Quería hacerlo él mismo, pero yo prefería que no, porque en un edificio de pisos como es el tuyo, lo iban a coger seguro. Así que le dije que necesitaba hacerlo yo, que quería participar en la venganza de papá, que me lo debía, y cosas así. Y como me vio tan decidido, acabó aceptando. También conseguí que me prometiese que si te mataba ya no habría más muertes.

Abrió sus manos y las extendió en un gesto de súplica.

—¿Qué podía hacer? Sentí que estaba atrapado en una pesadilla. No quería que lo cogieran y no quería que siguiera matando. Así que junté mis cosas y me dediqué a pensar cómo podría hacerlo sin levantar sospechas. Llegué por la tarde y aparqué mi coche no muy lejos de tu casa. Tenía un traje de *jogging* y una mochila como las que usan los corredores serios. La más grande que pude encontrar. El material de la bomba no ocupaba mucho espacio y todo lo demás que llevaba era una palanca muy corta. Corrí por la zona y no vi tu coche aparcado, así que me decidí a llamar al telefonillo y, al no contestarme nadie, trepé de balcón en balcón por la parte de atrás y me colé en tu piso. Me imaginé que, dado que era un ático, tendría alguna claraboya. Llevaba todo preparado, excepto algunos extremos de los cables. No tardé mucho en colocarla.

—¿Cómo sé que no participaste en los demás asesinatos? ¿Por qué debería creerte?

—Esta es la verdad, es todo lo que puedo decirte.

—¿No te preocupaba volar a otros vecinos en mi dúplex?

—Soy bastante bueno con la dinamita, la usamos a menudo en el trabajo, así que sé cómo calcular la cantidad. Todo lo que necesitaba era que entraras por la puerta. Vi esa habitación y me pareció perfecta, porque queda en el centro del ático y no podía equivocarme tanto en la cantidad como para que la explosión alcanzase las viviendas de al lado.

—¿Y si hubiera vuelto a casa mientras tú aún estabas allí?

—Tenía un arma.

—¿Me habrías disparado? ¿No habría arruinado eso tu plan?

—No quería, pero lo habría hecho y luego habría escapado. Si me atrapaban, le diría a la Policía que yo era también el responsable de los demás asesinatos. Al menos, mamá habría tenido al Loren para que cuidase de ella.

—¿Te habrías quedado tranquilo con tu hermano cuidando de tu madre?

—El Loren no siempre fue así, quizá si faltase yo, se preocuparía más de ella.

—Vete a la mierda, Daniel. No sabes lo que estás diciendo.

Se tomó su tiempo para recoger sus pensamientos, pasando sus delgados dedos por la coleta.

—Bueno, justo cuando me iba, en la acera, vi llegar tu coche. Esperé a que subieras, pero entraste y no pasó nada. Al cabo de un rato, te vi en el tejado, por detrás, y supe que algo había salido mal. De alguna manera, lo habías descubierto. Poco después, el Loren llamó a mi móvil, para saber cómo había ido todo. Cuando le conté lo que pasó, se volvió loco y me dijo que sabía que la iba a cagar. Dijo que tenía a la mujer del doctor Varela y que él se encargaría de todo. Intenté hacerlo entrar en razón, pero me gritó todavía más y colgó. Supongo que fue entonces cuando la mató.

—¿Después de llamarte?

—Sí.

Puso la cabeza en sus manos.

—Sé que el Loren se merecía lo que le ha pasado —dijo—, porque le hizo daño a mucha gente, pero a pesar de todo me duele saber que está muerto.

Entonces no pudo evitar empezar a llorar de nuevo como lo haría un niño pequeño que ha perdido a sus padres.

Me quedé observándolo en silencio y pensé en todas las personas a las que aquella locura se había llevado por delante. Pensé en Mariano, en Isabel, en Máximo y sus sicarios Sergio y Bruno, en Marcos y Alicia, pensé en Yolanda e, incluso, en el Loren y el Meiji. A menos que hubiera extrañado a alguien, sumaban diez cadáveres. Y diez, lo único que tiene de bueno, es que es un número redondo. Lo peor era ver cómo el imbécil que tenía delante, de entre todos ellos, solo estaba derramando lágrimas por un recauchutado de andar por casa de Charles Manson.

Sentí que la ira me cegaba y tomaba el control. Me encontré deslizando mi mano hacia mi cinturón y posando mi dedo índice en el gatillo de la veintiséis. Podría irse al infierno con solo un movimiento. Sería una tarea fácil y placentera arrastrar su cobarde trasero al campo y plantarlo junto a su hermano para que no lo echara de menos.

Y, sin embargo, me sentí en conflicto conmigo mismo. ¿Cuándo es necesario hacer algo así y cuándo no? ¿Cuándo hay que parar?

Juro que ese día escuché la voz de Yolanda y sentí el calor de su aliento en mi nuca.

—Basta, querido —me susurró aquella voz silenciosa—. Gracias, gracias por preocuparte, pero ya es suficiente.

Entonces noté cómo se me diluía la rabia, y que el Lucas más frío y profesional se desconectaba poco a poco. Aquella madrugada en la soledad de mi ático, justo después de perder a Yolanda y encontrar los cadáveres de Marcos y Alicia, había desempolvado al hombre de hielo, al policía que siempre había sido, rodeado de sicarios, camellos y lenguas cortadas, y había renunciado a mis emociones para hacer lo que tenía que hacer, para sacar de la circulación a dos perros rabiosos cuya rabia no se curaría en la cárcel por más años que la habitaran. Aquella madrugada había regresado a mi pasado más insensible hasta que toda esta locura acabase.

¿Cuándo es suficiente? Cuando lo es. Y punto. La locura había terminado.

A partir de este momento, tendría que afrontar el recuerdo de diez cadáveres, dos directos y ocho que no fui capaz de evitar, las exigencias de un peludo gato deseando acomodarse en mi regazo y mis pensamientos esforzándose por acomodar sobre mi espalda una mochila vital cada vez más pesada. Podría llevarme un mes, o seis, o tal vez un año. No tenía prisa.

Saqué mi mano del gatillo de la pistola.

—¡Márchate! —le dije.

Él descubrió su cara.

—¿Qué?

—Lárgate de aquí. Me iré cinco minutos después que tú.

—Pero...

—Aún no estamos a salvo. Como te dije, tu hermano y su amigo se creían muy listos y solo eran unos idiotas. Pronto encontrarán a Varela y a su novia y eso hará que busquen otro rastro. Si los policías van al hospital y hacen las preguntas oportunas a las personas correctas, como hice yo, pueden llegar a donde yo llegué y comprobar las evidencias que han dejado en las escenas de sus crímenes. Si lo hacen, estamos todos jodidos. Tendrán tantas ganas de colgar a alguien, con los dos bufones muertos y enterrados, que ya puedes intentar decirles que no sabías nada de antemano de los asesinatos, que no les importará y no se lo creerán.

Sobre todo, porque tú me intentaste matar a mí. Les encantará cargarte todo el marrón para cerrar el caso por completo. Y entonces, dime, ¿qué sería de mamá?

Se limpió los ojos en el antebrazo y asintió con la cabeza.

—Te juro que, si vienen preguntando por el Loren, no diré una palabra sobre ti.

—Me parece perfecto. Si va la Policía a tu casa a hacer preguntas, dile que dejó una nota diciendo que se marchaba a Sudamérica. Así irán detrás de un fantasma una buena temporada y con suerte, para cuando se cansen, ya se habrá calmado todo.

Se levantó y se detuvo a los pocos metros para mirarme una vez más.

—Mamá también tendrá que pensar que el Loren se marchó por voluntad propia a vivir su vida en otro país. Para ella, eso será más fácil de llevar que saber la verdad.

Dejé pasar aquel comentario porque, en el fondo, lo que pensara o no su madre no era de mi incumbencia. Él asintió a mi no respuesta y se fue sin perder tiempo.

Después de cinco minutos, me acerqué a la barra, puse un billete de cinco euros encima de ella y me fui con lentitud. Me despedí de la camarera en la puerta y tomé rumbo al Toyota. Mi cráneo magullado palpitaba, mi pierna destrozada chillaba y mi alma gris gemía.

Mientras caminaba, una fría llovizna caía del cielo nocturno, pintando el asfalto de un negro brillante delante de mis ojos. Me detuve y miré hacia la luz de la calle. Era el tipo de lluvia en la que, si miras a través del halo de una farola, puedes contar las gotas como si fuesen diamantes. Y todos y cada uno de ellos estaban cayendo en mi cara magullada. Dejé que se me echaran encima, mientras pensaba: ¿adónde vas cuando ya has estado allí? Yolanda no regresaría y yo jamás volvería a ser el mismo.

No había encendido la radio de mi viejo Toyota desde que me quedé en la cabaña. Me había acostumbrado al silencio. Pero sentado frente al volante, recordé una vieja canción de The Temptations, *I wish it would rain*. Una melodía pegadiza con un ritmo agradable, algo sobre disimular con la lluvia las lágrimas que derramamos cuando estamos tristes. Un ritmo tan cadencioso como el paso del tiempo, que avanza al impulso de cada minuto que cae sobre nosotros.

La gente puede pensar que un minuto es una fracción de tiempo casi inapreciable, pero cuando el dolor se enquista dentro, un minuto puede llegar a resultar eterno. Y yo había empezado a apreciarlo.

FIN

OTRAS OBRAS DEL AUTOR

MUERTE SIN RESURRECCIÓN
(Eva Santiago #1)
2012, Novela

«Una serie de asesinatos amenazan la tranquila ciudad de Ourense en plena Semana Santa, aparentemente sin relación alguna entre ellos. Pero una señal de identidad de la asesina deja claro que se trata de la misma persona, Emma, una chica sumamente inteligente con un plan elaborado y un motivo que la lleva a actuar de esa forma. Eva Santiago, comisario de policía, será la encargada del caso. Así comienza una carrera contrarreloj para evitar más muertes.
    —*400 días Top100 en Amazon.es y 150 en Amazon.com.mx*
    —*Top1 en Noviembre de 2012 en Amazon.es y en Febrero, Marzo y Abril de 2014 en Amazon.com.mx*
    —*Elegida mejor novela independiente publicada en España en 2012 por los blogs literarios, mediante votación secreta.*

CAFÉ Y CIGARRILLOS PARA UN FUNERAL
(Eva Santiago #2)
2015, Novela corta

«¿Qué sentirías si supieras que vas a morir el día de tu cumpleaños? El doctor Delfín Sánchez entra en la comisaría de Ourense la madrugada del viernes 19 de julio para denunciar que, desde hace un año, mensualmente, le ha ido llegando una carta que anuncia su muerte. Pero la cuenta atrás arranca el último mes en que ya recibe una carta diaria con el plazo de muerte del 20 de julio a las siete de la tarde, fecha de su cumpleaños y hora en que nació. Además, ha empezado a recibir coronas de flores para su entierro».
    —*Top1 de descargas gratuitas en Amazon.es en Noviembre de 2015.*

SIETE LIBROS PARA EVA
(Eva Santiago, el origen)
2016, Novela

«Cuando en una calurosa noche del verano de 1999, la joven Eva aparece en una gasolinera, malherida y ensangrentada, todo el mundo se sorprende de que siga con vida. Había desaparecido dos semanas antes, tras pasar la noche con un compañero de universidad, y desde el primer momento todas las pistas apuntaban a un crimen pasional. Dos tensas semanas de ausencia, en las que se pondrá de manifiesto lo mejor y lo peor de cada persona relacionada con el caso».

—*Elegida Mejor novela negra independiente del año 2016 por los lectores del prestigioso blog literario El Búho entre libros.*

—*Novela más y mejor valorada por los lectores en Julio de 2017 en Play Store.*

—*Novela negra más recomendada por los lectores en Twitter durante el Día del libro de 2017, según el estudio realizado por el Instituto de Ingeniería del Conocimiento (ICC) de la Universidad Autónoma de Madrid.*

LA ENVIDIA DE LOS MEDIOCRES
(Lucas Acevedo #2)
2021, Novela

«Un encargo de un amigo, una muerte accidental y una tranquila villa en la montaña lucense conforman el escenario de este thriller en el que Lucas Acevedo tratará de unir pequeños indicios de lo que bien podría acabar siendo un delito. El resultado no solo removerá los cimientos de la tranquila sociedad rural, sino que pondrá a prueba los límites de la conciencia humana».

—*Segunda entrega de la serie del policía Lucas Acevedo.*

Printed in Great Britain
by Amazon